U0510699

此书为教育部人文社会科学规划基金项目13YJA751067、山西省高等学校哲学社会科学研究基地项目2013319成果

该项目得到山西师范大学的大力资助

此书出版得到山西师范大学文学院古代文学研究中心的资助

明万历

《乐府红珊》研究

赵继红 著

中国社会科学出版社

图书在版编目(CIP)数据

明万历《乐府红珊》研究/赵继红著. —北京：中国社会科学出版社，2018.1

ISBN 978-7-5203-1944-7

Ⅰ.①明… Ⅱ.①赵… Ⅲ.①古代戏曲—剧本—戏曲文学评论—中国—明代 Ⅳ.①I207.37

中国版本图书馆 CIP 数据核字(2018)第 004754 号

出 版 人	赵剑英
责任编辑	陈肖静
责任校对	杨 林
责任印制	戴 宽

出 版	中国社会科学出版社
社 址	北京鼓楼西大街甲 158 号
邮 编	100720
网 址	http://www.csspw.cn
发 行 部	010-84083685
门 市 部	010-84029450
经 销	新华书店及其他书店

印 刷	北京明恒达印务有限公司
装 订	廊坊市广阳区广增装订厂
版 次	2018 年 1 月第 1 版
印 次	2018 年 1 月第 1 次印刷

开 本	710×1000 1/16
印 张	16.5
插 页	2
字 数	241 千字
定 价	69.00 元

凡购买中国社会科学出版社图书，如有质量问题请与本社营销中心联系调换
电话：010-84083683

版权所有　侵权必究

目　录

绪　论

选本作为一种重要的文学传播方式和批评方式，早已在中国古代文学史上有效地运用。戏曲演出的繁荣以及书房刊刻的发展催生了大量的戏曲选本。关于戏曲选本，郑振铎有如此论述：

> 所谓"戏曲的选本"，便是指《纳书楹》、《缀白裘》一类选录一部戏曲的完全一出或一出以上之书而言。像《雍熙乐府》，像《九宫大成谱》、像《太和正音谱》，那都是以一个曲调为单位而不是以一出为单位而选录的，那不是戏曲的选本。①

此论"戏曲的选本"即指明清时期舞台盛行的折子戏的选本，有学者亦称之为"戏曲散出选本"②。数量众多的戏曲散出选本是戏曲研究的重要文献，既保存了已经佚失的剧目的散出和佚曲，还可以供校勘所用，甚至显示元明传奇改编的过程，提供民间传说、俗曲、谜语、酒令等俗文学研究的资料。③ 同时，戏曲散出选本还提供了戏曲舞台演出、戏曲声腔、民俗文化等方面的重要文献。明万历被视为继元杂剧之后的又一个"戏曲黄金时代"，其中一个重要的表现，就是戏曲散出选本的大量刊行。

---

① 郑振铎：《中国戏曲的选本》，《郑振铎文集》第七卷，人民文学出版社 1988 年版，第 240 页。
② 吴敢：《说说戏曲散出选本》，《艺术百家》2005 年第 5 期。
③ 王秋桂主编：《善本戏曲丛刊》（第二辑）出版说明，台湾学生书局 1984 年版。

明万历时期（1573—1620）在中国历史上是一个很特殊的时期，政治上腐朽颓败，已经到了崩溃的边缘。张居正主政10年，振衰起弊，虽然给明朝带来了一丝曙光，但是并未将明朝引向光明之路。万历皇帝朱诩钧振兴明朝的希望破灭，曾经创下20余年不视朝的纪录。万历中叶以后，朋党倾轧，宦官乱政，数不清的内忧跟外患。统治者只有肆意剥削人民，才能满足他们奢靡的宫廷生活和庞大的军用支出，促使明王朝病入膏肓，加速了明朝的灭亡。所以，赵翼认为："明之亡，不亡于崇祯，而亡于万历。"[①]

但是在长江下游及东南沿海一带，却出现了令人炫目的繁华景象。除了传统的农业，还出现了种类丰富的手工业，由于生产工具与技术的改进，手工业不断发展壮大，原来只属于副业的家庭手工业，成了独立的手工业。伴随着手工业的壮大，大量的农村人口以雇佣身份涌入城市，人口的增多与集中，促进了市场和商品的流通，加速了城市商业的发展，刺激了大城市的产生。这些大城市多地处水陆要冲，贸易发达，商贾辐辏，一派繁荣。与商业繁荣相伴随的是富贵的生活与享乐的需求。在这样的背景下，以娱乐为主的戏曲得到了蓬勃发展，明万历时期出现了中国戏曲史上继元杂剧之后的又一个"戏曲黄金时代"。无论是传奇剧本的创作，还是戏曲的舞台演出，都呈现出繁荣的局面。"年来俚儒之稍通音律者、伶人之稍习文墨者动辄编一传奇。"[②] 吕天成在《曲品》中说："博观传奇，近时为盛。大江左右，骚、雅沸腾；吴、浙之间，风流掩映。"[③] 沈宠绥也在《度曲须知》中提到明代中期剧坛的情形："风声所变，北化为南。名人才子，踵《琵琶》、《拜月》之武，竞以传奇鸣。曲海词山，于今为烈。"[④] 傅惜华

① 赵翼：《二十二史劄记》卷三十五，台湾中华书局校刊本，第3页。

② 沈德符：《顾曲杂言》，《中国古典戏曲论著集成》（四），中国戏剧出版社1959年版，第206页。

③ 吕天成：《曲品》，《中国古典戏曲论著集成》（六），中国戏剧出版社1959年版，第211页。

④ 沈宠绥：《度曲须知》，《中国古典戏曲论著集成》（五），中国戏剧出版社1959年版，第198页。

《明代传奇全目》收录的传奇剧本就有 950 种。在保存下来的 200 余种中①，仅万历时期的传奇就占到大多数。这个时期的戏曲演出，与当初的元杂剧演出相比，更为繁荣。除了在宫廷、祠庙、勾栏演出，家宅也成为演出的重要场合。不仅有宫廷剧团、职业剧团，还出现了私人家班。② 不仅演出全本戏，还演出折子戏，而且折子戏成了传奇演出的一项重要特色。戏曲不仅在民间广为传播，而且成了文人生活的重要内容。此外，万历时期还出现了诸腔争胜的局面。"腔有数种，纷纭不类"，鼓板相谐，丝竹声声，热闹非凡。旧有的声腔在传播过程中，与不同地域的方言、音乐结合，产生出新的声腔。万历时期较有影响的就有余姚腔、海盐腔、弋阳腔、昆山腔之类。"调喧"的弋阳腔流入徽州、池州等地，与徽州腔、青阳土戏结合，融为新声。"风格静好"的昆山腔，也在嘉、隆年间，经由魏良辅等人的改造加工，脱胎换骨，凭借着它细致婉转、流丽悠远的音乐表现，成为士大夫和市民阶层的新好尚。到了隆、万之际，梁辰鱼创作《浣纱记》，使昆腔的小曲清唱，正式登上了戏剧舞台，使昆剧的发展进入了一个新时代。旧传奇被诸腔搬上戏曲舞台，新传奇也经文人大量创作，除了专门为不同声腔创作的剧本外，同一传奇剧本，可以用不同声腔演出，正如清朱彝尊所言："传奇家曲别本，弋阳弟子可以改调歌之。"③ 甚至昆曲剧本，亦可以用其他声腔演出，如梁辰鱼运用昆腔新声创作的《浣纱记》，也可以用弋阳腔、青阳腔演唱，《词林一枝》、《八能奏锦》、《尧天乐》等弋阳腔、青阳腔选本中都选入了《浣纱记》传奇散出。④ 优秀的舞台经典折子戏，出现了诸腔竞相演出的局面。总之，明万历时期戏曲进入了前所未有的黄金时期。

在城市商业发达的背景下，在书房刊刻空前发展的前提下，与明万历时期戏曲繁荣相伴随的是大量戏曲散出选集得以刊行，仅"福建

---

① 郑振铎主编：《古本戏曲丛刊》第一、二、三辑收明传奇 236 种。

② 王安祈：《明代传奇之剧场及其艺术》，台湾学生书局 1986 年版。

③ 朱彝尊：《静志居诗话》卷十四"梁辰鱼"条，人民文学出版社 1990 年版，第 430 页。

④ 《词林一枝》选录了《吴王游湖》，《八能奏锦》选录了《吴王游湖》（阙文）、《吴王打围》。

省戏曲研究所在编写地方戏曲志时作过调查，万历年间，仅刊刻通俗文艺最力的建阳麻沙书坊，就曾辑刻过300多种戏剧的选集。而与此同时，在江苏的金陵、扬州、苏州，浙江的钱塘、湖州以及江西、安徽等地区商业与文化发达的大、中城市，也有不少书坊在从事此项工作，不难想见，当时民间刊刻的戏剧散出选集数量多么浩瀚！"① 但是，这些刊本留存甚少，佚失严重。"明代出版的戏曲选集，留传至今的有三十种之多，其中又以万历刻本为最多。"② 目前见到的万历散出选本有 17 种。在《善本戏曲丛刊》影印出版的戏曲散出选本中，万历年间刊行的戏曲选本有 14 种，王安祈先生已经将这些选本摘出。③此外，从《海外孤本晚明戏剧选集三种》补充 3 种④，共 17 种。

现存明万历年间刊刻戏曲散出选本一览表

书名	编者	刊者	刊刻时间
《新刻京板青阳时调词林一枝》	黄文华	福建书林叶志元	万历元年
《鼎雕昆池新调乐府八能奏锦》	黄文华	建阳书林爱日堂蔡正河	万历元年
《新锲精选古今乐府滚调新词玉树英》	汝川黄文华	建阳书林余绍崖	万历二十七年
《新锲梨园摘锦乐府菁华》	豫章刘君锡	书林三槐堂王会云	万历二十八年
《新刊分类出像陶真选粹乐府红珊》	秦淮墨客（纪振伦）	唐振吾	万历三十年
《鼎刻时兴滚调歌令玉谷新簧》	吉州景居士	书林刘次泉	万历三十八年
《新刊徽板合像滚调乐府官腔摘锦奇音》	徽歙、龚正我	书林敦睦堂张三怀	万历三十九年
《吴歈萃雅》	茂苑剃月主人（周之标）	长洲周氏	万历四十四年
《鼎锲徽池雅调南北官腔乐府点板曲响大明春》	程万里 朱鼎臣 散人葆和	福建书林金魁（金拱堂）	万历年间
《新锓天下时尚南北徽池雅调》		福建书林燕石居主人	万历年间

---

① 李平：《流落欧洲的三种晚明戏剧散出选集的发现》序言，上海古籍出版社 1993 年版。
② 《群音类选》前言，中华书局 1980 年影印本。
③ 王安祈：《明代戏曲五论》，大安出版社 1990 年版，第 13—14 页。
④ ［俄］李福清、李平：《海外孤本晚明戏剧选集三种》，上海古籍出版社 1993 年版。

书名	编者	刊者	刊刻时间
《新锓天下时尚南北新调尧天乐》	豫章绕安殷启圣	福建书林熊稔寰	万历年间
《月露音》	沛国凌虚子汉瞻父、西方美人浮筠氏、武襄王孙凤章甫、西湖小谪仙房陵氏	杭州丰东桥三官巷口李衙	万历四十四年
《群音类选》	胡文焕	虎林文会堂	万历年间
《新刻点板乐府南音》	洞庭箫士		万历年间
《赛征歌集》	无名氏		万历年间
《梨园会选古今传奇滚调新词乐府万象新》	安成阮祥宇	书林刘龄甫	万历年间
《精刻汇编新声雅杂乐府大明天下春》	不详	不详	万历年间

　　这些戏曲散出选本选录了大量的传奇剧目和散出，仅《群音类选》中残存 157 种元明杂剧、传奇的散出，《乐府红珊》选录了 62 种剧目的 100 种散出，是万历时期戏曲繁荣的有力证明，散出选本又极大地促进了戏曲的繁荣。与全本戏选本相比，戏曲散出选本具有重要的文献价值和演剧价值。首先，戏曲散出选本保存了大量的孤本、佚本剧作的散出，为戏曲研究提供了大量的珍贵文献。其次，它们能反映出当时戏曲舞台演出的实际，是戏曲演出史的重要资料。不仅反映了万历时期折子戏演出的盛况，而且可以据此了解当时舞台上流行的剧目。虽然戏曲散出的选录，会融入选者的喜好和标准，但基本能反映舞台演出的实际。再次，戏曲散出选本还反映出了由全本剧作到舞台演出的改编情况。戏剧作为一种综合艺术，包括剧本的创作和舞台搬演两个方面。戏剧的搬演又与观众的审美趣味、演出场合、剧场形制等息息相关，要对文人剧作进行适当的改编。如果将这些选本按照时间顺序排列，将其中所选的相同散出进行比对，就能反映出散出对全本的改编过程。此外，这些散出选本所属声腔不同，不同声腔演出时，对同一散出的改编不同，既能反映出各种声腔的特点，也能反映出不同声腔之间的相互借鉴和相互影响。

　　万历时期刊刻的戏曲散出选本不仅数量上空前剧增，编刻质量上也远非前代所能相比。"首先编选理念更为明晰，将戏曲与散曲分作两种不同的文学形式已经成为社会共识……其次，文本内容力求精确……大部分选本都比较注意选用较为精良的底本……再次，选本外形更为整饬、美观，大部分选本都附有精美插图。"① 而且，更注重使用一定的分类编辑方法，体现出一定的选曲观念。如《群音类选》按声腔归属分为官腔、诸腔、北腔、清腔。《词林逸响》按照文本类别和风格分为风、花、雪、月。《月露音》按照风格特征分为庄、雅、愤、乐 4 类。分类最独特、最严谨的当属《乐府红珊》，按照内容情节，分为庆寿类、伉俪类、诞育类等 16 类。

《乐府红珊》刊行于万历三十年（1602），由文人纪振伦编选，唐振吾刊行。与其他万历时期的戏曲散出选本相比，《乐府红珊》有着较大的特殊性，它与民间选本一样，以舞台流行为选录标准，但却与民间散出选本的版式、选录内容不同，它为整版格式，一栏 8 行，一行 20 或 21 字，字迹疏朗，民间选本多为 2 栏、3 栏版式，字迹拥挤。它只选戏曲散出，民间选本选录散出外，还选录俗曲、酒令、谜语等。《乐府红珊》为文人编选，按折子戏情节内容分类，按序排列，与其他选本均不相同；此外，它没有在书名中标出所属声腔，但是凡例 21 条与魏良甫《曲律》基本相同。同样收录《曲律》内容的《词林逸响》、《吴歈萃雅》，只录曲文，而《乐府红珊》则曲白俱录，宾白、科介丰富。所以，《乐府红珊》是一个独特的、更有价值的选本。

关于《乐府红珊》的研究。明清以来的诸家书目或文籍中，没有《乐府红珊》的著录或记载。破天荒第一次接触到明刻本《乐府红珊》的现代学人是李家瑞（原中央研究院历史语言研究所民间文学专家），他在 1937 年 6 月 17 日的《中央日报·图书评论周刊第五期》发表题为《陶真选粹乐府红珊》的短文报道，把《乐府红珊》当成了硕果仅存之明朝陶真选集。1963 年，美国哈佛大学著名的汉学家韩南看到了大英博物院图书馆收藏的清嘉庆五年积秀堂刻本《乐府红珊》，写出了《〈乐

---

① 朱崇志：《中国古代戏曲选本研究》，上海古籍出版社 2004 年版，第 15 页。

府红珊〉考》（一）文，载于英国剑桥大学《东方及非洲研究学院学报》，后经王秋桂译为中文后，发表在 1976 年台湾的《中外文学》第四卷第七期。韩南的《〈乐府红珊〉考》①，对这部戏曲选集作了比较详细的介绍，指出了李家瑞的误解，说明此书选录的作品"并非陶真而是戏曲"，应该和现存的十来种其他性质类似的明刊选集并列，并且指出了它的重要性：第一，保存已佚失的剧本的散出；第二，它所收录的剧目和现存的全本内容有所差异。韩南先生还对 16 卷选载的所有剧目的本事、保存情况作了考述。这是与本书关系最为密切的一篇论文。

目前，《乐府红珊》的研究主要集中在三个方面。首先，对选本中选录的剧目进行考订，或对以前的考订加以补充，或者辑佚。如刘奇玉《许潮及其〈泰和记〉》辑出了《泰和记》佚失的其中一折《裴晋公绿野堂祝寿》。② 张文德《明传奇〈金兰记〉剧情与本事考论》，根据《乐府红珊》新发现的散出对《金兰记》剧情进行考述。③ 张文德对《海外孤本晚明戏剧选集三种》中收录的《萃盘记》、《五桂记》考释时，充分利用了《乐府红珊》资料价值。④

其次，在著述中对《乐府红珊》进行介绍。如赵山林《中国戏剧学通论》在第九章"戏剧文献学"之第四节"戏剧选本解题"中，将《乐府红珊》作为"戏曲剧本单出选集"加以介绍。⑤ 李玫将《乐府红珊》作为"流失英国的三种中国古代戏曲选集孤本"加以介绍，并对流失海外的原因加以分析。赵山林的《中国戏剧传播接受史》将戏曲选本分为三个阶段，认为成熟阶段的选本以昆腔为多，据不完全统计，现存明代万历、天启、崇祯三朝的昆腔选本尚有近 30 种，几乎占了明代戏曲选本的 2/3，《乐府红珊》便是其中之一。在论及昆腔选本的观念时，认

① ［美］韩南：《韩南中国小说论集》，王秋桂等译，北京大学出版社 2008 年版。
② 刘奇玉：《许潮及其〈泰和记〉》，《贵州民族学院学报》2003 年第 1 期；陈爽：《〈泰和记〉考辨》，《扬州大学学报》2008 年第 3 期。
③ 张文德：《明传奇〈金兰记〉剧情与本事考论》，《学术交流》2008 年第 12 期。
④ 张文德：《〈海外孤本晚明戏剧选集三种〉曲目考辨》，《文献》2008 年第 3 期。
⑤ 赵山林：《中国戏剧学通论》，安徽教育出版社 1995 年版，第 1044 页。

为《乐府红珊》虽然是文人选本，但与民间选本一样，以民间喜好为选择根据。① 朱崇志《中国古代戏曲选本研究》中将《乐府红珊》置于"戏曲选本的成熟期（明代万历时期至清代康熙、雍正时期）"，在对散出的选录情况进行分析时，也充分利用了《乐府红珊》的资料价值。而且在附录"中国古代戏曲选本叙录"中，对《乐府红珊》的选剧与选出情况进行了介绍，并按照杂剧、戏文、传奇三类对所选散出进行分类。

再次，对《乐府红珊》文本的研究。蒋山《〈乐府红珊〉叙考》将此书作为戏曲选本，从版本、凡例、序文、内容、编选体例以及选辑者的编选思想等作了全面叙考，对选家的选编思想作了归纳总结：第一，重视戏曲散出的选编；第二，坚持"茹英"、"咀华"的精选原则；第三，秉持"思无邪"的儒家价值取向。认为《乐府红珊》追求雅训正统的价值取向。并对《乐府红珊》的标目特色加以分析，以七言为主，个别五言、六言，无论长短，所有标目无一例外地由主要人物加核心事件构成。② 这篇论文算是对《乐府红珊》的全面介绍了，但只是触及表面，不够深入。

总之，目前对《乐府红珊》的研究基本是表面的、分散的，很多还停留在选本特征与选本性质的介绍阶段，缺乏对《乐府红珊》价值全面深入的发掘。因此，本书在对《乐府红珊》笺校的基础上，参照其他戏曲选本散出文本，以及源出散出的全本戏，以戏曲演剧研究、戏曲批评理论为指导，将《乐府红珊》置于万历南京的文化氛围中，采用文献统计与分析比较的方法，对《乐府红珊》进行全面、系统的研究，深入全面地发掘《乐府红珊》的价值。希望能在以下几个方面有所突破：

第一，对作者纪振伦及其创作进行全面研究。

第二，在深入分析文本的基础上，进一步明确《乐府红珊》的性质。

第三，从戏曲演剧、戏曲观念、戏曲曲律、戏曲考证等方面入手，对《乐府红珊》进行全面系统的研究。

第四，透过《乐府红珊》，探究明代万历南京剧坛的演剧特征、观

---

① 赵山林：《中国戏剧传播接受史》，上海世纪出版集团 2008 年版，第 310—326 页。

② 蒋山：《〈乐府红珊〉叙考》，《牡丹江教育学院学报》2008 年第 2 期。

剧习俗、观众好尚等。

为了解决这几个方面的问题，本书从以下几个方面进行研究：

第一章概括介绍了作者纪振伦及《乐府红珊》的基本情况，以此作为研究的起点和基础。首先对纪振伦及其著述加以介绍，明确纪振伦是一位致力于通俗文学编辑整理的、具有较高文学修养的失意文人。其次，对《乐府红珊》的面貌加以介绍，了解其编选与刊刻情况，并且对《乐府红珊》发现和认识过程进行梳理。再次，介绍《乐府红珊》的发现过程与及坎坷命运，从李家瑞初见，到韩南在海外的发现、王秋桂的影印出版，虽然历时很长，但还是给戏曲研究带来了惊喜，国内学者对其认识不断深入。

第二章对《乐府红珊》的性质进行研究。《乐府红珊》选本独特，性质复杂且不够明确，对其性质的准确认识是研究的基础。首先，从民间说唱艺术陶真的特征与发展入手，明确《乐府红珊》非陶真唱本，为戏曲散出选本，并且通过对文本的分析，明确《乐府红珊》折子戏选本、文人选本的特征；其次，从《乐府红珊凡例》及文本分析入手，认为《乐府红珊》的声腔以昆腔为主，还杂有少量其他声腔；再次，通过对明万历南京演剧特征及文本的分析，明确选本的编选目的，既为家乐演剧、文人宴集演剧提供参考，也为昆曲创作提供范例。

第三章对《乐府红珊》的选曲观念与折子戏的功能进行研究。同其他文学选本一样，《乐府红珊》的"选"体现出了较明显的选曲观念，具有重要的批评价值。首先，《乐府红珊》演剧与民俗紧密结合，实用功能与娱乐功能得以强化；其次，结合明初以来对"情"肯定与张扬的背景，通过对文本的深入分析，论述《乐府红珊》对戏曲娱情本质的张扬，离别相思的缠绵动人，与昆腔的轻柔而婉折，一起构建了戏曲娱情的完美境界；再次，论述随着戏曲娱乐与娱情功能的强化，其教化功能明显减弱。

第四章对《乐府红珊》进行类型学的研究。首先分析了选本的类型学特征及其价值；其次，分别从情节的仪式特征、群戏的表演范式、曲调的组合方式三个方面，论述庆贺类折子戏的类型特征；再次，分别从离别之曲、对戏的表演范式、曲调的组合方式三个方面，论述分别类折子戏的类型特征；最后，分别从相思之曲、独戏的表演范式、曲调的组合方式等方面，论述思忆类折子戏的类型特征。

第五章通过对《乐府红珊》选录剧目考释，深刻认识选本的文献价值。首先，对《乐府红珊》选录剧目进行考释，将 62 种剧目分为孤本剧目（文献中未曾见到的剧目）、佚本剧目（未见全本的剧目）、传本剧目（有全本流传的剧目），从本事到留存，逐一考释；其次，对《乐府红珊》散出的改编进行研究，一方面是散出对全本戏的改编；另一方面是对其他声腔散出的改编，总结从创作到舞台、不同声腔演出的改变规律。

第一章 纪振伦及《乐府红珊》概述

第一节 纪振伦及其著述

纪振伦，"字春华，号秦淮墨客，金陵人"[1]。生平事迹不详。庄一拂《古典戏曲存目汇考》卷十"传奇类"中记载："纪振伦，字春华，号秦淮墨客，江宁（南京人），约明万历三十四年前后在世。"[2] 关于其著述，戏曲传奇类著作中多有记载，如董康《曲海总目提要》、叶德均《戏曲小说丛考》、庄一拂《古典戏曲存目会考》、张慧剑《明清江苏文人年表》、郭英德《明清传奇综录》等。下面以列表的形式展示纪振伦的创作情况：

作品	刊刻	署名	卷数	内容
《镌新编全像三桂联芳记》	现存明万历间金陵唐对溪刻本，《古本戏曲丛刊二集》据之影印	秦淮墨客校正	凡2卷32出	剧叙明朝人金正与婢女孪生二子，其妻嫉妒欲害。金正子金孝藏二子并教其读书，金正尚书致仕，三子一起登第。杜氏悔悟。合家受封
《新镌武侯七胜记》	现存明万历金陵唐振吾刻本，《古本戏曲丛刊二集》据之影印	秦淮墨客校正	凡2卷36出	剧叙诸葛亮七擒孟获，又七纵孟获之事。事本《三国志通俗演义》，但有所删减
《出像点板梁状元折桂记》	现存明万历广庆堂刻本，藏于北京图书馆、日本京都大学图书馆	秦淮墨客校正	凡2卷31出	剧叙梁灏（太素梁公），才高德足，文工志坚，神仙被结，求救于文曲星，天风挈女，吹送于望仙楼。最后梁灏至蟾宫月殿折桂，天界瀛洲遨游

---

① 杜信孚：《明代刻板综录》第六册，第三卷，江苏广陵古籍出版社1983年版，第3页。
② 庄一拂：《古典戏曲存目汇考》（中），上海古籍出版社1982年版，第1023页。

续表

作品	刊刻	署名	卷数	内容
《新编全像点板西湖记》	现存明万历金陵唐振吾刻本，《古本戏剧丛刊二集》据之影印	秦淮墨客校正	凡2卷43出	剧叙明朝人秦一木，别妻游学杭州，与客馆姚翁游西湖，与富家女段如圭相遇生情。后秦生被荐为段家书写试探如圭，二人订以姻盟。秦生中探花，娶如圭为妾
《新刻出像点板八义双杯记》	现存明万历广庆堂唐振吾刻本，现存明万历广庆堂刻本，《古本戏剧丛刊二集》据之影印	秦淮墨客校正	凡2卷36出	江西人张权徙居苏州，生廷秀、文秀二子。富商王宪生瑞姐、玉姐二女。王宪收廷秀为嗣并以玉姐为姻盟。张权、廷秀父子遭瑞姐婿赵昂嫉妒诬陷，廷秀被逐，玉姐取鸳鸯玉杯一对，赠其雄杯。廷秀至南京，银两玉杯丢失，以传授古词为生，得山东北海郡邵承恩赏识，收为子。廷秀中进士，赵昂受到惩罚，廷秀玉姐成婚。该剧与《醒世恒言·张廷秀逃生救父》小有异同
《新刻出像葵花记》	现存明万历金陵广庆堂刻本，藏于北京图书馆	秦淮墨客校正	凡2卷，存上卷17出	剧叙东晋人高彦真，母杨氏，娶妻孟月红。彦真中状元后被权相梁计逼迫入赘其女月英。时彦真家乡年荒家贫，杨氏病亡，日红葬之，入京寻夫。梁计设计阻扰彦真迎接母妻，并设计想毒死日红，埋于后园井中覆葵花其上。九天玄女知其事令日红回生，并授其神书宝剑投军，后立功受封。状告梁计，冤情昭雪，夫妇团圆
《镌新编全像霞笺记》	现存明万历金陵广庆堂刻本，民国初年刘世珩《暖红室汇刻传剧》据之影印。《六十种曲》收录	秦淮墨客校正	凡2卷30出	剧叙书生杨彦直弱冠有文誉，以妓馆丝竹赋诗一首，书霞笺之上。时值其师归来，慌乱中将霞笺投于墙外，适为名妓张丽容拾得，和诗于霞笺，从原处投入，彦直慕之并如院中，两相盟誓。后其父得知将其禁锁书房，丽容被贪财鸨母献于丞相府。丽容写血书于霞笺送彦直，彦直冒做军卒与丽容相见。彦直中状元，丽容诉请主人被放，二人团聚成婚
《新刻出像点板宵光记》	现存明万历金陵广庆堂刻本，《古本戏剧丛刊初集》据之影印	秦淮墨客校正		

续表

作品	刊刻	署名	卷数	内容
《新编全像杨家府世代忠勇通俗演义志传》	现存明万历三十四年（1606）卧松阁本	秦淮墨客校阅，烟波钓叟参订	凡8卷58则	叙杨令公忠肝义胆，征辽一战，以死殉国。令公忠勇传家，其后几代人忠勇为国，杨六郎、杨文广以及杨门妇人女子继续抗击侵略，忠勇报国，彰显一门忠烈
《续英烈传》	现存六宜堂刊本，法国国家图书馆藏。《古本小说丛刊十五辑》收录	空谷老人编次，秦淮墨客叙	凡5卷34回	叙明太祖死后，其孙建文帝登基，燕王朱棣以"清君侧"为名起兵，建文帝出走，燕王篡位。建文帝出家为僧，后又被迎入大内
《新刊分类出像陶真选粹乐府红珊》	现存明万历三十年（1602）广庆堂刊本，大英博物馆藏。《善本戏曲丛刊》收录	秦淮墨客选辑	凡16卷，100出（正文实为99出）	

一 通俗文学编辑

纪振伦主要从事编校工作，长期活跃于万历时期的南京文坛，从其著述来看，主要成就在于对戏曲、小说的编校，经他编校的作品有 10 种，明确标明"校正"、"校阅"字样。"校正"具有修改、润色的成分。从上表来看，纪振伦校正的戏曲作品就有 8 种，《联芳记》、《七胜记》、《折桂记》、《西湖记》、《双杯记》、《葵花记》、《霞笺记》、《宵光记》，7 种由金陵广庆堂书坊刊刻，1 种由富春堂刊刻。纪振伦生活于万历南京，这一时期，南京书坊林立，出版业非常发达，是著名的刻书中心。《五杂俎》卷十三中说："宋时刻本以杭州为上，蜀本次之，福建最下。今杭刻不足称矣！金陵、新安、吴兴三地，奇厥之精者，不下宋版。楚、蜀之刻皆寻常耳，闽建阳有书坊，出书最多，而板纸俱最滥恶。"① 万历南京刻本质量精良，得到当时人的充分肯定。伴随着南京戏曲的繁荣发展，南京书坊刊刻了大量的戏曲作品。广庆堂是万历时期南京著名的书坊之一，由南京三山街的唐氏富春堂书坊分立出来。堂主唐振吾，字国

---

① 谢肇淛：《五杂俎》卷十三，（台北）伟文图书出版有限公司 1977 年版。

达，金陵人。① 广庆堂刻书众多，质量较高，仅杜信孚《明代刻板综录》中介绍的就有 18 种，主要是诗文集和戏曲作品。纪振伦能与广庆堂、富春堂这样的著名书坊合作，在刊印之前，对作品进行校正，说明他具备校订者应该具备的专业修养和文字功底，并且在出版界有一定的影响。由此看出，纪振伦是一位主要从事戏曲、小说编订的出版界专家。

《乐府红珊》选录 16 卷 100 出戏曲散出，源出 62 种戏剧作品，它的编选更显示出纪振伦对戏曲作品、舞台演剧的熟悉以及对南京刻书情况的了解。他在《校正乐府红珊序》中说道：

> 魏王觽诸侯于范台，自夸径寸之珠可以照车十二乘。盖不宝尺璧，而宝寸珠，人咸以谓得所宝之。大抵天下之物，各有其极，苟得其极，则青萍结绿，长价于薛卞之门，血汗霜蹄，见重于孙阳之厩。况乎辞人骚客之谭，有足以供清玩者，何取于连篇累牍为哉？以故忠臣孝子义夫贞妇，多为词坛所取赏，而间有一二足为传奇者，所取节片辞，自可以知大概矣。嗟乎，彼连篇累牍，虽兀兀穷年者，何能茹其英，咀其华哉？故孔子以"思无邪"蔽三百篇之义，而是集之撮要提纲，虽寸珠不是过也，谬谓乐府之红珊，期人知所共宝云。②

首先说明编选折子戏选本的原因，传奇为词坛所欣赏，但是流传下来的还是"取节片词"的折子戏。其次说明编选目的是选录折子戏中的精华，以达到"寸珠"之效，期望成为最优秀的折子戏选本，与那些"兀兀穷年"、"连篇累牍"相区别。尤其是《乐府红珊》按照情节内容分类的方法，也属于首创。刊刻早于《乐府红珊》的《词珍雅调》③，

---

① 参见杜信孚《明代刻板综录》第三卷，江苏广陵古籍出版社 1983 年版，第 32 页。

② 秦淮墨客：《乐府红珊序》，秦淮墨客选辑《乐府红珊》，王秋桂主编《善本戏曲丛刊》第二辑，台湾学生书局 1984 年版，第 3 页。

③ 李□辑：《词珍雅调》八种十三卷，现存国家图书馆，缩微胶卷。

虽然已经按照情节内容分类，总体分为翰苑词珍、庆贺词珍、风月词珍、遣怀词珍四大类，每个大类下又按内容分类，其中庆贺词珍分为祝君寿、祝东宫寿、七十自寿、祝兄寿、寿词、贺建大厦、洞房花烛、贺添丁，但是分类琐细，标准不统一，戏曲散曲杂录，编排混乱。《词珍雅调》封面刻有"金陵书肆刻本"，"翰苑词珍亨集"刻有"胡东塘绣梓"。"胡贤，字东塘，东阳人"①，"金陵书坊主人"②，刊刻当在万历前期。③ 与南京书坊长期合作的纪振伦，应该能够见到《词珍雅调》。《乐府红珊》的编辑显然受到《词珍雅调》的影响，但是分类合理，标准统一，选录全为戏曲。

纪振伦在《续英烈传叙》中明确说明了自己的编创过程，首先，由"窃尝综建文、永乐故实，汇为续书"④ 来看，《续英烈传》之前应该有关于建文帝、朱棣的故事流传，纪振伦在此基础上编撰成书。而且，由"陈观世故，枚举缕述，时存披览，则野乘之流传，亦足为考古之先资也"，"事必摭实"⑤ 来看，纪振伦在遍览群书的基础上做了考订历史的工作，目的要使"阅是书者，其于盛衰顺逆之故，平坡往复之机，亦可瞭如指掌矣"⑥。

《杨家府演义》的撰者是否为纪振伦虽然尚无法确定，但是他的编创之功是无疑的。《杨家府演义》现存最早版本是万历三十四年（1606）卧松阁刊本《杨家府世代忠勇通俗演义志传》，八卷五十八回。此本目录之前有题署"万历丙午长至日秦淮墨客书"的序，序后有"纪氏振伦"的钤印。各卷均题有"秦淮墨客校阅，烟波钓叟参订"字样，两行并列刻印。《杨家府演义》之前，杨家将的故事已经广为流传了，如《北宋志传》，最早由唐氏世德堂万历二十一年（1593）刊印，是重要的

---

① 杜信孚：《明代刻板综录》第三卷，江苏广陵古籍出版社1983年版，第32页。
② 同上书，第13页。
③ 郭英德：《稀见明代戏曲选本三种叙录》，《清华大学学报》2007年第3期。
④ 纪振伦：《续英烈传叙》，刘世德等主编《古本小说丛刊》第15辑，中华书局1987年版，第7页。
⑤ 同上书，第5—6页。
⑥ 同上书，第7页。

杨家将故事小说。但是二者内容情节有较大差异，是否为《杨家府演义》所本，不能确定。不过，《杨家府演义》的编创是有所本的累积型小说。《杨家府演义》以杨怀玉不再效力朝廷、举家隐逸太行务农作结，《北宋志传》以十二寡妇西征作结，并无这一情节，其他杨家将题材的戏曲、正史、野史中均无这一情节，很显然是《杨家府演义》增加的。而且，从"尝不幸而伏处山林"①来看，纪振伦有过一段隐逸经历，《杨家府演义》中杨怀玉隐逸太行的情节显然受此影响。作为校阅者，纪振伦对小说的修改润色也比较明显，正如沈文凡、聂垚所云："《北宋志传》结构简单，叙事笔法通俗流利，商业气息较浓；《杨家府世代忠勇演义志传》叙事语言文白混杂……艺术价值略高一筹。"②相对于《北宋志传》的通俗，《杨家府演义》的语言趋雅。《杨家府演义》中删掉了大量拼凑的诗词，重新创作了一些新诗词，还将原作中概括全文大意的冗长的"叙述"诗改成了一首七言律诗："杨氏麋兴翊宋深，风闻将落尽寒心。青衿叱咤风云迅，绿鬓挥扬剑戟新。暗地有蝇污白璧，明廷无象铸黄金。英雄跳出樊笼外，坐对江山慨古今。"③

纪振伦的编校之功还体现在《乐府红珊凡例》对《南词引正》的修改与润色。魏良甫《南词引正》有明代书法家文征明手写的抄本，共20条，题作"娄江尚泉魏良甫南词引正"。据曹含齐《南词引正叙》作于嘉靖丁未（1547），可以肯定《南词引正》成于1547年之前，《乐府红珊》成书于万历三十年（1602），是迄今发现的紧承《南词引正》的一个版本，修改与润色的痕迹比较明显。具体将在第二章第二节论述。

二　失意文人

纪振伦在编辑戏曲、小说的过程中，融入了较强的文人意识。首

①　纪振伦：《续英烈传叙》，刘世德等主编《古本小说丛刊》第15辑，中华书局1987年版，第7页。

②　沈文凡、聂垚：《"杨家将"娱乐审美与伦理道德主题的分化与合流》，《南京师范大学学报》2010年第4期。

③　秦淮墨客：《杨家府世代忠勇演义志传》，上海古籍出版社1994年影印本，第1页。

先，《乐府红珊》的编选虽然以舞台流行为依据，但是"训诲类"、"忠孝节义类"、"阴德类"，内容涉及教化劝善，反映了文人的责任意识。纪振伦于《续英烈传叙》、《杨家府演义序》中不仅叙述了自己的校订之功，还表露出自己的隐逸经历，以及鲜明的思想倾向和爱憎之情。

纪振伦在《杨家府演义序》中表达了强烈的爱憎：

> 尝读将传，三代尚矣。秦汉来，其间负百战之勇，以驱戎马于疆场、请长缨于阙下者，盖如云如雨。第全躯者，为身不为君，保妻子者，为家不为国。
>
> 自令公以忠勇传家，嗣是而子继子、孙继孙，如六郎之两下三擒，文广之东除西荡，即妇人女子之流，无不摧强锋劲敌以敌忾沙漠，怀赤心白意以报效天子。云仍奕叶，世世相承。噫！则令公于是乎为不死。彼全躯保妻子者，生无补于君，死无开于子孙。千载而下，直令仁人义士笔诛其魂，手刃其魄，是与草木同朽腐者耳，安能凛凛生气荣施之若此哉。①

此序中将杨家忠勇一门与明哲保身者加以对比，表达了对杨令公一门忠勇的高度赞扬，赞扬他们虽死犹生，对"全躯保妻子者"的愤慨，痛斥他们与草木同朽，流露出忠肝义胆者"不啻麟角凤毛也"的忧虑，"不忧其身之死，而忧其后之无人"。这正是中国古代文人忧患意识和社会责任感的体现。小说成书于万历三十四年，这一时期，朝廷内忧外患，奸臣当道，民不聊生，与杨家将故事发生的北宋历史非常相似。所以，作者借宋喻明，表达对当朝的不满。正如吴志达先生所言，《杨家府演义》"虽写宋代故事，实有感于明中叶国势衰颓，民族矛盾尖锐，忠臣良将都被奸佞陷害的现实"②。

从主题来看，《杨家府演义》描述杨家一门五代忠勇保宋的故事，

---

① 秦淮墨客：《杨家府世代忠勇演义志传》，上海古籍出版社 1994 年影印本，第 7 页。
② 吴志达：《明代文学与文化》，武汉大学出版社 2010 年版，第 75 页。

极力颂扬杨业、杨延昭、杨宗保、杨文广、杨怀玉的忠君爱国，主题非常鲜明。但是，从小说内容来看，还渗透着浓郁的隐逸思想。全书以赵匡胤三兄弟跟随隐士陈抟学习开端，到最后一回"怀玉举家上太行"结束，其中表明归隐太行的原因："朝廷听信谗言，如此相待我家，今我等劳心焦思，出力战斗，又有何益，莫若纳还此印，携着全家，直上太行山去，作一散逛闲人，不受牢笼，岂不妙哉？"① 对朝廷的不满是杨怀玉归隐的原因。《杨家府演义》结局的诗歌"宦海无端多变志，莱羹有味饱谙尝。浮生得乐随时乐，何必耽忧住汴梁。知自足时还自足，得无忧处便无忧。太行风月归闲后，一任人间春复秋"②，表达了归隐的原因和归隐之后的逍遥自在。此外，纪振伦在序言中也说明了杨怀玉归隐的原因是"伤宋事之日非矣"。《杨家府演义》的隐逸思想应该与纪振伦的隐逸经历有关。纪振伦《续英烈传叙》有云：

> 尝不幸而伏处山林，沉观世故，枚举缕述，时存披览，则野乘之流传，亦足为考古之先资也。有明文长徐先辈，负轶才，郁郁不得志，有感于太祖以布衣定天下，一时佐命之英，景从云合，明良交会，号称极盛，著《英烈传》一书。③

"尝不幸而伏处山林"说明纪振伦有过隐逸的经历，隐逸原因不明，但是从他感于"有明文长徐先辈，负轶才，郁郁不得志……著《英烈传》一书"来看，很可能有过与徐渭一样怀才不遇的经历。再结合《杨家府演义》的杨怀玉隐逸太行，纪振伦很可能是因为对现实不满而放弃功名，投身正统文学之外的戏曲、小说，应该是对现实不满和命运抗争的选择。

---

① 吴志达：《明代文学与文化》，武汉大学出版社2010年版，第75页。
② 秦淮墨客校订，周华斌、陈宝富校注：《杨家将演义》第八卷，北京出版社1981年版。
③ 纪振伦：《续英烈传叙》，刘世德等主编《古本小说丛刊》第15辑，中华书局1987年版，第5—7页。

第二节　《乐府红珊》的面貌

　　戏曲散出选本由民间坊刻刊行，在民间流传，多被民间私人收藏，缺乏统一的收藏管理，佚失较多，还有一些流落到海外或者民间，无法见到，今天我们看到的戏曲散出选本也许只是很少的一部分。以上所列选本，就有一些是流落海外、近年来才被发现的。《乐府玉树英》、《乐府万象新》、《大明天下春》、《乐府菁华》和《乐府红珊》均经历了漂洋过海、流落海外的命运，后来才由汉学家发现，并加以介绍，其面目才被学界目睹，价值才被逐渐认识。《乐府红珊》的命运更是一波三折。

　　《乐府红珊》刊行于万历三十年（1602），但是明清以来的书目或文籍中没有《乐府红珊》的著录，早年又流落海外，对它的发现与认识经历了长期的曲折过程。《乐府红珊》现藏于英国的大英博物馆，已经是西式的装帧，装有棕红色硬皮封面和棕色牛皮书脊。如今封面硬壳已经断裂。封面和书脊上没有书名，只是书脊上有烫金拉丁文"中国的书（LIBERCHINENS）"①。由于无法见到此书，论文只能依据王秋桂主编的《善本戏曲丛刊》第二辑收录的《乐府红珊》影印本，对此书的面貌加以描述。《乐府红珊》原刊本不存，现藏于大英博物馆的《乐府红珊》是嘉庆庚申（1800）积秀堂的覆刻本。

　　此书全称是《新刊分类出像陶真选粹乐府红珊》（每页书口也都刻上"陶真选粹"四字）。此书扉页字迹模糊，但基本能辨认出来，扉页上横题"陶真选粹"，右上角题"嘉庆庚申新镌"，左下角题"积秀堂藏版"，这些题字为楷体，字号中等。扉页正中题有"精刻绣像乐府红珊"的大号楷体，大概是其他题字的四倍（见图1-1）。隔一空白页后，为"校正乐府红珊序"（见图1-2），阐明编辑本书的目的，"为是集之撮要提纲，虽寸珠不是过也，谬谓乐府之红珊，期人知所共宝云"。后署

---

　　① 李玫：《流失英国的三种中国古代戏曲选集孤本》，《中国社会科学院学报》2004年11月4日。

时间"万历壬寅岁孟夏月吉旦",署名为"秦淮墨客"。序后为"乐府红珊凡例二十条"(见图1-3),说明南北曲的异同、作曲的规范、模仿的方法及演奏的条件等。凡例之后为目录,题为"新刊分类出像陶真选粹乐府红珊目录"(见图1-4),分为十六卷,每卷按类收同类题材的一些戏曲单出,共100出,有很多单出出于同一剧目。版式为上列单出名称,下列源出剧目名称,如"一卷庆寿类","八仙赴蟠桃盛会 升仙记","裴晋公绿野堂祝寿 泰和记","关云长公祝寿 单刀记","班仲升庆母寿 投笔记","斑老莱子戏婇悦 斑衣记""蔡伯喈庆亲寿 琵琶记","张九成兄弟庆寿 香囊记","苏东坡祝寿 四节记"。正文卷首题"新刊分类出像陶真选粹乐府红珊卷一",下题"秦淮墨客选辑、唐氏振吾刊行"。书的内容如目次所录,唯一例外是第九十九出"蔡端明母子相逢"(选自《洛阳桥》)并不见录于正文。此外,内容有一处装订错误。"王状元浴麟佳会"中的第148页与《窦燕山五经训义》中的第170页装订颠倒。

图1-1 《乐府红珊》扉页　　　　图1-2 《乐府红珊》序

从版式上来看,《乐府红珊》为整幅版面,不分栏,版式疏朗,字大行疏,曲文一般每半页10或11行,每行20或21字。楷体字样,刻工良好,字迹比较清晰。曲白区分明显,宾白用字比曲文用字较小,曲牌和脚色标记明确,有多处字迹模糊。

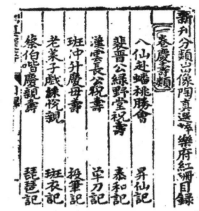

图 1-3　《乐府红珊》凡例　　　　图 1-4　《乐府红珊》目录

　　出像是明代散出选本的常态，《乐府红珊》也不例外。每卷首出插入双页全像插图，与散出内容"情景相同，意志相合"。全书共计 15 帧版画插图，第十一卷"宴会类"前无绣像书页。《乐府红珊》版画插图，既具有金陵版画的特征，又融入了徽派的版画风格。"较之万历初期不同，此时的金陵地区出现徽商直接开设的书肆分号，两地间的刻工也因此有相互往来交流的情况"，"加快了金陵版画插图由粗豪至精丽的转变"①。万历中期金陵的版画风格，没有了早期画面中的标题式联语，人物比例、表情及布景中的中国画因素增强，万历初期稚拙生动、雄健有力的版画风格，已经变为妍静细腻的格调。

　　《乐府红珊》是如何流落到海外的，已不得而知，如今我们只能凭借着经验想象它漂泊他乡的经历。如同《乐府红珊》历经漂泊的命运一样，《乐府红珊》的发现和认识，也是一个比较曲折的过程，是一个逐渐深入的过程。

　　① 姜宇钦：《万历年间徽州与金陵两地版画插图关系的研究》，硕士学位论文，西安美术学院，2009 年。

第三节 《乐府红珊》的发现与研究

一 李家瑞的初见与认识

明清以来的书目或文籍中，没有《乐府红珊》的著录或记载，第一次听说此书，是近代学者李家瑞的介绍。李家瑞先生是第一位见到《乐府红珊》的学者，但只是匆匆一见，便失之交臂。后来李家瑞先生带着惊喜和遗憾撰写了题为《陶真选粹乐府红珊》的短文报道，发表在 1937 年 6 月 17 日的《中央日报·图书评论周刊第五期》，他自述自己在民国二十三年（1934）十月，于杭州一家书铺发现此书，"我遇到这一部书，自然是喜出望外，但是我细心一看，这书照书目应有十六卷，现在还缺一本。书铺老板答应我再找，叫明天再去拿。此时我应该把这五本先买回去。一时大意，仅想明天来拿全书呢！不想明天来也，主人出去了；后天来也，主人没有回来。我又忙于要回南京……有朋友到杭州，我专托他们去问这部书，据他说连那五本都不见了，使我听了很是失望！"李先生只记住了该书名为《陶真选粹乐府红珊》，扉页题"秦淮墨客选，唐氏振吾刊"，从目次上可知全书分为十六卷。因为对其详细内容并无了解，所以误认为此书是陶真的唱本：

> 我还记着《尧山堂外纪》、《七修类稿》、《西湖志余》、《杭俗遗风》、《画舫余谭》、《通俗编》等书都记着这种陶真……我还记着这书的体裁，是选的陶真一段一段的，上头有个曲牌名，下头有个原来的书名……书的字句有些像传奇，不像《七修类稿》说的，起处都是"太祖太宗真皇帝，四组神宗有道君"。

"陶真"是"从宋代到清代一直流行的南方讲唱技艺"[①]，由瞽者弹

---

① 叶德均：《宋元明讲唱文学》，《戏曲小说丛考》下卷，中华书局 1979 年版，第 645 页。

奏琵琶演唱，所唱有小说、平话，南宋时在临安流行，南宋西湖老人《繁胜录》记临安的瓦肆技艺："喝涯词，只引子弟，听陶真，尽是村人。"① 明代中叶以后，这种说唱艺术在江浙地区很盛行，田汝成《西湖游览志余》卷二十"熙朝乐事"中说："杭州男女瞽者，多学琵琶，唱古今小说、平话，以觅衣食，为之'陶真'。"② 陶真虽然一直流行，但遗憾的是陶真的唱本却无法见到。

　　李家瑞先生将《乐府红珊》作为陶真唱本介绍后，引起了讲唱文学研究者的重视，把它作为民间说唱艺术"陶真"仅存的硕果。叶德均《宋元明讲唱文学》也沿袭了这种观点，并且因此改变了对陶真的认识。他把讲唱文学分为诗赞系与乐曲系两类，本来是把陶真归于诗赞系一类的，在看到李家瑞的介绍后，把《乐府红珊》归为乐曲系一类，并且认为陶真作品，除了诗赞系一类外，还有乐曲系一类，并且解释道："其中的乐曲是南北曲，类似后来有曲牌的吴音系弹词。和通常用的诗赞体的陶真不同。"并指出："宋代以来所用的七言诗赞改为流行的南北曲，是受了当时乐曲影响而发展的。"③ 陈汝衡在《说书史话》第五章第四节中，也将此书作为陶真文本的实例。④

　　关于《乐府红珊》为陶真唱本的认识，在韩南先生见到此书面目以后得以改变，其选录的不是陶真，而是戏曲折子戏。而当代盛志梅《弹词渊源流变考述》一文论述弹词的起源可以追溯到宋代的陶真，并认为"这一时期（明代）的秦淮墨客（纪振伦，万历崇祯年间人）所编的《陶真选粹乐府红珊》，选录了当时流行的说唱陶真若干种，其中的乐曲用了南北曲，人物有了角色的划分，与清朝初年有曲牌的弹词很相似"⑤。

　　① 　孟元老等：《东京梦华录》（外四种），中华书局 1962 年版，第 120 页。
　　② 　田汝成：《西湖游览志余》，上海古籍出版社 1980 年版，第 368 页。
　　③ 　叶德均：《宋元明讲唱文学》，《戏曲小说丛考》下卷，中华书局 1979 年版，第 627 页。
　　④ 　陈汝衡：《说书史话》，作家出版社 1958 年版，第 117 页。
　　⑤ 　盛志梅：《弹词渊源流变考述》，《求是学刊》2004 年第 1 期。

二　韩南的发现与研究

《乐府红珊》的发现与研究，美国哈佛大学教授韩南先生是当之无愧的功臣。李家瑞先生在 20 世纪 30 年代匆匆一见的，应该是此书的明刊巾箱本。1963 年，韩南在英国大英博物馆发现了另一种版本的《乐府红珊》①，并撰写出《〈乐府红珊〉考》一文，载于 1963 年英国剑桥大学的 BSOAS。13 年后才经中国台湾的王秋桂译为中文，发表在1976 年中国台湾的《中外文学》第四卷第七期。韩南认为"虽然版本显然有所不同，大英博物院的存本和李家瑞所讲的《乐府红珊》无疑是同一作品。两者不但书名相同，而且编者、原刊者和卷数也都一样。"在详细介绍《乐府红珊》内容的基础上，肯定了此书的性质，"这些作品并非陶真而是戏曲"②。此外，韩南先生还对《乐府红珊》收录的"孤本"戏曲散出、无全本流传的戏曲散出进行了考述，并对《乐府红珊》内容作了简要介绍。迄今为止，韩南先生对《乐府红珊》的选剧考释是最为详尽的。由于国内学术界无法见到此书，所以对此书的了解，只能停留于韩南先生的介绍，而这一次停留又是近 10 年的时间。

三　王秋桂的贡献

王秋桂先生从大英博物馆买来《乐府红珊》的微缩胶卷，于 1984年在他主编的《善本戏曲丛刊》第二辑影印出版此书，将其置于"收昆腔系统的戏曲选本八种"的第二辑之首。③ 此后，《乐府红珊》才被国内学者看到，并逐渐被认识。

---

① 此书在大英博物馆的编号为 15257e15。此书最先编入 R. K. Douglas 所编的 *Catalogue of Chinese Printed Books*，manuscripts in the Library of British Musuem，London，1877，263。

② 韩南：《〈乐府红珊〉考》，初载于英国剑桥大学《东方及非洲研究学院学报》（*Bulletin of the School of Orientaland African Studies*，XXVI/2），经王秋桂译为中文后，发表在 1976 年中国台湾的《中外文学》第四卷第七期。后收入《韩南中国小说论集》，北京大学出版社 2008 年版，第 265 页。

③ 这八种昆腔系统的戏曲选本是：《乐府红珊》、《吴歙萃雅》、《珊珊集》、《月露吟》、《词林逸响》、《怡春锦》、《万锦娇丽》、《歌林拾翠》。

在《乐府红珊》影印出版以前，现代学者因为无缘见到此书，戏曲文献著述中均不曾提到。如傅惜华的《明代传奇全目》，庄一排的《古本戏曲存目汇考》，其剧目考证中均未提及此书。在见到此书后，将此书作为重要的戏曲文献进行著述。郭英德《明清传奇综录》在对明代传奇的考述中，就利用了《乐府红珊》的文献资料。

随着《乐府红珊》的影印出版，国内学者对此书的认识也逐渐深入。首先，对《乐府红珊》性质认识的深入。赵山林先生认为《乐府红珊》虽然是文人选本，但与民间选本一样，以民间喜好为选择根据。①俞为民在《明代南京书坊刊刻戏曲考述》中介绍南京书坊广庆堂时，认为《乐府红珊》是其刊行的戏曲作品之一，收录宋元南戏和明代传奇散出。②孙崇涛《古代江浙戏曲刻本述考》在论述南京金陵的戏曲刻书时，介绍《乐府红珊》为南京广庆堂刻书，并认为它"是一种比较特殊的戏曲选本"，并解释其特殊性在于其分类编辑的独特。③朱崇志《中国古代戏曲选本研究》中将《乐府红珊》置于"戏曲选本的成熟期（明代万历时期至清代康熙、雍正时期）"④。其次，对《乐府红珊》所属声腔的认识。王秋桂主编的《善本戏曲丛刊》将此书声腔归入昆腔，国内学界也多保持这种认识。赵山林先生《中国戏剧传播接受史》将《乐府红珊》置于成熟期的昆腔选本之列。将戏曲选本分为三个阶段，认为成熟阶段的选本以昆腔为多，据不完全统计，现存明代万历、天启、崇祯三朝的昆腔选本尚有近 30 种，几乎占了明代戏曲选本的 2/3，《乐府红珊》便是其中之一。⑤孙崇涛先生也认为"《群音类选》（官腔）、《乐府红珊》为昆腔选本"⑥。吴新雷先生则对《乐府红珊》的声腔性质进行了详细的考述，通过对《乐府红珊凡例》的逐条考证，认为它辑自魏良辅的昆曲唱论，从而肯定此书为昆曲折子戏选集，认为它是"是早期的

①　赵山林：《中国戏剧传播接受史》，上海世纪出版集团 2008 年版，第 310—326 页。
②　俞为民：《明代南京书坊刊刻戏曲考述》，《艺术百家》1997 年第 4 期。
③　孙崇涛：《古代江浙戏曲刻本述考》，《浙江师范大学学报》2009 年第 3 期。
④　朱崇志：《中国古代戏曲选本研究》，上海古籍出版社 2004 年版。
⑤　赵山林：《中国戏剧传播接受史》，上海世纪出版集团 2008 年版，第 310—326 页。
⑥　孙崇涛：《风月锦囊考释》，中华书局 2000 年版，第 147 页。

昆曲折子戏选集"，并进一步肯定其价值，"对于昆曲盛行情况和昆曲演出史的研究具有重要的实证价值"。与以上认识不同的是，吴敢《说戏曲散出选本》将《乐府红珊》列入"以标榜滚调为旗帜"的选本之中。①

———————

① 吴敢：《说戏曲散出选本》，《艺术百家》2005 年第 5 期。

第二章 《乐府红珊》的性质研究

　　与其他戏曲散出选本相比,《乐府红珊》有较大的独特性。就其性质而言,此书全称是《新刊分类出像陶真选粹乐府红珊》,扉页书口又刻有"陶真选粹"四个字。陶真是一种流行于明清的民间说唱技艺,其面目无人见得。《乐府红珊》是否就是陶真唱本,也不确定。《乐府红珊凡例》实际是昆腔演唱的相关规范,与魏良辅《昆腔原始》基本相同。而且,《乐府红珊》选录的内容与全本戏的散出、其他选本的散出相同。这些矛盾自然就造成了对《乐府红珊》选本性质的争议。目前,学术界对其性质虽然有了基本一致的认识,但是,一则缺乏深入分析,二则没有全面的、系统的认识。所以,对《乐府红珊》的研究应该从其性质入手。

第一节 《乐府红珊》的选本性质

一 明万历南京的戏曲与陶真

　　《乐府红珊》由南京人纪振伦选编,又刊行于万历时期的南京,与南京有着必然的联系,所以,有必要对这一时期的南京剧坛加以了解。

　　明万历是戏曲发展史上继元杂剧之后的又一个黄金时期,南京又是万历戏曲的中心之一。六朝古都的辉煌历史本来就奠定了南京的繁华,明太祖朱元璋建都金陵,南京很快成为全国的政治、经济、文化中心。开国皇帝朱元璋对戏曲的态度大大促进了戏曲的发展,他一方面加强戏曲的管理，另一方面又充分发挥戏曲艺术的社会作用，虽然将戏曲内容限定在教化的范围，但客观上促进了戏曲的演出与传播。明初南京曾设有教坊司，专司吏员乐部，另设有富乐院及花月春风十六楼，"以处官妓，缙绅宴集，用以承值"①。明成祖朱棣于永乐十九年（1421）迁都北京后，改金陵为南京，作为"陪都"、"南都"。"海宇承平，陪京佳丽，仕宦者夸为仙都，游谈者指为乐土。"② 南京人顾起元在《客座赘语》中对南京戏曲的声腔有如此论述：

> 南都万历以前，公侯与缙绅及富家，凡有宴会，小集多用散乐，或三四人，或多人，唱大套北曲，乐器用筝、琹、琵琶、三弦子、拍板。若大席，则用教坊打院本，乃北曲大四套者，中间错以探垫圈、舞观音，或百丈旗，或跳队子。后乃变而尽用南唱，歌者只用一小拍板，或以扇子代之，间有用鼓板者。今则吴人益以洞萧及月琴，声调屡变，益为凄婉，听者殆欲堕泪矣。大会则用南戏，其始止二腔，一为弋阳，一为海盐。弋阳则错用乡语，四方士客喜阅之；海盐多官语，两京人用之。后则又有四平，乃稍变弋阳而令人可通者。今又有昆山，较海盐又为清柔而婉折，一字之长，延至数息，士大夫集心房之精，靡然从好，见海盐等腔已白日欲睡，至院本北曲，不舍吹笼击击，甚且厌而唾之矣。③

以上论述从宴集演剧以及声腔流变的角度，展示了万历时期南京地区戏曲的繁荣。南京因"陪都"成为南方尤其是长江中下游地区的中心，南京南北汇合之地的地理位置，又使它成为南北文化的枢纽，成为文化传播的要津，成为声腔剧种传播的重地。诸腔并起，新腔产生，为不同阶层、不同地域、不同审美趣味的观众提供了更多的选择，而且诸

---

① 王焕镳：《首都志》，民国丛书第一编。
② 钱谦益：《列朝诗集》丁集七，《四库禁毁书丛刊》集部96，北京出版社1997年版，第333页。
③ 顾起元：《客座赘语》，中华书局1987年版，第302页。

腔之间相互竞争，相互借鉴，进一步促进了戏曲发展与繁荣。顾起元对南京戏曲声腔流变的概括非常清晰，万历以前，杂剧在南都较为兴盛，每有宴会多唱"大套北曲"或者"北曲大四套"，四大套即指杂剧。从万历年间开始，南戏诸腔开始兴盛，"四方士客喜阅之"的弋阳腔、"两京人用之"的海盐腔、士大夫"靡然从好"的昆山腔相继兴起，在南京剧坛风靡一时。明万历初期，经魏良甫改革后的昆山腔，"较海盐又为清柔而婉折，一字之长，延至数息"，表现出了压倒其他诸腔的优势。昆山腔始行于吴中时，首先见于散曲清唱，或为"清腔"、"清曲"，不久便传到南京。昆腔从吴中传入南京，大概与将昆腔新声搬上戏曲舞台的梁伯龙到南京结社有关。梁伯龙《浣纱记》创作于隆庆、万历之际，隆庆元年（1567）梁伯龙与莫云卿、王樨登等江南名士 40 余人在金陵鹫峰禅寺结社集会。隆庆四年（1570），梁伯龙与曹大章等在南京举行莲台仙会，品评秦淮歌妓。李攀龙《寄赠伯龙》诗云："彩笔含花赋别离，玉壶春酒调吴姬。金陵子弟知名姓，乐府争传绝妙辞。"[①]此处"绝妙辞"可能就是梁伯龙之《浣纱记》。南京与吴中往来便利，秦淮歌妓也有到吴中学习昆腔的，潘之恒《鸾啸小品》卷二《乐技》云："武宗、世宗末年，犹尚北调，杂剧、院本，教坊司所长。而今稍工南音，音亦靡靡然。名家姝多游吴，吴曲稍进矣。时有郝可成小班，名炙都下。"[②] 万历年间，昆曲已经不再限于秦淮歌场，士大夫"靡然从好"。昆曲艺术评论家潘之恒因酷爱昆曲，于万历十三年来到南京，频繁主持昆曲演出，品评昆曲艺术，极大地促进了昆曲在南京的发展。明万历以后，昆曲"不仅取代了海盐腔的位置，而且与弋阳腔（包括四平腔）平分天下"[③]。于是南京成为昆曲的传播中心，"万历以后，昆曲流行的地域逐渐广阔，在全国形成了以苏州、南京、杭州和北京为据点的四大中心。南京仅次于苏州的昆曲根据地，因它作为明代南都特

---

①　李攀龙：《沧溟先生集》，上海古籍出版社 1992 年版，第 361 页。

②　潘之恒：《鸾啸小品》卷二《乐技》，俞为民、孙蓉蓉编《历代曲话汇编》（明代编第二集），黄山书社 2009 年版，第 207 页。

③　苏子裕：《南京地区戏曲声腔考述》，《中华戏曲》2007 年第 2 期。

殊的政治地位，其昆曲演唱之盛，在某些方面甚至超过了苏州"①。

明代南京既是江南地区的文化中心，又是连通南北的要津，易于形成包容性极强的城市品格。对各种艺术形式的兼收并蓄，便是其包容品格的体现。陶真这种民间说唱技艺，在明代的南京也很流行。陶真是"从宋代到清代一直流行的南方讲唱技艺"②。因为没有陶真作品流传下来，只能据文献记载，了解陶真的基本形式和演唱特点。对陶真的最早记录，见于南宋西湖老人《繁胜录》记临安的瓦肆技艺："喝涯词，只引子弟，听陶真，尽是村人。"虽然只是简单的记录，但却提供了重要的信息。陶真在南宋的临安流行，而且陶真与涯词的听众不同，陶真的听众是农民，涯词的听众是子弟。陶真为村人喜欢，可见陶真的题材和内容应该是比较通俗的。此外，陆游《小舟游近村舍舟步归》之四有云：

> 斜杨古柳赵家庄，负鼓盲翁正作场。身后是非谁管得，满村听说蔡中郎。③

此诗作于庆元元年陆游居山阴时。盲翁用鼓伴奏说唱赵贞女、蔡中郎之事，虽然盲翁的负鼓演唱，与明代陶真以盲女弹琵琶演唱不尽相同，但是陶真一开始即在农村流行，陆游所听盲翁演说故事也是在山阴农村，以此推测，负鼓盲翁演唱的很可能是陶真。

明代关于陶真的记载稍微详细一些，郎瑛《七修类稿》卷二十二：

> 闾阎陶真之本之起，亦曰："太祖太宗真宗帝，四祖仁宗有道君"，国初瞿存斋（佑）过汴之诗有："陌头盲女无愁恨，能拨琵琶说赵家。"皆指宋也。④

---

① 吴新雷：《南京剧坛昆曲史略》，《艺术百家》1996 年第 3 期。
② 叶德均：《宋元明讲唱文学》，《戏曲小说丛考》下卷，中华书局 1979 年版，第 645 页。
③ 陆游著，钱仲联校注：《剑南诗稿校注》，上海古籍出版社 1985 年版，第 2193 页。
④ 郎瑛：《七修类稿》，上海书店出版社 2001 年版，第 229 页。

明代周楫《西湖二集》卷十七《刘伯翁荐贤平浙》的入话云：

　　那陶真本子上道："太平之时嫌官小，离乱之时怕出征。"①

明代田汝成在《西湖游览志余》卷二十记载明代陶真时说：

　　杭州男女瞽者，多学琵琶，唱古今小说、平话，以觅衣食，谓
之陶真。大抵说宋时事，盖汴京遗俗也。②

　　以上三处文献记载，提供了明代陶真技艺的基本形式和演唱特点：
第一，陶真的形式是七言诗赞体；第二，陶真的内容为叙事，多唱古今
小说、平话，多说唱宋朝之事；第三，陶真由男女盲人演唱，用琵琶伴
奏；第四，陶真在明代的江浙一带，特别是杭州很流行。
　　关于明代陶真流行的记载还有田艺衡《留青日札》记载：

　　曰瞎先生者，乃双目瞽女，即宋陌头盲女之流。自幼习小说、词
曲，弹琵琶为生。多有美色，精技艺，善笑谑，可动人者……③

　　此则文献虽未说明盲女演唱的是何种技艺，但是从所记为杭州盲女
事，可知盲女谋生的技艺应该是陶真。而且，从此则文献还可以了解
到，演唱陶真的瞽者艺人以盲女为多，而且多是色艺双全者。郎瑛《七
修类稿》中也有"陌头盲女无愁恨"的记载。
　　任何艺术形式的生存和发展，都需要不断地汲取营养，革新自身，
以适应大众的需求。陶真因为灵活便捷，更容易发生改编，以求生存。
明人田汝成在《西湖游览志余》卷二十云：

---

①　周清原：《西湖二集》，《古本小说集成》第一辑，上海古籍出版社1991年版，第688页。
②　田汝成：《西湖游览志余》，上海古籍出版社1980年版，第368页。
③　田艺衡：《留青日札》，沈节甫《纪录汇编》，上海涵芬楼影印明刻本。

　　杭州男女瞽者，多学琵琶，唱古今小说、平话，以觅衣食，谓之陶真……若红莲、翠柳、济颖、雷峰塔、双玉扇坠等，皆杭州异事，或为近世所拟作也。①

　　红莲、翠柳、济颖、雷峰塔、双玉扇坠所叙之事，现存话本中皆有，多讲男女之事。所谓"近世拟作"应该是从话本改编来的。从此可以看出，陶真不仅演唱小说、平话，也演唱过男女风流之事，这些内容都是城市市民感兴趣的。演唱内容的变化，也反映陶真技艺由农村流入城市的自我革新。

　　从以上资料分析可以得出，陶真源于江浙农村，听众为村人，演唱者为男女盲者，后来流入江浙一带的城市，演唱者多为色艺俱佳的盲女，演唱内容也渐趋丰富。

　　南京作为南方的文化中心，与杭州距离很近，二者皆为贸易港口，人员往来频繁，文化交流频繁。虽然以上文献记载的都是杭州的陶真，但是，如同昆腔很快由吴中传入南京一样，杭州陶真传入南京也应该不晚。陶真在清代的南京还很流行，捧花生嘉庆二十三年（1818）所作的《画舫余谭》就有南京陶真的记载：

　　　　起泮宫（孔庙）前至棘院（贡院）止，值清明，百戏具陈，如……三棒鼓，十不闲、投狭、相声、鼻吹、口歌、陶真、撮弄丸，可以娱视听者，翘首伸头，围如堵墙。②

　　虽然此则资料所记为清代之事，但是从艺术的延续性来分析，明代南京陶真也应该是比较流行的。

　　昆曲和陶真同时在明代南京流行，所以，这两种艺术形式之间可能会有影响和借鉴。

---

① 田汝成：《西湖游览志余》，上海古籍出版社1980年版，第368页。
② 捧花生：《画舫余谭》，嘉庆戊寅捧花楼续刊。

二 陶真对戏曲的影响

(一)"陶真"被搬上戏曲舞台

元末时期,陶真就被搬上戏曲舞台。元末高明《琵琶记》第十七出《义仓赈济》中,有一段净丑的对白:

> (净)……大的孩儿不孝不义,小的媳妇逼勒离分,单单只有第三个孩儿本分,常常将去了老夫的头巾,激得老夫性起,只得唱个陶真。(丑)呀,陶真怎的唱?(净)呀,到被你听见了。也罢,我唱你打和。(丑)使得。(净)孝顺还生孝顺子,(丑)打打咍莲花落。(净)忤逆还生忤逆儿,(丑)打打咍莲花落。(净)不信但看檐前水,(丑)打打咍莲花落。(净)点点滴滴不差移,(丑)打打咍莲花落。①

这段戏曲舞台上的对白,提供了陶真演唱为七言的证据,陶真的演唱与莲花落配合,所演唱内容由南宋时期的叙事变成了抒情。

(二)顾坚与《陶真野集》

顾坚为元末昆山人,他最大的贡献是创立了昆山腔,并著有《陶真野集》十卷。明魏良辅《南词引证》记载:

> 元朝有顾坚者,虽离昆山三十里,居千墩,精于南辞,善作古赋。……与杨铁笛、顾阿瑛、倪元镇为友。自号风月散人,其著有《陶真野集》十卷、《风月散人乐府》八卷行于世。②

顾坚所著《陶真野集》已经失传,其内容不得而知。但是从其好友杨维桢那儿可以得到一些信息。杨维桢(1296—1370),字廉夫,浙江会稽人。据明臧懋循《负苞堂文选》卷三《弹词小序》载:

---

① 高明:《琵琶记》,毛晋《六十种曲》,中华书局1958年版,第67页。
② 魏良甫:《南词引证》,俞为民、孙蓉蓉编《历代曲话汇编》(明代编第一集),黄山书社2009年版,第526页。

近得无名氏《仙游》《梦游》二录，皆取唐人传奇为之敷演。深不甚文，谐不甚俚，能使骏儿少女无不入于耳而洞于心，自是元人伎俩。或云杨廉夫避难吴中时为之。间闻有《游侠》《冥游录》，未可得，今且刻其存者。①

文献中记录的杨维桢所作《仙游录》、《梦游录》、《游侠录》、《冥游录》，为其避难吴中所作，皆取材于唐人传奇，内容文俗相谐，深得青年男女的喜爱。徐渭《南词引证》中言顾坚与杨维桢为友，顾坚居吴中，杨维桢避难吴中时应该与顾坚有交往。顾坚《陶真野集》之"野"，应该指通俗，而杨维桢"深不甚文，谐不甚俚"之作，可能与顾坚之《陶真野集》类似。所以，顾坚之《陶真野集》很可能是用陶真的形式敷演唐人之传奇的通俗读物。那么，顾坚创立昆山腔是否也受到陶真的启发，不得而知。

（三）《赵五娘描真容》中《琵琶词》

《乐府红珊》第十六卷"忠孝节义类"中选录《赵五娘描画真容》一出，第七支曲牌【清江引】后插入了一段时兴俗曲【琵琶词】，【琵琶词】的标示与其他曲牌相同：

试将曲调理官商，弹动琵琶情惨伤，不弹雪月风花事，且把历代源流诉一场。混沌初开盘古出，三才御世号三皇，天生五帝相继续，尧舜心传夏禹王，禹王后代昏君出，乾坤天地属商汤，商汤之后纣为虐，伐罪吊民周武王，周室东迁王迹熄，春秋战国七雄强，七雄并吞为一国，秦氏纵横号始皇，西兴汉室刘高祖，光武中兴后献王，此时有个陈留郡，陈留郡有个蔡家庄，蔡家庄有个读书子，才高班马饱文章，父亲名唤蔡崇简，母亲秦氏老萱堂，生下孩儿蔡邕是，新娶妻房赵五娘，夫妇新婚才两月，谁知一旦折鸳鸯，只为朝廷开大比，张公相劝赴科场，苦被堂上亲催遣，不由妻谏两分

---

① 臧懋循：《弹词小序》，俞为民、孙蓉蓉编《历代曲话汇编》（明代编第一集），黄山书社2009年版，第622页。

张，指望锦衣归故里，谁知一去不还乡。自从与夫分别后，陈留三载遇饥荒，公婆受馁谁为主，妻子耽饥实可伤。可怜三日无餐饭，幸遇官司开义仓，家下无人孤又苦，妾身亲自请官粮，谁知粮米都支尽，拿住李正要赔粮，行到无人幽避处，李正抢去甚慌张，奴思归家无计策，将身赴　泪汪汪。幸遇太公来搭救，分粮与我奉姑舅，粮米充作二亲膳，奴家暗地自挨糠，不想公婆来瞧见，双双气倒在厨房。慌忙救得公苏醒，不想婆婆命已亡。自叹奴家时运塞，岂知公又梦黄粱，连丧双亲无计策，香云剪下往街坊，幸遇太公施仁义，刻腑铭心怎敢忘。孤坟独造谁为主，指头鲜血染麻裳，孝感天神来助力，搬泥运土事非常，筑成坟墓亲分付，改换衣装往帝邦，尽取公婆仪容像，迢遥岂惮路途长。琵琶拨调亲觅食，径往京都寻蔡郎。皋鱼杀身以报父，吴起母死不奔丧，宋弘不弃糟糠妇，黄允重婚薄幸郎，此回若得夫相见，全仗琵琶说审详。从头诉尽千般苦，只恐猿闻也断肠。①

　　虽然未说明性质，但是内容和形式都与陶真相同。第一，【琵琶词】的内容为七言诗赞体形式；第二，此段开头叙述历史引入正题，与郎瑛《七修类稿》卷二十二记载的陶真本开头所言"太祖太宗真宗帝，四祖仁宗有道君"相同；第三，从"弹动琵琶情惨伤"可知，演唱弹奏的乐器是琵琶，印证了上文文献中的"能拨琵琶说赵家"；第四，弹唱内容主要叙事，"从头诉尽千般苦"；第五，此段讲唱采用第三人称的口吻讲述蔡二郎、赵五娘的故事，没有改成第一人称的代言体，与"旦唱"不相符，显然是从民间的陶真直接移植过来的。高明《琵琶记》中并无【琵琶词】，在舞台演出中才移植过来的。《词林一枝》、《玉谷新簧》、《大明春》等民间选本选录的"赵五娘描画真容"，都增加了《琵琶词》。而且，还有【琵琶词】在民间单独流行的例证，刊行于万历三十八年的《玉谷新簧》五卷"时尚妙曲"中，收有《琵琶词》，与戏曲散出选本中

---

①　纪振伦：《乐府红珊》，王秋桂《善本戏曲丛刊》影印本，台湾学生书局1987年版。

【琵琶词】相同。万历年间刊行的《摘锦奇音》卷一下层目录中有《五娘琵琶词调》，但是正文阙文。最早的戏曲摘汇选本《风月锦囊》，既收录了明嘉靖时期舞台流行的戏曲《琵琶记》十多出，甲编部分的"时兴曲""新增妙曲"中还收录"新增赵五娘弹唱"，句式长短不齐，主要是抒情，与陶真的形式不同。

叶德均先生认为：

> 陶真和弹词同是用七言诗赞的讲唱文学，二者只有名称的差异……就历史的发展说，宋、明时的陶真是弹词的前身，而明、清的弹词又是陶真的绵延，两者发展的历史是分不开的。
>
> 明代诗赞系讲唱文学主要的是南北通行的词话和流行于南方的陶真，但二者差异很微。陶真一系到嘉靖时改名为弹词；词话一系在明清之际的北方改成鼓词。①

以此看来，此段【琵琶词】很可能是民间流行的陶真。此支曲子名为"琵琶词"，与剧作《琵琶记》有关，同时也说明了此支曲子是用琵琶演奏的。"今昆山以笛、管、笙、琵按节而唱南曲者"②，琵琶也是昆腔使用的主要乐器之一，它以点状音符出现在乐曲中。它音色细腻、音域宽广、表现力丰富，在昆曲伴奏中有其独特的效果和不可替代的作用。

（四）剧本增加了大量的七言诗赞和韵白

戏曲中虽然有直接引入陶真原唱的例子，但是这种直接搬演的情况很少。因为二者毕竟是两种不同的艺术形式：一者为说唱，一者为装扮表演，两种艺术之间更多是相互影响，相互融合。陶真给戏曲增添了新鲜的血液，正如词话对元杂剧的影响一样，虽然没有发现元代杂剧搬演词话的唱本，但很显著的现象是元人词话大量遗留在元杂剧中。据叶德均先生统计，《元曲选》100 个剧目中，有词话者计 93 种，188 处，占90％以上。《元曲选》中那些标为"诗云"、"词云"、"诉词云"的诗赞

---

① 叶德均：《宋元明讲唱文学》，《戏曲小说丛考》下卷，中华书局 1979 年版，第 656、668 页。
② 徐渭：《南词叙录》，《中国古典戏曲论著集成》（三），中国戏剧出版社 1959 年版，第 242 页。

体唱词即是词话的影响，大都为七言。《乐府红珊》曲文中大量的七言诗赞和韵白很可能受了陶真的影响。

首先，在《乐府红珊》的折子戏中，增加了很多七言诗赞。

《泰和记·裴晋公绿野堂祝寿》中众人为裴晋公祝寿，进献寿图，并附以诗赞，也为七言：

【骑马待风云】南极光躔，函谷关前现老仙。……（生）后进愧无以贺，敬绘张良辟毂之图并赞以献。（赞曰）智哉留候蹙项羽，刘黄石授书赤松，与游名齐园绮迹，拟巢由秋空黄鹤，春日青牛，年年来此海屋填筹。

《单刀记·寿亭侯祝寿》中：

【锦堂月】寿介长春，时临仲夏……（挂诗诵介）毓秀锺灵应世生，普天感戴欲中兴，试看龙虎风云会，一望孙吴尽扫平。

【㑇㑇令】（末）北阙谢恩命……（跪念轴介）汉祚悠悠四百春，喜逢圣主复中兴，龙盘西蜀生灵乐，虎踞荆襄逐寇惊，百战曾经成伟烈，三分今已着奇勋，千秋共向君侯祝，禄位相传子及孙。

《斑衣记·斑老莱子戏婏悦》中七言诗赞则更多：

【宝鼎香】（外）暮景韶光……（生祝天介）祷告天神及祖亲，椿萱百岁喜康□，今朝齐祝南山寿，岁岁同开北海尊。

【醉翁子】（外）古往……（生着斑衣介）孝养双亲志不违，行年七十奉□□，欲求父母心欢悦。

【余文】千红万紫斗春光，（外）取一家庆图来，待我题赞几句。百岁光阴瞬息间，簪缨五代福俱全，孩儿养志年稀古，荆室齐眉鬓上班，曾记少年骑竹马，犹思旧日待龙颜，传家忠孝人难及，重见儿孙继祖贤。

其次，《乐府红珊》在全本戏散出基础上，增加了很多七言韵白。形成与曲文的顶针效果。

如《宝剑记·林冲妻对景思夫》中，在【四朝元】三支中，皆增加了七言韵白：

【四朝元】（旦）关山遥忆……（又）**残灯挑尽梦难成，愁绝音书寄远征，欲问高堂天未晓，着衣仍坐待天明。**

【前腔】（旦）天明早起……（又）**绿窗独坐思悠悠，放下金针只泪流，残雨断云俱不问，只将幽恨度清秋。**

【前腔】（旦）清秋天气……（又）**半窗明月照黄昏，奴在幽闺暗断魂，盼尽斜阳人不至，相思和泪掩重门。**

【前腔】（旦）重门深闭……

《琵琶记·赵五娘临镜思夫》中也增加了《六十种曲》本未见的七言韵白：

【四朝元】春闱催赴……（又）**天涯游子几时还，目断长安杳露间，莺老花飞春欲尽，愁贫怨别改朱颜。**

【前腔】朱颜非故……**萧条菽水独支持，远梦惊回报晓鸡，犹恐二亲眠尚稳，几回问寝步轻移。**

【前腔】轻移莲步……**鳞鸿何事两茫茫，辗转猜疑欲断肠，纵使名强绊归骑，也应先报捷文场。**

【前腔】文场选士……

《琵琶记·蔡伯喈书馆思亲》中也有相同的用法：

【喜迁莺】（生）终朝思想……**正是三年离却故家乡，雁杳鱼沉音信荒，父母倚门频望眼，教人无日不思量。**

【雁鱼锦】思量，那日离故乡……

【一解】思量，幼读文章……**不得承欢具庆堂，归心如箭思茫茫，遥望白云亲舍远，倚栏几度自悲伤。**

【二解】悲伤，鹭序鸳行……**京华日暮望庭帏，路接南衢思欲飞，故里交游频入梦，醒来依旧各东西。**

【三解】几回梦里，忽闻鸡唱……

《红叶记·韩夫人四喜四爱》中使用的缠达体①曲式中，也增加了七言韵白与下一支曲文形成顶针，既有缠达，也有顶针，回环往复、缠绵流转的效果更加鲜明：

【如梦令】（旦）花浓秋千影里……**晓起看花远径行，南园二月雨初晴，莺声唤起寻芳径，鸾镜蛾眉画不成。**

【二犯朝天子】鸾镜蛾眉画不成……

【如梦令】（旦）深院月明清影……**花下归来香满衣，多情犹自恋花枝，忽看月到梧桐上，庭院沉沉玉漏迟。**

【二犯朝天子】（旦）庭院沉沉玉漏迟……

【如梦令】（旦）宝月碧空才展……**花正芳菲月正圆，人间天上两婵娟，贪看碧海飞金镜，坐对梧桐树影偏。**

【二犯朝天子】（旦）坐对梧桐树影偏……

《金印记·周氏对月思夫》也在缠达体曲式中增加了七言韵白，顶针与缠达相连：

【清江引】一年今夕最分明……只见万里长空收暮云。

【二犯朝天子】万里长空收暮云……**江城吹笛恨茫茫，望断天涯实感伤，月上翠梧斜影燕，金风冷透薄罗裳。**

---

① 耐得翁《都城纪胜·瓦舍众伎》："唱赚，在京师日，有缠令、缠达。有引子、声尾为'缠令'；引子后只以两腔互迎，循环间用者为'缠达'。"《东京梦华录》（外四种），上海古典文学出版社1956年版，第97页。

【清江引】金风冷透薄罗裳……只见玉露迢迢月转廊。

【二犯朝天子】玉漏迢迢月转廊……**两地相思泪泉涌，月移桐影到身边，金瓶线断天涯远，教人无语倚栏杆。**

【清江引】教人无语倚栏杆……一夜思量一夜长。

【二犯朝天子】一夜思量一夜长……

总之，陶真与戏曲同时流行于万历南京，难免相互影响。但是《乐府红珊》以"陶真选粹"为标榜，无非是一种引起读者注意、增强新奇的营销手段。

三　折子戏选本

《乐府红珊》曲白俱录，宾白、科介较很多舞台演出本丰富，价值独特。《乐府红珊》选录 62 种剧本的 100 种散出，仅次于《月露音》和《群音类选》。《月露音》选录 88 种剧本的 213 种散出，《群音类选》残存 157 种剧本的散出。但是《月露音》和《群音类选》（官腔）均只选曲文，未录宾白。而那些曲白俱录的选本，选录散出数量均较《乐府红珊》少。《词林一枝》选录 40 种剧本的 50 种单出，《八能奏锦》选录 33 种剧本的 47 种单出，《乐府菁华》选录 34 种剧本的 72 种单出。《乐府玉树英》原刊目录有 51 种剧本的 106 种散出，但仅存卷一之全部、卷二起首部，共 21 种散出。

折子戏是中国戏曲独特的一种演出形式。陆萼庭先生认为，"折子戏是一个后起的名词，之所以能取代杂出、单出、出头等早期说法而流行于时，自有其历史因素和特定涵义"①。他分析了折子戏必须具备 3 个递进相关的条件：

一是源于传奇，是全本戏的有机组成部分，与全本戏一似整体同部分的关系，本来不能算作独立的戏剧形式；二，必须是舞台艺

---

① 陆萼庭：《昆剧演出史稿》，上海教育出版社 2006 年版，第 168 页。

术演变的自然结果，并不是人为的从全部戏中摘选出来的，明代一些戏曲选本，仅供阅读或清唱，并未经过舞台的锤炼琢磨，而缺少这一层功夫，只能称选剧，或者折子戏的雏形；三，折子在长期的实践中逐渐完善，舞台化的特点分外鲜明，终于取得了独立性，艺术质量的高低决定了独立性水准的高低。①

由此分析可以得出，折子戏源于全本戏，是在舞台演出过程中形成的，经过舞台演出的不断加工，不断地突出舞台化的特点，才能成为独立的折子戏。

首先，《乐府红珊》选录的剧目，绝大多数是宋、元和明初戏文的改编本或明中期的传奇，经过了长期的流行，具备了诞生折子戏的条件。王安祈先生认为折子戏形成的基础为二：

> 一、传奇的演出已经臻于极盛，许多风行多年的戏，观众已观之再三，对剧情的发展早已了若指掌，无需一一交待。二、……情节发展已有既定模式，……观众的趣味在欣赏演员的表演艺术。②

纪振伦《乐府红珊序》中言其编选的目的："以故忠臣孝子义夫贞妇，多为词坛所取赏，而间有一二足为传奇者，所取节片辞，自可以知大概矣。嗟乎，彼连篇累牍，虽兀兀穷年者，何能茹其英，咀其华哉？故孔子以'思无邪'蔽三百篇之义，而是集之撮要提纲，虽寸珠不是过也，谬谓乐府之红珊，期人知所共宝云。"传奇虽然为人所赏，但是能给观众留下深刻印象的只有一两折，也就是全剧的精华，即如"寸珠"，能经得起"茹其英，咀其华"。

《乐府红珊》选录了 62 种剧本的一百种单出，其中杂剧 2 种，戏文 29 种，传奇 31 种。这些剧本，绝大多数是嘉靖、万历前期的作品。吕天成《曲品》收录戏曲作家 90 人的 192 种传奇，并将嘉靖以前的作家

---

① 陆萼庭：《昆剧演出史稿》，上海教育出版社 2006 年版，第 168 页。
② 王安祈：《明代传奇之剧场及其艺术》，台湾学生书局 1986 年版，第 210 页。

作品分为神、妙、能、具四品，称为旧传奇。将隆、万以来的作家作品分为上上、上中、上下、中上、中中、中下、下上、下中、下下九品，称为新传奇。《乐府红珊》的选录传奇中，属于旧传奇的就有 16 种：《琵琶记》、《拜月记》、《荆钗记》、《香囊记》、《金印记》、《连环计》、《玉环记》、《白兔记》、《四节记》、《千金记》、《还带记》、《金丸记》、《断发记》、《宝剑记》、《三元记》、《投笔记》。这些传奇到选本刊行的万历三十年（1602），已经经历了长期的流传，舞台演出已经非常成熟了。属于新传奇的有 19 种：《紫箫记》、《红拂记》、《窃符记》、《浣纱记》、《玉玦记》、《玉合记》、《昙花记》、《鞦鞑记》、《红叶记》、《泰和记》、《玉簪记》、《玉香记》、《题桥记》、《惊鸿记》、《双烈记》、《玉鱼记》、《合璧记》、《玉钗记》、《分钗记》。其中有年代可考的新传奇有：张凤翼《红拂记》，为作者（1527—1613）少年时作；汤显祖《紫箫记》作于万历五年（1577）秋至七年秋（1579）；郑若庸《玉玦记》，作者生于弘治三年（1490），卒年未详，可能在 90 岁以上，那么此剧最迟也作于 1580 年以前。梁辰鱼《浣纱记》作于隆庆四年至万历元年之间（1570—1572）；梅鼎祚《玉合记》作于万历十二年（1584）；吴世美《惊鸿记》作于万历十八年（1590）之前。这些新传奇到《乐府红珊》刊行时，至少也流传了十多年。

　　《乐府红珊》选录的 62 种剧本，除去 9 种孤本以及《西厢记》《偷香记》2 种，还有 51 种剧本，其中旧传奇、新传奇有 35 种。潘允端《玉华堂日记》记载的观演剧作 20 种，除了《钗钏记》与《分钱记》两种为万历年间新编传奇外，其余都是宋元和明初戏文的改编或明中期的传奇。[①]反映了当时人们的喜观旧戏好尚，正如郭英德先生所言："大致而言，在明代万历中期，人们的观剧时尚仍多嗜好旧戏。"[②]考察《乐府红珊》的选剧特征，选录 2 种以上散出的剧目，也以旧传奇为多：

----

　　① 朱建明：《从〈玉华堂日记〉看明代上海的戏曲演出》，赵景深主编《戏曲论丛》第一辑，甘肃人民出版社 1986 年版，第 132—133 页。
　　② 郭英德：《明清传奇戏曲文体研究》，商务印书馆 2007 年版，第 106 页。

剧目	散出	类属
琵琶记	蔡伯喈庆亲寿	庆寿类
	蔡议郎牛府成亲	伉俪类
	蔡伯喈书馆思亲	思忆类
	赵五娘临镜思夫	思忆类
	蔡伯喈荷亭玩赏	游赏类
	赵五娘描真容	忠孝节义类
萃盘记	窦燕山五经训子	训诲类
	窦燕山文武报捷	报捷类
	四花精游赏联吟	游赏类
	窦状元加官进禄	宴会类
	窦仪魁星映读	阴德类
四节记	苏东坡祝寿	庆寿类
	杜工部游曲江	游赏类
	苏子瞻游赤壁	游赏类
	党太尉赏雪	游赏类
	韩侍郎宴陶学士	宴会类
投笔记	班仲升庆母寿	庆寿类
	班定远玉关劝民	训诲类
	班仲升别母应募	分别类
	班仲升母妻忆卜	思忆类
西厢记	崔莺莺长亭送别	分别类
	张君瑞泥金报捷	报捷类
	崔莺莺佛殿奇逢	邂逅类
	崔莺莺锦字传情	风情类
玉簪记	陈妙常秋江送别	分别类
	潘必正及第报捷	报捷类
	陈妙常词诉私情	风情类
千金记	韩信别妻从军	分别类
	楚霸王军中夜宴	宴会类
	萧何月下追韩信	忠孝节义类
四德记	金氏生子弥月	诞育类
	冯京报捷三元	报捷类
	冯商旅邸还妾	阴德类
香囊记	张九成兄弟庆寿	庆寿类
	张夫人忆子征戍	思忆类
	张状元琼林春宴	宴会类
桃园记	汉寿亭侯训子	训诲类
	鲁子敬询乔公	访询类
	刘玄德赴河梁会	宴会类

续表

剧目	散出	类属
泰和记	裴晋公绿野堂祝寿 庾元亮中秋夜宴	庆寿类 宴会类
金印记	周氏对月思夫 苏秦衣锦还乡	思忆类 荣会类
宝剑记	林冲看剑励志 张贞娘对景思夫	激励类 思忆类
红叶记	韩节度戒女游春 韩夫人四喜四爱	训诲类 游赏类
妆盒记	李妃冷宫生太子 刘后勘问寇承御	诞育类 忠孝节义
紫箫记	李十郎霍府成亲 霍小玉灞桥送别	伉俪类 分别类
玉环记	韦南康凤世姻缘 玉箫渭河送别	伉俪类 分别类

其次，《乐府红珊》选录散出经过了舞台的不断搬演，锤炼加工的过程。《风月锦囊》刊行于嘉靖年间，《词林一枝》、《八能奏锦》刊行于万历元年，《乐府菁华》刊行于万历二十八年，《乐府玉树英》的刊刻时间虽然不能确定，但可以肯定是在万历前期。这些戏曲散出选本，均早于《乐府红珊》，都是民间编选的舞台演出本。将《乐府红珊》与其比较，发现《乐府红珊》选录的100种散出中，有38种在万历三十年（1602）之前就流行于戏曲舞台。

《乐府红珊》	《风月锦囊》	《词林一枝》	《八能奏锦》	《乐府玉树英》	《乐府菁华》
陈妙常秋江送别			√	√	
玉箫渭河送别				√	√
霍小玉灞桥送别				√	
班仲升别母应募				√	√
李德武别妻戍边				√	
周氏对月思夫			√	√	√
赵五娘临镜思夫	√	√	√		
蔡伯喈书馆思亲				√	
班仲升母妻忆卜				√	

续表

《乐府红珊》	《风月锦囊》	《词林一枝》	《八能奏锦》	《乐府玉树英》	《乐府菁华》
张夫人忆子征戍				✓	✓
王昭君出塞		✓		✓	
蒋世隆旷野奇逢		✓		✓	✓
蔡伯喈庆亲寿			✓		
窦状元加官进禄		✓		✓	✓
窦燕山文武报捷				✓	✓
吕状元宫花报捷					✓
万俟传祭衣巾		✓	✓	✓	
秦雪梅断机教子				✓	✓
班定远玉关劝民				✓	
赵五娘描真容				✓	
冯京报捷三元				✓	✓
吴王游姑苏台		✓	✓	✓	
杜工部游曲江	✓		✓		
韩夫人四喜四爱		✓	✓	✓	✓
苏子瞻游赤壁	✓	✓	✓	✓	✓
韩侍郎宴陶学士	✓				
张状元琼林春宴			✓		
关云长赴单刀会	✓				
宋太祖雪夜访赵普					
张姬月夜私奔		✓	✓		
崔莺莺锦字传情				✓	
崔莺莺佛殿奇逢					
萧何月下追韩信		✓		✓	✓
刘娘娘搜求妆盒		✓		✓	
刘后勘问寇承御				✓	
裴度香山还带				✓	✓
冯商旅邸还妾				✓	✓
韩明父子相逢				✓	

　　从上表可以看出，有的散出被多个选本选录。被 5 个选本共同选录的有 1 种：《苏子瞻游赤壁》；被 4 个选本共同选录的有 1 种：《韩夫人

四喜四爱》；被 3 个选本共同选录的有 13 种：《周氏对月思夫》、《蒋世隆旷野奇逢》、《萧何月下追韩信》、《刘娘娘搜求妆盒》、《陈妙常秋江送别》、《窦状元加官进禄》、《王昭君出塞》、《赵五娘临镜思夫》、《吴王游姑苏台》、《韩侍郎宴陶学士》、《万俟传祭衣巾》、《冯京报捷三元》、《秦雪梅断机教子》。

《乐府红珊》散出经过长期的舞台搬演，不断趋于成熟。"'折子戏'的新成就具体体现在两个方面：一是剧本方面，二是表演艺术方面。"①据 2005 年在台湾举办的"昆曲国际学术研讨会"的讨论，剧本方面大致可以归纳为四种情况："不同程度的发展和丰富了原作的思想性"、"适当的剪裁增删使内容更为紧凑"、"在形象化、通俗化上下功夫"、"重视穿插和下场的处理"②。

首先，《乐府红珊》不仅曲白俱录，用于舞台演出，而且通过对宾白、科介的丰富和加工，进一步增强舞台演出的形象化和通俗化。明代戏曲理论家很重视宾白，王骥德《曲律》三十四有专论：

> 宾白，亦曰"说白"，有"定场白"，初出场时，以四六释句者是也。有"对口白"，各人散句是也……对口白须明白简质，用不得太文字……字句长短平仄，须调停得好，令情意婉转，音调铿锵，虽不是曲，却要美听。诸戏曲之工者，白未必佳，其难不下于曲。③

李渔《闲情偶记》认为"宾白当与曲文等视"、"得意之宾白"能使"笔酣、墨饱，其势自能相生。常有因得一句好宾白而引起无限曲情；又因填一首好词，而生出无穷话柄者"④。

---

① 陆萼庭：《昆剧演出史稿》，上海教育出版社 2006 年版，第 179—185 页。
② 同上。
③ 王骥德：《曲律》，《中国古典戏曲论著集成》（四），中国戏剧出版社 1959 年版，第 140—141 页。
④ 李渔：《闲情偶记》，《中国古典戏曲论著集成》（七），中国戏剧出版社 1959 年版，第 51—52 页。

下面是对《六十种曲》本《琵琶记》、《乐府红珊·蔡伯皆书馆思亲》、《大明春·伯皆书馆思亲》之【喜迁莺】的比较：

六十种曲	乐府红珊	大明春
【喜迁莺】〔生上〕终朝思想，但恨在眉头，人在心上。凤侣添愁，鱼书绝寄，空劳两处相望。青镜瘦颜羞照，宝瑟清音绝响。归梦杳，绕屏山烟树，那是家乡。〔踏莎行〕怨极愁多，歌慵笑懒，只因添个鸳鸯伴。他乡游子不能归，高堂父母无人管。湘浦鱼沉，衡阳雁断，音书要寄无方便。人生光景几多时，蹉跎负却平生愿。	【喜迁莺】（生）终朝思想。思想我爹娘年老，妻室青春，被他逗留在此，不能得归去呵。但恨在眉头，闷在心上。蔡邕抛两月夫妻，赘相府艳质，虽则新婚，实怀旧恨。凤侣添愁。岁月屡迁音信杳，路途迢递雁鱼稀。鱼书绝寄。爹娘你那里频倚门闾儿不见，俺这里空瞻屺岵忆双亲。空劳两处相望。下官今早打从夫人妆台前经过，见我两鬓幡然，容颜比承欢膝下之时不同了。青镜瘦颜羞照。正是欲释心间闷，且无七弦琴。琴呵，我今弃父母而不顾，抛妻子而不返，那有心事来抚你。宝瑟清音绝响。昨宵一梦到家山，醒来依旧天涯外。归梦杳，绕屏山烟树，那是我家乡。〔踏莎行〕怨极愁多，歌慵笑懒，只因添个鸳鸯伴。他乡游子不能归，高堂父母无人管。湘浦鱼沉，衡阳雁断，音书要寄无方便。人生光景几多时，蹉跎负却平生愿。蔡邕定省思归之念耿耿在怀，骨肉离别之言常常堆积。正是三年离却故家乡，雁杳鱼沉音信荒，父母倚门频望眼，教人无日不思量。	【喜迁莺】〔生〕终朝思想，但恨在眉头，人在心上。凤侣添愁，鱼书绝寄，空劳两处相望。青镜瘦颜羞照，宝瑟清音绝响。昨宵一梦到家乡，醒来依旧天涯外。归梦杳，绕屏山烟树，那是我家乡。〔踏莎行〕怨极愁多，歌慵笑懒，只因添个鸳鸯伴。他乡游子不能归，高堂父母无人管。湘浦鱼沉，衡阳雁断，音书要寄无方便，人生光景几多时，蹉跎负却平生愿。念伯喈定省思归之念屡屡追寻，离别之言耿耿在怀。正是何时得脱利名疆，却怪当初赴选场。遥望故乡千里客，教人无日不思量。

《乐府红珊》和《大明春》在全本《琵琶记》的曲文中间插入了大量的宾白，《乐府红珊》尤多。几乎每句曲文中间都插入宾白，一唱一白，将伯喈内心的苦闷，不能对人言说的压抑，一并倾泻而出，淋漓尽致。例如"终朝思想"四字曲文，意思不难理解，但是感觉言不尽意，不能将蔡伯喈的思念充分表达出来，所以进一步解释和细化"思想"的具体内容，"思想我爹娘年老，妻室青春，被他逗留在此，不能得归去呵"。才觉尽意。"但恨在眉头，闷在心上"曲文之后，插入"蔡邕抛两月夫妻，赘相府艳质，虽则新婚，实怀旧恨"，对心头之愁恨加以解释。"鱼书绝寄"后插入宾白"爹娘你那里频倚门闾儿不见，俺这里空瞻屺岵忆双亲"，由音书断绝联想到爹娘的期盼，增强了自己的惦念和牵挂，又后面的曲文"空劳两处相望"做了铺垫。"宝瑟清音绝响"之前插入"正是欲释心间闷，且无七弦琴。琴呵，我今弃父母而不顾，抛妻子而不返，那有心事来抚你"，道出了宝琴不鼓的原因。"昨宵一梦到家山，

醒来依旧天涯外"引出曲文"归梦杳，绕屏山烟树，那是我家乡"，衔接自然。《大明春》中，此折在全本戏的基础上，只增加了两句七言诗句，"昨宵一梦到家乡，醒来依旧天涯外"，虽然也能进一步抒发蔡伯皆的苦闷，但是与《乐府红珊》相比，对人物形象的刻画相对较弱。《大明春》又在《乐府红珊》的基础上有所改进，将"三年离却故家乡，雁杳鱼沉音信荒，父母倚门频望眼，教人无日不思量"，改为"何时得脱利名疆，却怪当初赴选场。遥望故乡千里客，教人无日不思量"，内容深刻，对被名利羁绊的内心苦闷的表达更加合理。

《乐府红珊》中《琵琶记·蔡议郎牛府成亲》，在全本戏的基础上，增加了净、丑大段的对白：

【滴溜子】谩说道好姻缘，果谐凤卜，细思之，此事岂吾意欲。……（丑内叫科）老姆请状元老爹入洞房，小姐在此伺候多时了。（净）状元老爹思乡吃恼了。（丑）老贱人，哪个不爱你那张口会讲话，你把几句好言语相劝他进来就是。（净）贱才，我要你教。

【滴滴金】金猊宝篆香馥郁，银海琼舟泛醹醵。轻飞翠袖呈娇舞，啭莺喉，歌丽曲，歌声断续。（生占闷介）（丑）老姆，往常老相公心下不乐，你常去劝他，你看小姐与状元忧闷，你也过去把几句好言语相劝他。（净）正是，我看状元心下吃恼，我也不好近前，也罢，你斟上两杯酒来，我和你二人进去劝他。（丑）好，我和你大家去劝。（丑净）禀老爷小姐，老爷与小姐成就姻缘乃是好事，小奴婢也来劝老爷小姐一杯酒。持觞劝酒人共祝。（生）（占）你有甚么话说？（丑净）要老爷小姐饮过这杯酒，小奴婢有话祝。人共祝，**愿得你**，百年夫妇永谐和睦。（生占）**果愿得好**，齐愿祝，**他道是**，我和你百年夫妇永谐和睦。

《乐府红珊》的净丑对白全本戏并无，主要作用是对蔡伯喈苦恼不乐的猜测，通过他们的不理解，表现出蔡伯喈难以言表的苦闷。同时，增加插科打诨的内容，增强折子戏舞台演出的通俗化和喜剧效果。

"科介"指表情与身段，是舞台表演的重要内容。徐渭《南词叙录》云："科，相见、作揖、进拜、舞蹈、坐跪之类，身之所行，皆谓之科。今人不知，以诨为科，非也。介，今戏文于科处皆作介，概书坊省文，以科字作介字，非科、介有异也。"① 折子戏的特征之一，就是表演艺术的不断成熟。《乐府红珊》丰富的科介，对折子戏舞台表演艺术的成熟有着重要的意义。

《琵琶记·蔡议郎牛府成亲》之【画眉序】（三）中，净角的科介就比较形象：

> （净私听介）（生）爹娘呵，孩儿素志只愿菽水承欢以侍膝下，岂如爹娘一子不留身，昨强逼赴试，指望求得一官半职衣锦还乡，荣亲耀祖乃是孩儿本意，岂料忝中高魁，又被牛府强赘为姻，好不为这卷书坑陷杀人呵。（转身惊介）（净）禀老爹得知……

《斑衣记·斑老莱子戏婇悦》之【醉翁子】（二），生角老莱子的科介：

> （生私云介）爹娘心下不乐，想是思念孙儿在任，二则虑我年老形衰，待我身着班衣戏舞一番，与亲取乐。（跪介）上告爹娘得知，孩儿年雉七十，筋力甚健，待孩儿来歌舞一曲，劝爹娘饮酒则个。（外）不可儿戏。（生着班衣介）孝养双亲志不违，行年七十奉□□，欲求父母心欢悦。（生效婴儿戏彩衣歌舞介）

《桃园记·汉寿亭侯庆寿》中净角张飞的科介，形象地表现出张飞的豪放：

---

① 徐渭：《南词叙录》，《中国古典戏曲论著集成》（三），中国戏剧出版社1959年版，第246页。

（净）诸子歌舞劝酒何乐如之各举杯饮酒呼？合家欢乐百岁酒，干。（呼饮介）（净）周仓大量赏他一尊。（丑跪饮呼千岁介）（净作吟醉介）痛饮比海喜开樽，南极光辉映紫环。（合前）（丑）诸葛军师贺礼到了。（末）贺仪收下，遣人去谢。

《萃盘记·窦仪魁星映读》：

【驻马听】白饭香蔬，淡食其中滋味多。每对青灯黄卷。**今晚呵怪**，只见双吐金莲，想是预报我连科，一朝荣膺享天禄，却不道书中自有千钟粟。**（合前）（睡介）（魁星上舞介）（惊醒介）**

《惊鸿记·唐明皇赏牡丹花》【烧夜香】：

（贴）（小旦）君王景福郁，茗莈大内优游，共乐清朝，闻召双蛾自淡扫。（小丑、丑、小净、小末、小外）（上）眉淡扫偏映如花貌，更祷广乐钧天万年皇造。（贴小旦小丑等同俯伏科）（贴）**贱妾叩见，愿陛下万岁。**（生）妃子少礼，寡人今日万岁稍暇，见此名花，不可无国色共赏，特宣妃子出来。（贴）陛下乃天之子牡丹，乃花之王，贱妾寒质陋姿恐不堪敌。（生）好说好说，诸侍们快整酒来。（贴持杯跪云）昨日西凉州贡葡萄美酒，愿呈陛下畅饮。

此外，在《惊鸿记·唐明皇赏牡丹花》【梁州序】二之后，有大段宾白，中间夹杂了丰富的科介，对宴饮场面上人物的动作作了详细的标注。有"小生醉状上"、"小丑作怒云"、"小生进俯伏云"、"取笺与小生科"、"小生授笔立吟"、"小生跪云"、"生与贴同吟科"、"小丑等俯科"、"各持乐器奏毕"、"小生俯伏了"、"生持杯"、"小旦接与小生科"等。

《乐府红珊》很多散出在宾白中增加了七言绝句，与曲文首尾相连，类似顶针的修辞手法，回环往复，流畅绵长，显然是为了加强曲文演唱的效果。例如《琵琶记·赵五娘临镜思夫》在《六十种曲》本《琵琶记·临妆感叹》每一支曲文结束均插入一首七言绝句：

【破齐阵引】（旦）翠减祥鸾罗帏……若论我丈夫呵，**寒窗腹笥蕴珠玑，念在承欢舞彩衣，无奈高堂严命促，却教轻别赴春闱。**

【四朝元】春闱催赴……（又）**天涯游子几时还，目断长安杳露间，莺老花飞春欲尽，愁贫怨别改朱颜。**

【前腔】朱颜非故……**萧条菽水独支持，远梦惊回报晓鸡，犹恐二亲眠尚稳，几回问寝步轻移。**

【前腔】轻移莲步……**鳞鸿何事两茫茫，辗转猜疑欲断肠，纵使名强绊归骑，也应先报捷文场。**

【前腔】文场选士……

《宝剑记·林冲妻对景思夫》也采用了同样的方法：

【齐天乐】（旦）香肌瘦减愁痛起……**只是金钗慵整髻云环，门掩清秋昼日闲，倚遍西楼肠欲断，才郎遥忆隔关山。**

【四朝元】（旦）关山遥忆……（又）**残灯挑尽梦难成，愁绝音书寄远征，欲问高堂天未晓，着衣仍坐待天明。**

【前腔】（旦）天明早起……（又）**绿窗独坐思悠悠，放下金针只泪流，残雨断云俱不问，只将幽恨度清秋。**

【前腔】（旦）清秋天气……（又）**半窗明月照黄昏，奴在幽闺暗断魂，盼尽斜阳人不至，相思和泪掩重门。**

【前腔】（旦）重门深闭……

《琵琶记·蔡伯喈书馆思亲》在《琵琶记·官邸忧思》的基础上，不仅增加了大量的宾白，也在曲文后增加了三首七言绝句，与下一支曲文形成顶针：

【喜迁莺】（生）终朝思想……正是三年离却故家乡，雁杳鱼沉音信荒，父母倚门频望眼，教人无日不思量。

【雁鱼锦】思量，那日离故乡。

【一解】思量，幼读文章……不得承欢具庆堂，归心如箭思茫茫，遥望白云亲舍远，倚栏几度自悲伤。

【二解】悲伤，鹭序鸳行……京华日暮望庭帏，路接南衢思欲飞，故里交游频入梦，醒来依旧各东西。

【三解】几回梦里，忽闻鸡唱……

《玉簪记·陈妙常秋江送别》中增加的七言绝句，其他选本中未见：

【水红花】天空云淡蓼风寒……（旦）一杯别酒洒江干，无限离情在此间。争奈画眉人去也，霎时云雨暗巫山。

【前腔】霎时间云雨暗巫山……（净占同唱歌介）风打船头雨欲来，满天雪浪那行教我把船开，白云阵阵催黄叶，惟有江上芙蓉独自开。

【红衲袄】（旦）奴好似江上芙蓉独自开……（生同梢子上）（梢子歌介）满天风舞叶声干，远浦林疏日影寒，个些江声是南来北往流不尽的相思泪，只为那别时容易见时难。

【前腔】（生）我只为别时容易见时难……

四　文人编选

《乐府红珊》体现出较强的编辑意识。它按折子戏题材分类编辑，精心排列，最具独特性。选本自古即有分类编选的习惯，司马迁在《史记·孔子世家》中说："古者诗三千余篇，及至孔子，去其重，取可施与礼仪。"《诗经》按风、雅、颂三类编选，萧统《文选》也按文体将选文分为 39 种。戏曲选本分类编辑以文人选本为多，如《月露吟》按照选曲风格的不同，分为庄、骚、愤、乐四类，并在"凡例"中说明分类标准："庄取其正大，骚取其潇洒，愤以写庄、骚哀切之情，乐以摹庄、骚欢畅之会。犹之兴、观之有群、怨也。列之藉以像心，非直用之娱目。"《吴歈萃雅》、《词林逸响》则按选曲内容分类编辑，前者分为元、亨、利、贞四卷，元、亨卷选录散曲，利、贞卷选录剧曲。后者则分为风、花、雪、月四类，风、花选录散曲，雪、月选录剧曲。《群音类选》按声腔分类编辑，分为官腔类（昆腔）十六卷，诸腔类（弋阳、青阳、太平、四平等地方戏曲）四卷，北腔类（北剧散出、北散曲）六卷，清腔类（南散曲）八卷。

古代戏曲不乏对戏曲题材的分类，但均针对全本戏。元人夏庭芝《青楼集志》对杂剧题材的分类："有驾头、闺怨、鸨儿、花旦、披秉、破衫儿、绿林、公吏、神仙道化、家长里短之类。"[①] 概括比较全面。宁献王朱权的"杂剧十二科"影响很大："一曰神仙道化，二曰隐居乐道，三曰披袍秉笏，四曰忠臣烈士，五曰孝义廉洁，六曰叱奸骂谗，七曰逐臣孤子，八曰钹刀赶棒，九曰风花雪月，十曰悲欢离合，十一曰烟花粉黛，十二曰神头鬼面。"[②] 吕天成《曲品》对南戏题材的分类："包括门数，大约有六。一曰忠孝，一曰节义，一曰风情，一曰豪侠，一曰功名，一曰仙佛。"[③] 将以上三者的分类比较，南戏的分类更为概括合理，杂剧的有些类型可以归入南戏的分类，《青楼集志》中的闺怨、鸨儿、花旦类，可以归入"风情类"，朱权分类中的"神仙道化"、"隐居乐道"可以并入"仙佛类"，"风花雪月"、"悲欢离合"、"烟花粉黛"也可并入"风情类"。南戏的公案类题材要少一些。到明代传奇的时代，题材基本继承南戏，但是略有变化，爱情题材增多，仙佛神话题材减少，增加了时事题材。

按照题材分类散出选本，目前发现的仅《乐府红珊》、《词珍雅调》两种。《词珍雅调》由明朝人李□辑，八种十三卷，封面刻有"金陵书

---

① 夏庭芝：《青楼集志》，《中国古典戏曲论著集成》（二），中国戏剧出版社 1959 年版，第 7 页。

② 朱权：《太和正音谱》，俞为民、孙蓉蓉编《历代曲话汇编》（明代编第一集），黄山书社 2009 年版，第 39 页。

③ 吕天成：《曲品》，俞为民、孙蓉蓉编《历代曲话汇编》（明代编第三集），黄山书社 2009 年版，第 110 页。

肆刻本"，"翰苑词珍亨集"首页刻有"胡东塘绣梓"。"胡贤，字东塘，东阳人"，"金陵书坊主人"，刊刻当在万历前期[①]，现存于国家图书馆。选录剧曲、散曲（包括小令和套曲）及时曲。按题材分为翰苑词珍、庆贺词珍、风月词珍、遣怀词珍四大类，"翰苑词珍"又分为元、亨、利、贞四集，但利集内容缺，每一集中又按照题材分类，元集分为勉学类、别亲赴选类、英才赴选亲朋饯别类、英才赴选夫妻饯别类、英才远行类。亨集分为英才赴选旅邸忆别类、闺情类、金榜题名类。贞集分为钦赐驰驿荣归同寅饯别、武闱高捷、戍妇闺情、归隐类。"庆贺词珍"按题材分为祝君寿、祝东宫寿、七十自寿、祝兄寿、寿词、贺建大厦、洞房花烛、贺添丁。《词珍雅调》分类琐细，时曲、散曲、剧曲不加区分。《乐府红珊》的分类较为合理，标准比较统一，而且全部选录剧曲。这两种选本均为金陵书坊刊行，而《词珍雅调》刊行于万历前期，应该对《乐府红珊》的编选有所影响。

《乐府红珊》文人编选的特点还体现为，它虽然是舞台演出本，但是又与其他的舞台本不同。首先，刻录的版式不同。《词林一枝》、《八能奏锦》、《乐府菁华》、《玉谷新簧》、《大明春》等舞台本，着眼于市场的需求，以经济利益为主要追求，采取为分栏版式，分上、下两栏，甚至上、中、下三栏，刻字密集。《乐府红珊》则为整版格式，不分栏，行疏字大。其次，选录内容也有差别。其他选本兼收时调散曲、民歌、酒令、谜语等，以增强阅读兴趣和购买价值。《乐府红珊》只选散出。《乐府红珊》综合了文人选本与民间台本的特点，具有独特性。

第二节 《乐府红珊》的声腔特征

明万历时期刊行的戏曲散出选本，有很多在书名中明确标明了所属声腔，如《词林一枝》为"青阳时调"，《乐府玉树英》为"滚调新

---

① 郭英德：《稀见明代戏曲选本三种叙录》，《清华大学学报》2007年第3期。

词"，《玉谷新簧》为"时兴滚调"，《大明春》为"徽池雅调"，《醉怡情》为"昆腔杂曲"。有的散出选本，虽然没有标明声腔性质，但是曲文中标有平仄阴阳，附有点板，昆腔的特征很明显，如《吴歈萃雅》和《词林逸响》。

《吴歈萃雅》卷首题有"魏良甫曲律十八条"，《词林逸响》卷首题有"昆腔原始"，与魏良甫《曲律》基本相同，二者所提昆腔的演唱技法与选本声腔一致。《乐府红珊》虽然未标明声腔，但是其序后却列出《凡例》20条，与魏良辅《南词引正》基本相同，只是文字详略及条目区分不同。因此，认为《乐府红珊》为昆腔选本的观点比较普遍。王秋桂《善本戏曲丛刊》将其列入昆腔系统之中。赵山林先生《中国戏剧传播接受史》将其列入选本成熟阶段的昆腔选本之列。[1] 这些认识源于《乐府红珊凡例》与魏良辅《曲律》基本相同，并无深入的研究，本书从《乐府红珊凡例》及选录文本入手，深入分析其声腔特点。

一 《乐府红珊凡例》与昆腔曲律

《乐府红珊》没有标明声腔，但是从《乐府红珊凡例》（以下简称《凡例》）20条来看，与魏良辅《南词引正》基本相同，是紧承《南词引正》之后的一个魏良甫曲律版本。目前学界公认的《曲律》版本有三种：一是由明代书法家文徵明手写的抄本，共20条，题作"娄江尚泉魏良甫南词引正"。据曹含齐《南词引正叙》作于嘉靖丁未（1547），可以断定《南词引正》形成于1547年之前。二是《吴歈萃雅》卷首附刻本，共18条，题作《吴歈萃雅曲律》，最迟不晚于《吴歈萃雅》刊行的万历四十四年（1616）。三是《词林逸响》、《吴骚合编》卷首附刻本，共17条。《词林逸响》题作《昆腔原始》，《吴骚合编》题作《魏良辅曲律》。《词林逸响》刊行于天启三年（1623），《吴骚合编》刊行于崇祯十年（1637）。按照时间顺序排列，应该是《南词引正》、《乐府红珊凡

---

[1] 参见赵山林《中国戏曲传播接受史》，上海世纪出版集团2008年版，第319—321页。

例》、《吴歈萃雅曲律》、《昆腔原始》、《吴骚合编曲律》。

《凡例》是《南词引正》的最早改本，二者相似性最多。首先，二者均为20条，只是顺序做了调整。《凡例》20条的顺序对应《南词引正》的 16、8、4、3、18、11、12、13、6、7、2、10、18、19、19、20、9、14、1、15，将第19条拆分为14、15条，删去《南词引正》的第5条和第17条。

其次，《凡例》对《南词引正》的修改主要是字数的增减、字词的改动，论述渐趋精练。修改润色是文学编辑的重要任务，纪振伦作为很有影响的戏曲编辑，结合他校正小说、剧本的经历，对《南词引正》进行修改润色是很有可能的。例如：

> 四实：平、上、去、入。俱要着字，不可泛；然不可太实，则浊。
>
> ——《南词引正》第十八条第三项
>
> 四声皆实，字面不可泛泛然，又不可太实，太实则浊。
>
> ——《凡例》第十三条

《凡例》去掉了人人皆知的四声"平、上、去、入"，把"俱要着字，不可泛"合成一句"字面不可泛泛然"，《凡例》最后两句较《南词引正》语句顺畅。

> 听曲尤难，要肃然；不可喧哗。听其吐字、板眼、过腔得宜，方妙。不可因其喉音清亮，就可言好。
>
> ——《南词引正》第十五条
>
> 听曲要肃然雅静，不可喧哗，不可容俗人在旁混接一字。必听其吐字、板眼、过腔、轻重得宜，方可言好，不可因其喉音清亮而许之可也。
>
> ——《凡例》第二十条

首先，《凡例》较《南词引正》内容充实，增加了"雅静"，"不可容俗人在旁混接一字"、"轻重"等，补充了听曲的要求。其次，《凡例》此条较《南词引正》精练流畅。《凡例》将"听曲尤难，要肃然"合并为"听曲要肃然雅静"，去掉"方妙"，将"不可因其喉音清亮，就可言好"合并为"不可因其喉音清亮而许之可也"，同时还增加了语气词"也"，舒缓委婉。

《吴歈萃雅曲律》对《凡例》的继承与修改。首先，《凡例》删掉了《南词引正》的第 5 条和第 17 条，《吴歈萃雅曲律》也未录这两条。其次，《吴歈萃雅曲律》对《凡例》的大量继承、修改与润色。例如：

例一：

> 北曲与南曲大相悬绝，无南腔南字者佳；要顿挫，有数等。五方言语不一，有中州调、冀州调、古黄州调。有磨调，有弦索调，乃东坡所传，偏于楚腔。唱北曲，宗中州调者佳。伎人将南曲配弦索，直为方底圆盖也。关汉卿云："以小冀州调按拍传，最妙。"[①]
>
> ——《南词引正》第八条

> 北曲与南曲大相悬绝，唱无南字者佳。大抵南曲由北曲中来，变化不一，有磨调，有弦索调。近来有弦索调唱作磨调，又将南曲配入弦索，诚为圆凿方穿，亦犹座中无周郎耳。
>
> ——《凡例》第二条

> 北曲与南曲大相悬绝，有磨调，有弦索调之分。北曲字多而调促，促处见筋，故词情多而声情少。南曲字少而调缓，缓处见眼，故词情少而声情多。北力弦索，宜合歌，故气易粗。南力在磨调，宜独奏，故气易弱。近有弦索唱作磨调，又将南曲配入弦索，诚为方底圆盖，亦犹座中无周郎耳。[②]
>
> ——《吴歈萃雅曲律》十一条

---

① 俞为民、孙蓉蓉：《历代曲话丛编》（明代编第一集），黄山书社 2009 年版，第 527 页。
② 魏良辅：《曲律》，《中国古典戏曲论著集成》（五），中国戏剧出版社 1959 年版，第 7 页。

《凡例》对《南词引正》做了删减，又稍作修改，内容精练，论述集中，重在南北曲不同，即磨调与弦索的不同。《吴歈萃雅曲律》对《凡例》继承较多，内容集中论述磨调与弦索的不同，但较《凡例》详细，《凡例》中增加的"近来有弦索调唱作磨调，又将南曲配入弦索，诚为圆凿方穿，亦犹座中无周郎耳"，完全被《曲律》继承，只是"方底圆盖"采用《南词引正》的说法。

例二：

> 五音以四声为主，但四声不得其宜，五音废矣。平上去入，务要端正。有上声字扭入平声，去声唱作入声，皆做腔之故，宜速改之。中州韵此意高古，音韵精绝，诸词之纲领。切不可取便苟简，字字句句，须要唱理透彻。
>
> —— 《南词引正》第十条

> 五音以四声为主，四声不得其宜，五音废矣。平上去入，必要端正明白。有以上声唱做平声，去声唱作入声者，皆因做捏腔调故耳。
>
> —— 《凡例》第十二条

> 五音以四声为主，四声不得其宜，五音废矣。平上去入，逐一考究，务得中正，如或苟且舛误，声调自乖，难具绕梁，终不足取。其或上声扭做平声，去声混作入声，交付不明，皆做腔卖弄之故，知者辨之。
>
> —— 《吴歈萃雅曲律》第三条

《凡例》对《南词引正》进行了删减，《曲律》在《凡例》删减本的基础上增加了"如或苟且舛误，声调自乖，难具绕梁，终不足取"，具体阐释"四声不得其宜"的后果。论述集中，层次清晰。

例三：

> 五难：闭口难，过腔难，出字难，低难，高不难。
>
> —— 《南词引正》第十九条第二项

四难：开口难，出字难，过腔难，低难高不难。

——《凡例》第十五条

一曲有五难：开口难，出字难，过腔难，低难，转收入鼻音难。

——《吴歈萃雅曲律》第十五条

《凡例》将《南词引正》的"五难"改为"四难"，因为"高不难"，不属于难的范畴。《曲律》继承了《凡例》的观点，但是又增加了"转收入鼻音难"，凑成"五难"。

例四：

拍乃曲之余，最要得中。如迎头板随字而下，彻板随腔而下，句下板，即绝板，腔尽而下。有迎头板惯打作彻板，乃不识字戏子不能调平仄之故。

——《南词引正》第二条

拍乃曲之余，最要得中。如迎头板随字而下，彻板随腔而下，句下板，即绝板，腔尽而下。有迎头板惯打作彻板者，皆由不识调平仄之故也。

——《凡例》第十一条

拍乃曲之余，全在板眼，分明如迎头板，随字而下，彻板，随腔而下，绝板，腔尽而下。有迎头惯打彻板、绝版，浑连下一字迎头者，皆不能调平仄之故也。

——《吴歈萃雅曲律》第五条

《凡例》对《南词引正》的最后一句加以润色，做了细微的修改，去掉"不识字戏子"，将"乃"改为"皆"，并增加了语气词"也"。这些改变被《吴歈萃雅曲律》继承，并在《凡例》的基础上去掉了"由"。《吴歈萃雅曲律》的内容更能切中要害，"全在板眼"切中昆曲的重要特征，并且与下文的"迎头板"、"彻板"、"绝板"对应。去掉"句下板"，使句式更加整齐统一。

总之，《凡例》是《南词引正》的改本，《吴歈萃雅曲律》又是《南词引正》与《凡例》的改本，《凡例》起了重要的过渡作用。从《凡例》改编来看，编选者对昆腔理论和昆曲剧坛是比较熟悉的。

二　昆曲的曲调套式

第一，曲牌联套愈见成熟。"曲牌联套，当以宫调统一各曲牌。北曲杂剧虽以宫调的严谨著称，但它的限制性较大。南曲音乐虽以不拘宫调为特色，但在曲牌数量众多的情况下，又不易保持完整性与一贯性。至昆山腔改革完成后，曲牌联套也日渐成熟，一方面采用杂剧谨严的音乐结构，另一方面又保留了南戏音乐灵活自由的特点。使得一出中若干曲牌既有宫调的变化，同时又可依一定的宫调运用法则来加以规范。"①

《乐府红珊》按折子戏题材分类编辑，题材相同的折子戏声情相类，曲牌联套的方式也相类。例如，在庆贺类折子戏中，使用最多的曲牌联套方式有两种：【双调·锦堂月】套和【黄钟·画眉序】套，其联套方式分别为：

　　　　【锦堂月】—【醉翁子】—【侥侥令】

　　　　【画眉序】—【滴溜子】—【鲍老催】—【滴滴金】—【鲍老催】—【双声子】

第二，集曲的使用。集曲是南曲音乐成熟的表现，是南曲音乐走向精致化的反映，是昆腔音乐成熟的体现。集曲是截取过曲若干曲牌的若干句集合成新的曲调。集曲必须有较高的技术要求，吴梅先生认为："盖集曲法有二大要点：一为管色相同者，二为板式不冲突者。他如音调之卑亢，次序之整理，皆当研讨者也。但其法可言，其妙处

---

① 王安祈：《明代传奇之剧场及其艺术》，学生书局1986年版，第288页。

不可说也。"① 从曲牌的性质来看，有细曲和粗曲之分，细曲用于抒发缠绵之情，所以集细曲曲调而成的集曲更有利于感情抒发的细腻婉折，是昆腔音乐成熟的体现，这一点则为"昆山腔的'轻柔婉折'，更有加强的作用"②，所以"集曲在昆山腔中已成为越来越普遍采用的手法"③。

【四朝元】即【风云会四朝元】，"是依次由本宫【五马江儿水】、【仙吕桂枝香】、本宫【柳摇金】、【中吕驻云飞】、【南吕一江风】和本宫【朝元歌】六只曲牌各撷取若干句组成的"④，很适合女主角抒发哀伤之情。卢前先生在论及传奇之结构时，也将"风云会四朝元"连用四支列于"悲哀之事"的套数之中⑤，女性主人公的思念之情得到了最大化的抒发。《乐府红珊》中《琵琶记·赵五娘临镜思夫》、《玉鱼记·郭子仪母妻思忆》、《宝剑记·林冲妻对景思夫》、《泰和记·庾元亮南楼玩月》等，皆使用【四朝元】集曲。

其他集曲如【雁鱼锦】、【二犯傍妆台】、【二犯朝天子】、【七贤过关】等，在《乐府红珊》中也大量使用。【雁鱼锦】属于正宫集曲，由【雁过声】（全）、【二犯渔家傲】、【二犯渔家灯】、【喜渔灯】、【锦缠道犯】五支曲子的若干句集合而成，后四支曲子又皆为集曲。【雁鱼锦】集取其相犯各曲调名中若干字组成一个新的曲牌名。声情感伤哀怨，凄切委婉，多用于男主人公抒发思念之情。《琵琶记·蔡伯喈书馆思亲》连用【雁鱼锦】四支曲调，抒发蔡伯喈入赘相府后对家乡父母和妻子的思念之情。【二犯傍妆台】是在仙吕【傍妆台】本调第四句下插入【八声甘州】二句、【掉角儿】二句，后又接本调末句连成的集曲，《荆钗记·钱玉莲姑媳思忆》、《投笔记·班仲升母妻忆卜》、《玉钗记·丁士才妻忆别》、《丝鞭记·吕状元宫花报捷》等使用【二犯傍妆台】集曲套，

① 吴梅：《南北词简谱》（下），王卫民校注《吴梅全集》，河北教育出版社2002年版，第276页。
② 王安祈：《明代传奇之剧场及其艺术》，学生书局1986年版，第289页。
③ 张庚、郭汉城主编：《中国戏曲通史》，中国戏剧出版社2006年版，第644—645页。
④ 《昆曲曲牌及套数凡例集》（南套，上册），上海文艺出版社1994年版，第323页。
⑤ 卢前：《明清戏曲史》，台湾商务印书馆1994年版，第43页。

用于叙事诉情。《香囊记·张夫人忆子征戍》、《丝鞭记·吕状元宫花报捷》等使用了【七贤过关】。

三　滚调的运用

《乐府红珊》刊行的万历剧坛，除昆腔盛行之外，还有其他声腔的流行。如刊行于万历元年的《八能奏锦》，"昆池新调"中的"池"即池州，而青阳为池州属县，所以此选本既有昆腔剧目，也有青阳腔剧目。《群音类选》选录以"官腔"（昆腔）为主，还选录了诸腔类、北腔类剧目。诸腔即指除昆腔、北腔之外的其他声腔。"自昆山、青阳发生，海盐、馀姚渐就衰歇。而弋阳独不然。"① 在昆腔盛行的南京剧坛，弋阳腔依然流行，以致出现了昆、弋争胜的局面。明天启二年苏州人文徵明的重孙文震亨（1585—1645）写的《秣陵竹枝词》载：

> 梨园子弟也驰名，半是昆腔半四平。却笑定场引子后，和箫和管不分明。②

据顾起元《客座赘语》所记："南都万历以前……大会则用南戏，其始止二腔，一为弋阳，一为海盐。……后则又有四平，乃稍变弋阳，而令人可通者。今又有昆山……"③ 这里说得很清楚，四平腔乃"稍变弋阳"而成，它继弋阳、海盐之后在南京盛行，是"今又有昆山"之前的事，"今"是指万历年间，所以四平腔在万历前期就传入了南京。因为弋阳腔能错用乡语，文辞明白易晓，且"其节以鼓，其调喧"④，这些都是与昆腔不同的鲜明特点，更适合普通大众的审美特征。明末清初南京人周蓼峀《秦淮竹枝词》有云：

---

① 钱南扬：《戏文概论·迷史》，中华书局 2009 年版，第 67 页。
② 转引自丘良任《竹枝纪事诗》，暨南大学出版社 1994 年版，第 61 页。
③ 顾起元：《客座赘语》，中华书局 1987 年版，第 302 页。
④ 汤显祖：《宜黄县戏神清源师庙记》，《汤显祖集》卷三十四，上海人民出版社 1973 年版，第 1128 页。

　　　　昆腔幽细气氛氲，豪饮人多面不醺。水榭近来张酒席，"桥头"
　　"门上"戏平分。

　　　　原注：弋阳子弟寓水西门，呼为"门上"；苏伶寓淮清桥，呼
　　为"桥头"。①

　　两种戏班各有住处："弋阳子弟寓水西门"，"苏伶寓淮清桥"，与文
震亨诗歌中"半是昆腔半四平"的意思相同。

　　在这种情况下，有的戏曲散出选本公开以滚调为号召，如刊行于万
历二十九年的《新锲精选古今乐府滚调新词玉树》，刊行于万历三十八
年的《鼎刻时兴滚调歌令玉谷新簧》，刊行于万历三十九年的《新刊徽
板合像滚调乐府官腔摘锦奇音》。也有很多以选录昆腔为主的戏曲选本，
因考虑到舞台的流行，难免会选入一些其他声腔的剧目，如《群音类
选》，《鼎雕昆池新调乐府八能奏锦》。《乐府红珊》选录的折子戏中，有
多处使用了滚调，包括滚唱、滚遍、滚白。昆腔肯定不会使用滚调，那
么哪一种声腔才使用呢？

　　"今之弋阳、太平之滚唱，而谓之流水板。"② 滚调是弋阳腔系的特
征，余姚腔、徽州腔、青阳腔皆由弋阳腔发展而来，继承了弋阳腔的滚
调特征。滚调包括滚唱、滚白、畅滚。③ "青阳腔继承了余姚腔的滚调，
又有所发展。不再仅仅在一套曲子中偶然插入一只滚调，而在每支曲子
的字句之间，插入五、七言诗句，或成语之类，句格也无限制，使曲文
格外详尽，而且对于艰深的曲辞，仿佛加上一个注解，使它明白易晓，
不致晦涩难懂，成为滚唱。"④ 《乐府红珊》中运用滚调的折子戏，很有
可能是四平腔，或为弋阳腔，或为受弋阳腔影响的青阳腔等地方声腔。

　　第一，《五桂记·万俟传祭衣巾》【剔银灯慢】曲牌中加入了 5 处滚唱：

　　① 朱绪曾编，陈作霖校梓：《金陵诗征》，光绪壬辰刻本卷三十四。
　　② 王骥德：《曲律》，《中国古典戏曲论著集成》（四），中国戏剧出版社 1959 年版，第 119 页。
　　③ 李平：《海外孤本晚明戏剧选集三种序》，［俄］李福清、李平：《海外孤本晚明戏剧选集
三种》，上海古籍出版社 1993 年版。
　　④ 钱南扬：《戏文概论·谜史》，中华书局 2009 年版，第 62—63 页。

【剔银灯慢】**人道登科难**，际遇者拾芥拈芹，**人道登科易**，似我追风捕影。书，当初待等秦王焚了，今人皆不肯事诗书。**（滚）**只举着贤良方正，庶免得儒冠误人，书，再休想来寻绳数墨，缕析条分，要会呵，只除是主考天下文衡，经筵翰林。**正是头巾有稜无角，蓝衫淡少精神，丝丝鬓皆落尽，彼此老景加侵，非我苦要相别，恐老难画喜神，愚人不解其意，错认是套深衣幅巾。**（滚）不能出人头地，拔萃超群，说甚么龙眉凤眼，壁立万仞，青出于蓝，束腰紧身，**不能变化呵，相守你们则甚。我今年迈辞你去，多少英俊想不来。**休想去考校在文苑，序班在明伦，**要相亲，**除非是再会我桂子兰孙。**纸老兄，**你道含烟雾乾坤包尽，要我用你时，须是走龙蛇把君王谏诤。**墨老兄，买你时，要拣上品清烟，状元墨积，与我不显功迹，真个是墨精了。**（滚）非是人磨你，还是你磨人，若与我成就了程文墨卷，封为龙剂子墨客卿，香流翰苑，迹脱尘埃，方显得状元墨精，清烟绝品。**笔老兄，说士资为安国剑，书生藉作上天梯，相如挥就题桥志，子建操成七步诗，怎么就不离（利）于我。**（滚）我非泥塑判官，纸画魁星，不为我鏖战堵墙，脱颖惊人，又不是李白生花助文兴，我便做班超，投却去觅封侯印。**砚老兄，曾言心坚石也穿，老兄已穿了，我的事业未就，此一别去，再休相会。**（滚）你就是马肝驹眼，龙璧金星，要相亲，则除是金銮殿贵妃捧擎，那时方与你结邻。（五）**干罗十二虽然早，太公八十未为迟。**曾闻不自弃文，顽石有攻玉之用，毒蝎有和药之需，粪有润毂之秀，灰有净衣之功。凡物而不可弃，何况衣冠文物乎。相公，你**马能弃却功名。弃了功名不致紧，上负高堂义训，下负你胸中妙蕴，我想是时运未至。天道有盛衰，日月有盈昃，泰山有崩卸，黄河有登清，岂人无得运，年高未登科，甲而成名者。**岂不知太公伊尹和那伏生，年高已登科甲而成名者，抵多少龙头老成。古言男儿立大节，不成便为文。何不去弃文就武，把那地纬天经，干戈操弄，谋略纵横三箭却把天山定，那时上可致君，下可泽民，父母封，儿孙阴，方显得大丈夫，烈烈轰轰。

有滚唱的标记，有滚白，但没有标记出来。此折应该是专门为弋阳腔创作的剧本，被很多戏曲散出选本选录中，加滚的部分全都用标记标出。在诸腔类中，《群音类选》选录此折，没有滚唱的标记，但有滚白的标记。《八能奏锦》一折中，名为《万俟传抢场告考》，但内容阙文。《八能奏锦》为昆腔、青阳腔选本，青阳腔有滚调特征。《乐府万象新》选录此折，名为《诸生听卜观榜》，《大明天下春》选录此出，名为《听卜观榜》。

第二，《四美记·蔡兴宗伞盖玄天》【尾声】之前插入一支【滚遍】：

　　【滚遍】（生）平倾雨乱筛，天晚难停，待凉风透湿，衣袖短难遮盖。路滑如油，步忙难踹，走得脚难抬筋力败。天光暝不开，目眩难行快，盼望到吾家，又在青山外。俺这里复跌连交心荒意惚，百忙里失蒲鞋如何在。

这支曲子应该是蔡兴宗冒雨回家途中演唱的。"滚遍"为余姚腔的明显特点。"余姚腔还有一个特点，就是滚调。在一套曲子中，有时插入一支滚调。这支滚调是独立的，并不影响同套曲中的其他曲调。"[1]

第三，《丝鞭记·吕状元宫花报捷》的曲文中加入了滚白。《丝鞭记》未见著录，从此折内容来看，演吕蒙正事。吕蒙正事流传甚广，元关汉卿、王德信有杂剧《吕蒙正风雪破窑记》，元无名氏戏文《破窑记》，《永乐大典·戏文二十》著录，题《吕蒙正风雪破窑记》，《南词叙录·宋元旧篇》作《吕蒙正破窑记》。《九宫正始》引，或称《吕蒙正》，或称《瓦窑记》。《玉谷新簧》选《破窑记》中《刘千金破窑得捷》，《大明春》选《破窑记》中《小姐破窑闻捷》，《乐府菁华》选《破窑记》中《刘氏破窑问捷》（《刘氏破窑闻捷》），曲文宾白与《乐府红珊》中《丝鞭记·吕状元宫花报捷》相同。其他选本中此出加入滚白，并且标记出来，《乐府红珊》此折的滚白没有标记出来。下面按照《乐府菁华》此

---

　　[1]　钱南扬：《戏文概论·谜史》，中华书局 2009 年版，第 59 页。

折，对《乐府红珊》此折的滚白加以标记：

【二犯傍妆台】想重瞳临轩，……天为皇家开景运，鸾阙外彩云笼。**（滚）只见今朝鹊噪枝头上，昨夜灯花灿锦桃，若得儿夫魁虎榜，好似潜龙上九霄。**日高乔木喧灵鹊，雷动中天起卧龙。夫，**（滚）你若是禹门得占鳌头，选鱼信须教出凤城。**你若是鳌头已占，鱼信可通，捷音已出凤城东……【皂角儿】（三）（净）（丑）闹炒炒香车簇拥，喜孜孜金钗侍从……龙庭宴促赴匆匆，把官花当作泥封。（旦）**果然真了，夫，你今修书来我晓得了，当初在彩楼之上将丝鞭招他，今日得中故把官花报我。（滚）彩楼一见喜非常，丝鞭抛打效鸾凰，莫道妇人无眼力，尘埃先识状元郎。**果然夺得状元红，不枉我彩毬儿将他瞥下。（合前）

【七贤过关】（旦）鸣驹出谷中，谩把香车拥……**（滚）几年困守此窑中，今朝别你去匆匆，非是我夫妻情不久，争奈富贵催人上九重。**物色出尘埃，坏块成何用，怎舍得淡淡烟笼，蔼蔼云封，往常间猿啼鹤唳蕙帐空，今日里怎当得车如流水马如龙，鸟道鹏程信可通。

　　于《乐府红珊》前后刊行的舞台散出选本，标榜滚调者较多，在滚调盛行于舞台的环境之中，《乐府红珊》的选录以舞台流行为标准，很难避免杂有其他声腔的剧本，或为四平，或为弋阳、青阳。

第三节 《乐府红珊》的编选原则及用途

　　《乐府红珊》将舞台流行的折子戏，按题材分为16种类型，有庆寿、伉俪、诞育、训诲、激励、分别、思忆、捷报、访询、游赏、宴会、邂逅、风情、忠孝节义、阴德、荣会，可谓全矣。《乐府红珊序》虽然没有明确说明选本的编选目的，但是根据对选本编选背景和选本题材的分析，选本主要用途比较明显，即提供家宅演剧选曲的参考，提供昆曲曲调套式的范例。

一 精选戏曲散出的编选原则

纪振伦在《乐府红珊序》中论及选本的编选目的：

> 魏王觞诸侯于范台，自夸径寸之珠可以照车十二乘。盖不宝尺璧，而宝寸珠，人咸以谓得所宝之。大抵天下之物，各有其极，苟得其极，则青萍结绿，长价于薛卞之门，血汗霜蹄，见重于孙阳之厩。况乎辞人骚客之谭，有足以供清玩者，何取于连篇累牍为哉？以故忠臣孝子义夫贞妇，多为词坛所取赏，而间有一二足为传奇者，所取节片辞，自可以知大概矣。嗟乎，彼连篇累牍，虽兀兀穷年者，何能茹其英，咀其华哉？故孔子以"思无邪"蔽三百篇之义，而是集之撮要提纲，虽寸珠不是过也，谬谓乐府之红珊，期人知所共宝云。

首先，肯定了戏曲选本的价值。序言以"魏王觞诸侯"的典故开篇，强调选本的重要价值如"径寸之珠"。"寸珠"，"可以照车十二乘"，"人咸以谓得所宝之"。优秀的选本就应该得"其极"，"苟得其极"，价值如同"青萍结绿，长价于薛卞之门，血汗霜蹄，见重于孙阳之厩"。纪振伦要把《乐府红珊》作为选本之极，以"乐府之红珊"，"期人知所共宝"。

其次，强调了"茹其英"、"咀其华"的精选原则。选本的入选标准是有价值的戏曲散出，即"多为词坛所取赏"、"足以供清玩者"者。依据这个标准，才能从"连篇累牍"的长篇传奇，选取那些足以供人"茹其英"、"咀其华"的散出，以避免"兀兀穷年者"之类。并且强调《乐府红珊》的选录的是"思无邪"的散出，"故孔子以'思无邪'蔽三百篇之义"。《乐府红珊》的训诲类、忠孝节义类、阴德类等，即反映出儒家的正统价值观念。

二 提供家乐选剧的参考

家乐的兴起与折子戏的发展是相伴随的。《乐府红珊》虽然没有明确说明编选用途，但是选本折子戏的 16 种题材，反映了折子戏的功能和家宅演剧的特征，客观上提供了家宅选剧的参考。齐森华先生在论及折子戏形成和兴盛的原因时，认为"家乐的普及化为折子戏的勃兴更是提供了最适宜的温床"[①]。

"家乐"之设古已有之，以歌舞表演与乐器演奏，佐酒侑觞。至宋元时期，才有了家乐演剧的习俗。明万历时期的江南地区，商品经济繁荣带来的财富继续增长，追求享乐的风气日渐盛行，随着戏曲艺术的发展，豪绅文士纷纷备置私人家乐，以满足享乐需求。明代南京人顾起元《客座赘语》卷九"戏剧"就谈到了家宅演剧的情况：

> 南都万历以前，公侯与缙绅及富家，凡有宴会，小集多用散乐，或三四人，或多人，唱大套北曲，乐器用筝、琵琶、三弦子、拍板。若大席，则用教坊打院本，乃北曲四大套者，中间错以撮垫圈、舞观音，或百丈旗，或跳队子。后乃变而尽用南唱。[②]

明代贵客豪绅、文士大夫纷纷大修园林宅第，园林优美，宅院宽敞，为家宅演剧创造了条件。为了满足随时享乐的需求，他们纷纷置办私人家乐，以备宴集之用，形成了凡宴必具乐，凡宴必演戏的风气。"至有明一代，则私人备置家乐唱曲演剧已蔚为风气。……则其风盛于万历，一时之间，讲究此道者竞蓄生伎、教习曲文，朱门绮席、红氍彩串，遂成明代戏曲史上一大特色。"[③] 万历九年来华的意大利传教士利玛窦也谈道："……凡盛大宴会都要雇用这些戏班。听到召唤，他们就准备好上演普通剧目中的任何一出。通常是向宴会主人呈上一本戏目，他挑他喜欢的一出或几出，客人们一边吃喝一边看戏，并且十分惬意，以致宴会有时要长达十小时，戏一出接一出，也可连续演下去直到宴会结束。"[④] 明代文人笔记中多有宴饮观剧的记录，茅坤《白华楼吟稿》

① 齐森华：《试论明清折子戏的成因及其功过》，《上海大学学报》2006 年第 2 期。
② 顾起元：《客座赘语》，中华书局 1987 年版，第 302 页。
③ 王安祈：《明代传奇之剧场及其艺术》，学生书局 1986 年版，第 95 页。
④ 利玛窦：《利玛窦中国札记》，中华书局 2005 年版，第 24 页。

卷六："席间览优人演戏薛仁贵传记。"① 快雪堂万历壬寅十一月二十三日日记："赴姚善长席……屠氏梨园演明珠记。"十月二十八日日记："沈二官为内人生日设席款客，余亦与焉，吕三班作戏，演麒麟记。"十一月二十六日日记："赴包鸣甫席……屠氏梨园演明珠记。"② "贵客豪绅、文士大夫等上层社会的喜庆宴集，多半在自家宅第中举行。"③ 张宴观剧也多在家宅厅堂或花园中。《板桥杂记》中就记载了尚书在家宅设宴演剧庆贺夫人生辰之事：

> 岁丁酉尚书挈夫人重游金陵，寓市隐园中林堂。值夫人生辰，张灯开宴，请召宾客数数十百辈，命老梨园郭长春等演剧，酒客丁继之、张燕筑及二王郎（中翰王式之，水部王恒之）串王母瑶池宴。④

家乐多在厅堂的氍毹上演出。明代私人家宅很少建有舞台，家宅演剧多半在厅堂上举行。一般是在厅堂上划出一块区域，铺上红色地毯，即当舞台，作"氍毹式"的表演。氍毹一般设在酒席筵前，演员在氍毹上表演，观众在两旁或前方饮酒看戏。《菊庄新话》中描写陈明智演戏："既而兜鍪绣铠，横梢以出，升氍毹，演起霸出。起霸者，项羽以八千子弟渡江故事也。"⑤ 从"升氍毹"来看，"起霸"出是在家宅厅堂上演出。

家乐的目的，除了娱乐欣赏，社交应酬、以文会友其实是主要的目的。家乐既然多为交际所用，那么演剧的内容就至关重要，主人希望精心选择合适的剧目，来营造融洽和谐的氛围。如《曲海总目提要》评《百顺记》云："凡宾宴集席，无不演此剧。"⑥ 《百顺记》演王曾事，宋人王曾皆在顺境，故以《百顺记》为名，能表达子孙发达、家族繁荣的

---

① 茅坤：《茅鹿门先生文集》，明万历刊本。

② 冯梦祯：《快雪堂集》，明万历丙辰黄汝亨、朱之藩刻本。

③ 王安祈：《明代传奇之剧场及其艺术》，学生书局1986年版，第210页。

④ 余怀著，李金堂校注：《板桥杂记》（外一种），上海古籍出版社2000年版，第30页。

⑤ 史承谦：《菊庄新话》，转引自焦循《剧说》，古典文学出版社1957年版，第130页。

⑥ 《曲海总目提要》，人民文学出版社1959年版，第695页。

愿望。如果选不好演戏内容，就会事倍功半，令人尴尬。陈维崧就曾有过这种经历："余尝坐寿筵首席，见新戏有'寿春图'，名甚吉利，及点之，不知其斩杀到底，终坐不安。其年云：亦尝坐寿筵首席，见新戏有'寿荣华'，以为吉利，及点之，不知其哭泣到底，满座不乐。"① 正因为选剧的重要，陶奭龄在《喃喃录》中按照演出场合的不同，给人们提供了演出剧目选择的指导：

> 余曾欲第院本作四等。如四喜、百顺之类，颂也，有庆喜之事则演之；五伦、四德、香囊、还带等，大雅也，八义、葛衣等，小雅也，寻常家庭燕会则演之；拜月、绣襦等，风也，闲庭别馆，朋友小集或可演之。至于昙花、长生、邯郸、南柯之类，谓之逸品，在四品之外，禅林道院皆可搬演，以代道场斋醮之事。若夫西厢、玉簪等，诸淫媟之戏及宜放绝，禁书坊不得鬻，禁优人不得学，违则痛惩之，亦厚风俗正人心之一助也。②

从陶氏所言可以看出，家宅演剧的场合主要有三类：一为庆贺演剧，演出《四喜记》、《百顺记》等，二为家庭宴集，演出《五伦全备记》、《四德记》、《香囊记》、《还带记》、《八义记》、《葛衣记》等忠孝节义类的剧目；三为私人聚会，演出《拜月记》、《绣襦记》等爱情类剧目。陶氏所言被禁西厢、玉簪等风情类剧目，实际也很受豪绅文士的欢迎。

随着家乐的普及，随着观众对全本戏的熟悉，折子戏更适合家宅演出。首先，折子戏题材丰富，能满足家宅演剧的各种需求；其次，折子戏短小灵活，内容集中，而且为观众所熟悉，能迅速营造喜庆宴集的氛围，达到演剧的目的。最后，折子戏短小精悍，更适合家宅厅

---

① 陈维崧：《迦陵词全集》卷二十七《贺新郎·自嘲用赠苏昆生韵同杜于皇赋》小序，《续修四库全书》集部，词类，第263页。

② 陶奭龄：《喃喃录》卷上，转引自王利器辑录《元明清三代禁毁小说戏曲史料》，上海古籍出版社1959年版，第206页。

堂的"氍毹式"演出。明代文人笔记中，虽然有通宵达旦观看全本戏的记录，但折子戏具有全本戏没有的优势。家宅演剧的目的主要是娱乐交际，要营造一种氛围，一部集悲欢离合于一身的全本戏，很难完成氛围的营造。折子戏既不太过铺张，也不会使观众过于疲劳。而且折子戏是全本戏中的精华，具有较强的思想性和精良的艺术性，更能满足文人雅士的审美需求。《乐府红珊》折子戏提供了各种场合家宅演剧的剧目。

庆贺是家宅演剧最重要的目的。我国古代即有庆贺寿诞、结婚、得子、中举、得官的习俗，明代中叶以后，贵族豪绅、文人雅士的庆贺活动多在其宅第举行。那么，家宅庆贺演出什么内容呢？《乐府红珊》选录的庆寿类、伉俪类、诞育类、报捷类等庆贺类内容的折子戏，《词珍雅调》"庆贺词珍"中的庆寿折子戏，提供了大量的庆贺演剧的选择。庆寿类折子戏主要敷演庆寿情景，即祝寿者拜寿，饮寿酒献寿词，寿星受祝。伉俪类折子戏敷演婚庆情景，高堂在场，佳人拜堂成亲，亲朋祝贺，张灯结彩，鼓乐齐鸣，喜庆热闹。诞育类折子戏敷演生子满月庆贺的情景，亲朋奉上贺礼以表庆贺。报捷类折子戏敷演主人公中举得官后，家人得到喜讯，张灯结彩以表庆贺。这些折子戏，与现实中的庆贺习俗完全相同，将其用于庆贺演剧，不仅内容喜庆，而且便于演员与观众互动，虚拟与现实交织，有助于增强喜庆效果。

庆贺演剧的目的不在于品曲，也不在于演员唱腔身段，而在于佐酒侑欢，在于营造喜庆热闹的气氛。首先，庆贺类折子戏是群戏表演，重在展现热闹场面，渲染喜庆气氛。"群戏"即众多脚色演出，戏份匀称。以八仙庆寿折子戏最为典型。"元人神仙道化戏，本都可用来祝寿的……"后来研究者在神仙道化剧中专门列出"庆寿剧"[①]。随着戏曲演出进入私人宅第，由于时间与场地的限制，八仙庆寿的折子戏更适合庆寿演出。一般剧演八仙齐登场为西王母祝寿，"吹唱的奏乐上场，住了鼓乐开场做戏，锣鼓齐鸣，戏子扮了八仙上来庆寿。看不尽

---

① 詹石窗：《道教与戏剧》，厦门大学出版社2004年版，第157、158页。

的行头华丽，人物清标，唱套寿域婺星高，王母娘娘捧着鲜桃送到帘前上寿"①，场上人物至少在 10 人以上，服饰艳丽，曲调喜庆，视听刺激较大，唱念做舞，舞台效果强烈。

"局面正大"的教诲类剧目，也常常用在喜庆场合。因为教诲类剧目不仅"局面正大"，而且"词调庄炼"，是陶奭龄所言"雅"类剧目。又因为贵族文士家庭都重视对子女的教育，所以，教诲内容适合家宅喜庆场合。《传奇汇考标目》著录沈采《还带记》，并云："演裴晋公香山事，因杨一清生日，故作以寿之。"②《远山堂曲品》评《还带记》："局面正大"、"词调庄炼"③。《远山堂曲品》还著录赵蕳如《忠孝记》，并云："传吴公百朋一生宦谱，段段衬贴忠孝二字，所以绝无生趣；然曲白庄丽，宜演之喜庆筵前。"④《乐府红珊》的训诲类、忠孝节义类、阴德类、荣会类折子戏，敷演具有教诲意义的情节内容。忠孝节义类折子戏敷演主人公忠、孝、节、义的优秀品质，《千金记·萧何月下追韩信》中韩信之忠，《连环记·王司徒退食怀忠》中王允之忠，《金弹记·刘娘娘搜求妆盒》中陈琳之义，《妆盒记·刘后勘问寇承御》中寇承御之义，《窃符记·魏侯究问如姬》中如姬之义，《琵琶记·赵五娘描真容》中赵五娘之孝，《昙花记·阎君勘问曹操》中曹操是忠义的反面人物。阴德类选录四种折子戏，《还带记·裴度香山还带》直接演裴度的善有善报，其余三种折子戏内容与此雷同，《萃盘记·窦仪魁星映读》、《四德记·冯商旅邸还妾》、《四美记·蔡兴宗伞盖玄天》均敷演主人公的善有善报。

家宅宴集是文人雅士重要的交际方式，往往与家乐相伴随。宴集演剧的目的既在于交际，也在于遣兴。那么家宅宴集演出哪些剧目呢？

首先是爱情戏。"生旦的爱情戏是氍毹上最主要的题材，所占比重

① 《梼杌闲评》，人民文学出版社 1983 年版，第 24 页。
② 《传奇汇考标目》，《中国古典戏曲论著集成》（八），中国戏剧出版社 1959 年版，第 196 页。
③ 祁彪佳：《远山堂曲品》，《中国古典戏曲论著集成》（六），中国戏剧出版社 1959 年版，第 71 页。
④ 同上。

较大"①，即陶奭龄所言拜月、绣襦等"风"类剧目。因为这些剧目情节感人，擅长抒情，具有动人的艺术效果。《乐府红珊》的分别类、思忆类折子戏，敷演生旦的离别之情、相思之情，是生旦爱情戏中最动人的情节，也是剧作家创作最用心、最逞才的内容，从文本和舞台两个方面都能满足文人的审美需求。这些折子戏中，既有雅俗共赏的经典，如《玉簪记·陈妙常秋江送别》、《余印记·周氏对月思夫》、《和戎记·王昭君出塞》，早在明万历二年以前就在北方农村的戏曲舞台上演出了（万历二年传抄的《迎神赛社礼节传簿四十曲宫调》收录）。早在万历元年以前，《赵五娘临镜思夫》、《周氏对月思夫》、《陈妙常秋江送别》、《王昭君出塞》在南方的安徽民间流行（《词林一枝》《八能奏锦》选录），经过不断地舞台搬演，这些折子戏在文本和舞台方面已经相当成熟。也有典雅藻丽的经典，如《香囊记·张夫人忆子征戍》、《紫箫记·霍小玉灞桥送别》、《玉玦记·王商别妻往京华》，文本的成就大于舞台艺术。徐复祚评《香囊记》"香囊以诗语作曲，处处如烟花风柳，丽语藻句，刺眼夺魄"②。

其次是遣兴抒怀类的剧目。《乐府红珊》的宴会类、游赏类、访询类折子戏，敷演游赏、宴会的场面，遣兴抒怀。这类折子戏中的主人公多数是文人，如《合璧记·解学士玉堂佳会》中的谢缙，《香囊记·张状元琼林春宴》中的张九成，《四记记·韩侍郎宴陶学士》中的韩熙载、陶毂，《泰和记·庾元亮中秋夜宴》庾元亮与其他文人，《萃盘记·窦状元加官进禄》中的窦仪兄弟，《四节记·杜工部游曲江》中的杜甫、李白、贺知章，《蔡伯喈荷亭玩赏》中的蔡伯喈，《玉玦记·王商挟妓游西湖》中的王商，《四节记·苏子瞻游赤壁》中的苏轼和黄庭坚，《四节记·党太尉赏雪》中的党进。《红叶记·韩夫人四喜四爱》中的韩夫人，虽为女流之辈，但也能舞文弄墨。此外，《惊鸿记·唐明皇赏牡丹》的唐明皇、《浣纱记·吴王游姑苏台》中的吴王、《千金记·楚霸王军中夜宴》中的楚霸王、《草庐记·刘先主赴碧莲会》中的刘备和周瑜、

---

① 王安祈：《明代传奇之剧场及其艺术》，学生书局1986年版，第187页。
② 徐复祚：《曲论》，《中国古典戏曲论著集成》（四），中国戏剧出版社1959年版，第236页。

《单刀记·关云长赴单刀会》中的关羽等，都是历史上建功立业的英雄豪杰。折子戏通过敷演文人、英雄豪杰宴饮、游赏的情景，展示其豪迈胸襟和英雄情怀。为了表现剧中人的才情和雅兴，折子戏除了曲文的遣兴抒怀，还插入了大量的诗词宾白和歌舞表演，极大地满足了文人遣兴的需求。

《合璧记·解缙玉堂佳会》敷演谢缙在朝之事。花朝时节，谢缙设宴，与胡老爷、张老爷赏花饮酒。据《明史》记载，胡老爷应为胡广，谢缙在朝时，明成祖赐二人为儿女亲家。此折在引子【满庭芳】引出四人出场之后，增加了吟诗唱和：

【满庭芳】（生）燕逐春光，花随人意，半开半簇枝头。（外）东城南陌，数枝杨柳风流。（小外）醉梦午来未醒。（末）被黄鹂唤入瀛洲。（合）拼沉醉曼歌长啸，恣意足春游。**（生）正是东城渐觉风光好，皱谷波中迎客到。（外）绿杨烟外晓云轻。（末）红杏枝头春意闹。（小外）浮生长恨欢娱少，肯爱千金轻一笑。（合）为君把酒劝斜阳，且向花前留晚照。（生）将酒过来。**

为了给宴会助兴，该折中还增加了歌舞表演"（生）今日台上百花盛开，尽堪行乐，但少一解语花耳。（小外）正是正是，叫堂候官去教坊司，叫一班女乐过来承直。"请来教坊司女乐后，"（小外）你们两个，会歌的歌一曲，能舞的舞一回，我这里重重赏你。（净）（小旦）（歌舞介）【舞霓裳】婉转歌喉最清幽，最清幽，袅娜纤腰最娇柔，最娇柔。东君莫遣花颜谢，但愿春光长照，玉京楼肆邀，漫教迤逗才回首，梧桐一叶便惊秋。【红绣鞋】银蟾光映枝头，枝头金壶漏滴楼头，楼头花解笑酒忘忧，灯火灿篆烟浮，拼一醉复何求。"

《萃盘记·窦状元加官进禄》敷演窦仪高中状元之后，又授三边总制监兵领守，逢此喜事，设宴庆贺。二年兄带去本州歌妓前往祝贺。在【本序】四支连用表达祝贺之意之后，插入了众人的律令：

（净）酒不行，要按景俗语一句问律一条。（生）如此，学生占了：明月无凭过雁门越度关津。（小）风送楚歌归别院漏泄军情。（净）风月无引进公庭擅入衙门。（旦）月移花影到通衢侵占宫街。（占）翰林声价值千金高台时价。（净）歌妓可将这些律令串作词调唱来。

《千金记·楚霸王军中夜宴》敷演净扮楚霸王与旦扮虞姬等在宫中宴会消遣，其中有：

（净）美人，取花过来，左右羯鼓。

【前腔】（净）把花枝当酒筹，把花枝当酒筹，香沾罗袖。**（净）美人你试舞一回。（舞科）** 舞腰柔似风前柳，且及时献酬，且及时献酬，岁月疾如流，百年一回首。**（合前）**

游赏类曲文内容以写景抒怀为主，笔力清丽，文辞典雅，抒发闲情逸致，符合文人的审美特征。《四节记·党太尉赏雪》：

【皂罗袍】（贴）门外雪花轻扬，喜庖丁新进美酒肥羊，羊羔味美酒馨香，杯斝浅浅低低唱。（合）红炉暖阁寒威顿忘，金樽檀板清乐未央，玉楼人醉销金帐。

【前腔】（外）四野彤云密障，想农家相庆腊雪呈祥，梅花满树暗浮香，娇娃携手临轩赏。（合前）

《乐府红珊》邂逅类、风情类折子戏，敷演男女私情，多淫词艳语，即是陶奭龄所言被禁的西厢、玉簪等"诸淫媟之戏"，"闲庭别馆，朋友小集或可演之"，适合私人聚会的闲庭别馆演出，这一内容在《乐府红珊》中占比例非常小。

"家宴所演的剧目有时是预订的"，"有时则临时'点戏'"①。预订

---

① 王安祈：《明代传奇之剧场及其艺术》，学生书局1986年版，第163页。

剧目和临时点戏都需要"戏单"，提供可供选择的剧目。家乐繁荣时期，提供"戏单"是非常必要的。纪振伦生活于家乐繁荣的万历中期的南京，熟悉家乐演出，关注家乐演剧的题材及演剧习俗，客观上为家宅演剧选择剧目提供一个很好的参考。

三　提供昆曲曲调套式的范例

徐渭《南词叙录》所云："至南曲……彼以宫调限之，我不知其何取也。或以则诚'也不寻宫数调'之句为不知律，非也，此正见高公之识。"① 徐渭不以不守宫调为非，却不否认套数的客观存在。他认为："南曲故无宫调，然曲之次第须用声相邻以为一套，其间自有类辈，不可乱也。"② 虽然强调南曲的曲牌要有一定的相关性和规律，但是没有宫调一统曲牌，这种相关性和规律不能成为硬性的规定，所以，南曲套数组成，还存在相对的灵活性，这就增加了昆曲创作的困难。《乐府红珊》中的散出，突出了同类型的共性，展示了不同类型的特征。同类型题材情节内容相同，声情相类，表演方式基本相同，曲牌的组合方式也基本相同，即套式相同。相同题材类型使用完全相同的曲调套式，第四章中将进一步详细论述，此处不再赘述。

---

① 徐渭：《南词叙录》，《中国古典戏曲论著集成》（三），中国戏剧出版社 1959 年版，第 241 页。
② 同上。

第三章 《乐府红珊》的选曲观念 与折子戏的功能

在现存明代戏曲散出选本中，《乐府红珊》选录的散出数量较大，仅次于《月露音》和《群音类选》。《月露音》选录了 88 个传奇剧本的 213 种散出，《群音类选》残存 157 种元明杂剧、传奇散出。《乐府红珊》则选录了 62 种杂剧、南戏、传奇的 100 种散出。《乐府红珊》曲白俱录，宾白丰富，以舞台流行为选剧标准，反映了万历南京剧坛的实况，如演剧特征、观剧习俗、观众好尚等。而《乐府红珊》独特的编辑方式，按散出的题材分类，依照演出的实际，按序排列，即反映了一定的观剧态度。

选本，就是经过选择的文本，"选择"本身就是一种价值判断行为。"选者（批评家）根据某种文学批评观制定相应繁荣取舍标准，然后按照这一标准，通过选这一具体行为对作家作品进行排列，以达到阐明、张扬某种文学观念的目的。因此，选本也是一种文学批评。"① 但是，戏曲散出选本不同于其他选本，选者的选择主要依据舞台演出的实际情况，"选择性"受到了舞台的限制，以舞台流行为选录标准，舞台流行又反映出了观众的观剧态度。《乐府红珊》的编选者纪振伦，作为一个文化修养较高、影响较大的文人，在选择文本时，能较客观、准确、全面地反映出当时的观剧态度。

---

① 邹云湖：《中国选本批评》导言，生活·读书·新知三联书店 2002 年版。

《乐府红珊》经过选择、分类、排列完成的。选择、分类、排列都有一定的标准，其标准则是万历南京剧坛观剧习俗和观众好尚。首先，100 个散出的选择，主要以家宅演剧为选录标准的，多数应该是从家宅常演散出中选择出来的，但是也有编选者依据观剧习俗和观众好尚进行的增益，因为《乐府红珊》中选录了其他选本未见选录的散出 31 种。其次，按照散出题材进行分类，并且按照演出多少或重要程度顺序排列。庆贺演剧是家宅演剧的重要习俗，如寿诞、结婚、生子、中举，都要宴请宾客，或用自己家乐演出，或请他人的戏班演剧。普通宴集演剧的重要程度则次于庆贺演剧。最后，每一种类型散出的选录数量多寡不同，分别类选出最多，其次为思忆类、游赏类、宴会类，再次为庆寿类、邂逅类、风情类、忠孝节义类则选录较少，反映了观众的好尚。

《乐府红珊》所反映的演剧特征、观剧习俗、观众好尚，也是明代万历时期戏曲观念具体佐证。

第一节　戏曲实用功能与娱乐功能的强化

中国古代戏曲产生于娱乐的土壤，从母体中就带着娱乐的特质。汉代俳优的滑稽调笑，就是宫廷贵族消遣取乐的一种方式。唐代的参军戏，"参军"、"苍鹘"两个角色的表演以滑稽调笑见长，娱乐性也很强。唐人所演"踏摇娘"，由时人穿上妇人衣服扮苏氏妻，"且步且歌，故谓之'踏摇'，以称其冤，故言苦。及其夫至，则作殴斗之状，以为笑乐"。宋代勾栏瓦肆的演出，与百戏杂耍一样，也是城市人娱乐的一项内容，吴自牧《梦粱录》有云："城内外创立瓦舍，招集妓乐，以为军卒暇日娱戏之地。"[①] 宋、元时期的祭祀演剧，也已经揭去了神圣、庄严的面纱，由祀神到娱神，进而到娱人。虽然，元杂剧这种成熟的戏曲形式长生之后，承担起了文学的社会功能，反映现实，指斥时弊，当文人承担起传奇创作的任务的时候，它承担起了文学的抒情功能，但是，

---

① 吴自牧：《梦粱录》，《东京梦华录》（外四种），中华书局 1962 年版，第 299 页。

戏曲创作最后通过舞台演出完成其价值的时候，它带给人们的娱乐是主要的。正如浦江清先生所云："按诸实际，杂剧多半演于勾栏，或应官府良家的召唤，所谓'戾家把戏'者，思想，宣传，都谈不到，目的还是娱乐及庆贺。"① 戏曲的演出是在剧场进行的，人们聚集在一起，有说有笑，不看戏都已经是一种放松了，加之舞台上演员的边唱边舞、鼓乐声声，人们的情绪虽然随着剧中情节产生哀乐的变化，但是人们会获得压力释放、情绪宣泄的快感。在明代传奇文人化的时代，传奇剧本被拆成散出上演，演出中又不断地被增删加工，目的就是要满足观众的审美需求，观众满意了，戏曲的娱乐功能就体现出来了。

南京具有悠久的历史文化传统，自古即为繁华之地、享乐之地、佳丽云集之地。六朝偏安南京，助长了文人的风流雅韵，因娱乐而产生的诗余，诞生于南唐此地，谢安石东山携伎、周郎顾曲也都发生于南京。明万历时期，南京的城市商业进一步繁荣，为人们追求享乐提供了客观环境。明成祖朱棣于永乐十九年（1421）迁都北京后，改金陵为南京，作为"陪都"、"南都"，其文化中心的地位还继续保持。明万历时期政治腐朽颓败，已经到了崩溃的边缘。张居正主政十年，振衰起弊，虽然给明朝带来了一丝曙光，但是并未将明朝引向光明之路，文人左迁，辞官隐居，时有发生，南京便成了这类文人的向往之地。"南京，仕国也，先朝以吏治著声者甚多。万历以后，承平无事，士大夫以南中为左迁，都不复事事，即贤者亦多无可述。"② 南京不仅承平无事，而且官员公务清闲，"……南都法吏，西署闲司，为政无苛，自公多暇。燕矶牛首，佳丽藉以品题；桃渡桐湾，繁华属其赏目。拂蝇挥尘，云低驻以不飞；著屐班荆，日下春而忘返"③。公务清闲就有时间，优游享乐，结社宴集。钱谦益在《金陵社集诗序》中，就描绘了当时文士集会的盛况：

① 浦江清：《八仙考》，《浦江清文录》，人民文学出版社1989年版，第11页。
② 吴应箕：《留都见闻录》卷二，《秦淮夜谈》第九辑，南京秦淮区地方史志编纂委员会1994年版，第22页。
③ 钱谦益：《列朝诗集》丁集七，《四库禁毁书丛刊》集部96，北京出版社1997年版，第333页。

海宇承平，陪京佳丽，仕宦者夸为仙都，游谈者指为乐土。弘、正之间，顾华玉、王钦佩，以文章立；陈大声、徐子仁，以词曲擅场。江山妍淑，士女清华，才俊俞集，风流弘长。嘉靖中年，朱子价、何元朗为寓公；金在衡、盛仲交为地主；皇甫子循、黄淳父之流为旅人，相与授简分题，征歌选胜，秦淮一曲，烟水竞其风华；桃叶诸姬，梅柳滋其妍翠。此金陵之初盛也。万历初年，陈宁乡芹，解组石城，卜居笛步，置骚邀宾，复修青溪之社，于是在衡、仲交，以旧老而筱盟；幼于、百谷，以胜流而至止。厥后轩车纷迷，唱和频烦。虽词章未大雅，而盘游无已太康。此金陵之再盛也。其后二十馀年，闽人曹学佺能始翔棘寺，游宴冶城，宾朋过从，名胜延眺；缙绅则臧晋叔、陈德远为眉目，布衣则吴非熊、吴允兆、柳陈父、盛太古为领袖。台城怀古，爰为凭吊之篇；新亭送客，亦有伤离之作，笔墨横飞，篇帙腾涌，此金陵之极盛也。①

频繁的集会为戏曲家的聚集和戏曲演出提供了契机。潘之恒《莲台仙会叙》："金坛曹公家居多逸豫，姿情美艳。隆庆庚午，结客秦淮，有莲台之会。同游者昆陵吴伯高（嵌）、玉峰梁伯龙（辰鱼）辈，俱擅才调。品藻诸妓，一时之盛，嗣后绝响。"②

万历南京，宴饮之风盛行，宴必具乐。正德、嘉靖年间，宴乐之风就已盛行。《髯仙秋碧联句》曾记载："髯仙既归，名益震，诗翰益奇。常自度曲为新声。妓乐满前，豪放自得。岁七十，于快园丽藻堂开宴，妓女百人称觞上寿。"③何良俊曾在南京蓄养家班，在家宅宴集演剧：

---

① 《列朝诗集》丁集七，《四库禁毁书丛刊》集部96，北京出版社1997年版，第332页。
② 潘之恒：《莲台仙会叙》，俞为民、孙蓉蓉编《历代曲话汇编》（明代编第二集），黄山书社2009年版，第170页。
③ 路鸿休：《帝里明代人文略》卷十五，顾起元：《客座赘语》，中华书局1987年版，第179页。

是日石城诞辰，贺客满座。剧戏盈庭，至晚，栏槛皆施椽烛，奇花照夜，更觉光艳。客皆沾醉夜阑而去。良俊得叨末座，爰缀斯咏。更要方山、射陂、海樵（山阴人陈鹤号）、天池诸大家共和之。①

这里记载的是为庆贺寿诞，宴请宾客、演剧娱乐的情形。家宅宴集演剧的目的是为宴会助兴，使观众获得快感，戏曲的娱乐功能得到强化。

一　庆贺演剧的娱乐功能

《乐府红珊》选录了四种庆贺演剧的折子戏，依次为：庆寿类、伉俪类、诞育类、报捷类，其中，前三类位列全书的前三卷，报捷类位列全书第八卷。明代贵族文士家中有庆贺之事，如寿诞、结婚、生子、中举、得官，往往要在家宅设宴，宴请宾客，演戏助兴。庆贺演剧既是重要的习俗，也是折子戏的重要功能。在庆贺类折子戏中，文辞和唱腔的优美、身段的表演，都不是最重要的，它重视的是戏曲排场的展示，足够的排场才能形成热闹的气氛，强化娱乐的效果，实现庆贺的目的。

《乐府红珊》庆贺类折子戏中，庆寿类数最多，有 8 种，列 16 种类型之首，说明在庆贺演剧中，寿诞演戏最为频繁。从古至今，我国就有重视寿诞的传统。"自昔以来，人遇诞生之日，多有以词曲庆寿者。筵会之中，以效祝寿之忱。"② 在词学发达的宋代，人们在寿筵上按谱填词，祝贺生辰，歌颂长生，祝寿词大量产生，《全宋词》收录祝寿词 2000 首，晏殊的 135 首词作中，祝寿词就有 28 首。普通人都如此重视寿诞，希求长生，皇宫内部更为重视，每到皇帝、太后、皇后寿诞之日，都要举行盛大的庆祝活动，演戏当然是一项重要的内容，而八仙戏则是庆寿必演的剧目。朱有燉以藩王的身份创作杂剧，其中神仙类题材较多，有《瑶池会八仙庆寿》、《群仙庆寿蟠桃会》、

---

① 何良俊：《许石城宅赏牡丹》序，《何翰林集》卷五。
② 朱有燉：《群仙庆寿蟠桃会引》，俞为民、孙蓉蓉编《历代曲话丛编》（明代编第一集），黄山书社 2009 年版，第 203 页。

《吕洞宾花月神仙会》等，均为庆寿而作。他在《瑶池会八仙庆寿引》中说："庆寿之词，于酒席中，伶人多以神仙传奇为寿。然甚有不宜用者，如《韩湘子度韩退之》、《吕洞宾岳阳楼》、《蓝采和心猿意马》等体，其中未必言词尽皆善也。故予制《蟠桃会》、《八仙庆寿》传奇，以为庆寿佐樽之设，亦古人祝寿之意耳。"① 又在《吕洞宾花月神仙会引》中云："予观紫阳真人悟真篇内有上阳子陈致虚注解，引用吕洞宾度张珍奴成仙证道事迹。予以为长生久视，延年永寿之术，莫逾于神仙之道。乃制传奇一帙以为庆寿之词。抑扬歌颂于酒筵佳会之中，以佐樽欢，畅于宾主之怀。亦古人祝寿之义耳。"② 正如浦江清所言："元人神仙道化戏，本都可用来祝寿的……"③ 因此研究者在神仙道化剧中专门列出"庆寿剧"④。

至明代，伴随着享乐之风的盛行以及家乐的出现，豪绅文士庆寿演剧的风气日益兴盛，而且多在自己家宅庭院中举行。冯梦祯快雪堂万历壬寅十月二十八日记："沈二官为内人生日设席款客，余亦与焉，吕三班作戏，演麒麟记。"⑤《板桥杂记》中就记载了尚书在家宅设宴演剧庆贺夫人生辰之事：

> 岁丁酉尚书挈夫人重游金陵，寓市隐园中林堂。值夫人生辰，张灯开宴，请召宾客数数十百辈，命老梨园郭长春等演剧，酒客丁继之、张燕筑及二王郎（中翰王式之，水部王恒之）串王母瑶池宴。⑥

庆贺演剧的内容与庆寿、婚庆、生子庆贺的风俗相结合，虚拟和现

① 朱有燉：《瑶池会八仙庆寿引》，俞为民、孙蓉蓉《历代曲话丛编》（明代编第一集），黄山书社 2009 年版，第 193 页。

② 朱有燉：《吕洞宾花月神仙会引》，俞为民、孙蓉蓉《历代曲话丛编》（明代编第一集），黄山书社 2009 年版，第 197 页。

③ 浦江清：《八仙考》，《浦江清文录》，人民文学出版社 1989 年版，第 11 页。

④ 詹石窗：《道教与戏剧》，厦门大学出版社 2004 年版，第 157、158 页。

⑤ 冯梦祯：《快雪堂集》，明万历丙辰黄汝亨、朱之藩刻本。

⑥ 余怀著，李金堂校注：《板桥杂记》（外一种），上海古籍出版社 2000 年版，第 30 页。

实，台上与台下，演员与观众，融为一体，更能渲染喜庆热闹的气氛，娱乐功能得到极大的强化。《乐府红珊》选录的庆寿折子戏，源于现实的庆寿仪式，寿星在场，祝寿者上场，呈上贺礼，施以拜寿礼仪，鼓乐伴奏，场面热闹。正如赵景深先生所言，八仙戏中众仙同时登场，正为祝寿戏的主要排场。众仙全部登场，场上人物众多，行头华丽，鼓乐伴奏，杂以歌舞、科介、诗赞，极具排场。

《乐府红珊》庆寿类的 8 种折子戏，根据祝寿者身份的不同，分为三类：一是八仙庆寿类，《升仙记·八仙赴蟠桃盛会》，八仙庆寿场面最为热烈，也能满足人们追求长生的心理。二是子孙为父母庆寿类，选录最多，《琵琶记·蔡伯喈庆亲寿》、《香囊记·张九成兄弟庆寿》、《投笔记·班仲升庆母寿》、《斑衣记·斑老莱子戏娲悦》。三是朋友庆寿，有《泰和计·裴晋公绿野堂祝寿》、《四节记·苏东坡祝寿》、《单刀记·关云长公祝寿》。《单刀记·关云长公祝寿》既有关平为父拜寿，也有张飞为关羽庆寿，但张飞庆寿的戏份较重，所以列入此类。三种类型的庆寿仪式不同，子孙为父母庆寿，要跪拜祝贺，如《投笔记·班仲升庆母寿》中有"（生旦跪介）今日母亲寿诞，孩儿聊具清樽，欲效莱子舞衣，乃与母亲庆寿。"《斑衣记·斑老莱子戏娲悦》中有"（跪云介）高祖爹爹在上，孙儿也歌舞劝酒，仙桃献寿。"而朋友庆贺往往要呈上贺礼，当场作诗祝贺，或歌舞助兴，既热闹又充满情趣和雅致。《泰和计·裴晋公绿野堂祝寿》中有"（小生）老夫无以为贺，画老子出关图并赞以献。""（净）你可唱些道情，效白鹤舞侑丞相寿酒。（丑鹤舞唱介）。"

庆贺寿诞的演剧中，神仙戏是重要的剧目，神仙戏中的八仙庆寿则是最重要的、必不可少的内容。《乐府红珊》中"庆寿类"第一出即为《升仙记·八仙赴蟠桃盛会》，反映出八仙庆寿是庆寿折子戏的正宗。神仙境界的逍遥自在，神仙们的长生享乐，尤其是神仙面貌各异，造型奇特，身手不凡，场面更热闹，娱乐性更强。庆贺寿诞作为重要的生活内容，也是明传奇中的重要内容，明中叶以后，随着折子戏成为重要的戏曲演出形式，庆寿折子戏被广泛演出，兹据《善本戏曲丛刊》和《海外孤本晚明戏剧选集三种》统计庆寿折子戏列表如下：

散出选本	庆寿出目
《风月锦囊》	《奇妙全家锦囊》"八仙庆寿"
《八能奏锦》	《升天记》"元旦上寿"，《琵琶记》"伯喈华堂祝（庆）寿"，《金印记》"苏万寿觞称庆"
《群音类选》	《玉玦记》"商庆妈寿"，《金貂记》"鄂公庆寿"，《龙泉记》"寿祝椿堂"，《四喜记》"椿庭庆寿"，《投笔记》"班超庆寿"，《牧羊记》"持觞祝寿"，《窃符记》"平原庆寿"，《蟠桃记》"陈抟庆寿"、"蟠桃宴会"，《徐庆记》"寿祝椿萱"，《百顺记》"王曾祝寿"，《鲛绡记》"庆寿抢灯"，《弹铗记》"端阳为寿"，南吕宫"一枝花一套""庆寿"，《埋剑记》"郭代公庆寿"
《乐府红珊》	《升仙记》"八仙赴蟠桃盛会"（"八仙赴蟠桃大会"） 《泰和记》"裴晋公绿野堂祝寿" 《单刀记》"汉云长公祝寿"（"汉寿亭侯庆寿"） 《投笔记》"班仲升庆母寿"（"班定远庆母寿"） 《斑衣记》"老莱子戏彩悦亲" 《琵琶记》"蔡伯喈庆亲寿"（"蔡伯喈祝亲寿"） 《香囊记》"张九成兄弟庆寿" 《四节记》"苏东坡祝寿"
《大明春》	《升平记》"祝寿新词"
《玉谷新簧》	《祝寿记》"绿野堂祝裴公寿"
《摘锦奇音》	《琵琶记》"伯喈华堂祝寿"
《吴歈萃雅》	《琵琶记》"锦堂月套"（祝寿）
《词林逸响》	《琵琶记》"锦堂月套"（祝寿）
《尧天乐》	《蟠桃记》（版心题《庆寿词》）"八仙庆寿"（蟠桃会祝寿新词）
《时调青昆》	《长生记》"祝寿新词"
《月露音》	《琵琶记》"锦堂月套"（祝寿）
《南音三籁》	《琵琶记》"锦堂月套"（祝寿）
《乐府万象新》	《鹦哥记》"有为庆寿"，《四节记》"朝云庆寿"
《歌林拾翠》	《琵琶记》"高堂称庆"
《审音鉴古录》	《琵琶记》"称寿"
《千家合锦》	《长生记》"八仙庆寿"
《纳书盈曲谱》	《琵琶记》"称寿"
《缀白裘》	《牧羊记》"庆寿"，《琵琶记》"称寿"，开场"上寿"（八仙庆寿），开场"八仙上寿"

首先，从以上统计来看，庆寿散出不仅数量较多，而且备受重视，很多选本将庆寿散出置于全书之首。如《乐府红珊》十六卷中，首卷即为庆寿类，选录8种庆寿散出。《词珍雅调》专门选录庆贺词珍一卷，

首选即为庆寿词珍，其中庆寿散出有"狄仁杰祝亲寿"，"林冲祝亲寿"，"朝云琴操二妓祝苏东坡寿"，"蔡伯喈祝寿"，"张九成兄弟祝亲寿"，曲白并录。清人琴隐翁编选的《审音鉴古录》首选《琵琶记》16种散出，将"称寿"列为第一。清无名氏编选的《千家合锦》将《长生记》"八仙庆寿"作为全书之首。同样，清乾隆年间叶俦编选的《纳书盈曲谱》，将《琵琶记》"称寿"作为全书第一出。清代重要的折子戏选本《缀白裘》将《牧羊记》"称寿"置于全书首篇。庆寿折子戏选录的众多和选家的重视，反映出庆寿折子戏在舞台被广泛演出的实况。

其次，以上所列散出选本，除了《风月锦囊》刊刻于明嘉靖三十二年（1553）之前，《审音鉴古录》、《千家合锦》、《纳书盈曲谱》、《缀白裘》刊刻于清代，其余均刊刻于万历年间，充分反映出万历时期庆寿折子戏的繁荣。尤其是《乐府红珊》专列"庆寿类"，其编选者纪振伦为金陵人。其刊刻者唐振吾为万历时期南京著名书坊广庆堂刊的堂主，所以《乐府红珊》反映的即是万历南京的演剧风貌。万历时期的南京为戏曲提供良好的生存空间。南京自古即为繁华享乐之地，永乐十九年（1421）后虽然变为陪都，但并没有影响它的繁荣，为追求享乐提供了客观环境。万历之后承平无事，官员公务清闲，享乐之风更甚。追求享乐的一个重要表现就是重视时令节庆、人生礼仪的庆贺，以庆贺为目的的家宅厅堂演戏当然必不可少。

最后，从以上列表来看，折子戏"八仙庆寿"选录较少，俗人庆寿的折子戏则相对较多，反映出由庄重严肃的神仙庆寿转向轻松活跃的俗人祝寿。清人王懋昭《演戏庆寿说》指出庆寿剧存在的问题："尝慨世人豪华相竞，无论生寿冥寿，演戏庆祝，优人必扮八仙与王母，为之拜焉跪焉，以明肃恭而邀赏。夫优人之拜跪，固所宜然，而既扮八仙与王母，是俨然八仙、王母，为之拜也跪也。夫八仙之为仙，王母之为神，人人知之。以仙神而拜跪生寿之人、冥寿之鬼，人人见之而不以为怪，岂以戏之谓嬉，人鬼可嬉，而仙神亦可嬉耶？"[①] 八仙庆寿不利于台上

---

① 　王懋昭：《演戏庆寿说》见《三星图》，清嘉庆十六年（1811）刊本，中国国家图书馆馆藏。

台下的互动。所以《缀白裘》的"八仙庆寿"只作为开场戏选录，在正戏之前演出，其目的是通过渲染喜庆热闹的气氛，制造强烈的舞台效果，以奉承取悦观众。对于厅堂演戏庆寿来讲，俗人庆寿似乎与家宅环境更为贴合。《乐府红珊》"庆寿类"除了第一出为"八仙赴蟠桃盛会"外，其余皆为俗人庆寿。

"伉俪类"在庆贺类型中排序第二。自古至今，婚姻作为人生之最大喜事之一，庆贺自然是不能少的，庆贺演剧也很常见。明传奇的生旦爱情题材众多，内容多为生旦的悲欢离合，生旦的结合则是"欢"的重要内容，所以，明传奇中生旦举行婚礼的散出很多，《乐府红珊》选录伉俪类折子戏五种，《琵琶记·蔡议郎牛府成亲》、《联芳记·王三元相府联姻》、《玉环记·韦南康续姻缘》、《紫箫记·李十郎霍府成亲》、《双烈记·韩世忠元旦成婚》，皆敷演生旦成亲的场景。《词珍雅调》有"洞房花烛类"，选录"新娶词"、"新娶贺词"、"伉俪新词"、"新娶通用词"，是婚庆场合演出通用的新编散曲。

生子庆贺也是庆贺的重要内容，《乐府红珊》选录"诞育类"散出五种，《断机记·商三元汤饼佳会》、《百顺记·王状元浴鳞佳会》、《妆盒记·李妃冷宫生太子》、《白兔记·李三娘磨房产子》、《四德记·金氏生子弥月》。《词珍雅调》有"贺添丁"一类，其中"王增状元生子"，"秦亲家贺生商辂"，"冯京弥月亲朋相贺"，《乐府红珊》中也有选录。这三种折子戏敷演亲朋祝贺生子满月的场景，"李妃冷宫生太子""李三娘磨房产子"敷演产子环境恶劣和痛苦的场景，与其他三折内容和风格均有不同。但是，"李三娘磨房产子"是舞台上的常演剧目，被《群音类选》、《乐府菁华》、《乐府万象新》选录。"李妃冷宫生太子"较少被选录，说明并非舞台的常演剧目。编选者选录此折，很可能凑数，为了与其他庆贺类折子戏数量相协调。

科举自隋代产生，至唐臻于完善，再到宋元明清的高度成熟，日益成为文人入仕的重要途径，尤其是贫寒之士，科举是他们入仕的唯一途径。"十年寒窗无人问，一举成名天下知"，科举及第能带来极大的荣耀。科举及第当然就成为可喜可贺的大事，及第状元留在京城赴琼林宴会，县州府则派遣特定人员到及第士子家中报喜，称为报捷。《乐府红珊》选录"报捷类"散出 7 种，《丝鞭记·吕状元宫花报捷》、《四德记·冯京报捷三元》、《玉簪记·潘必正及第报捷》、《西厢记·张君瑞泥金报捷》、《米糷记·高文举登第报捷》、《玉鱼记·郭子仪泥金报捷》、《萃盘记·窦燕山文武报捷》。《词珍雅调》选录了很多此类情节的散曲和剧曲，或称"金榜题名"，或为"武闱高捷"、"及第类词"，剧曲有"狄仁杰及第""蔡伯喈及第""张久成及第""五子登科捷报联房"，《乐府红珊》也有选录。报捷类折子戏敷演男子赴试之后，父母、妻子在家期盼结果的忐忑，终于盼来男子及第的喜讯，苦尽甘来，修成正果，以喜庆结束。

庆贺类折子戏体现出群戏的表演范式，场面热闹，娱乐性强。周巩平在论述《缀白裘》开场戏"八仙庆寿"时说："生旦净丑各门脚色的唱念做舞表演，各种气氛的音乐伴奏，五彩缤纷的服饰和行行色色的道具砌末，并有严整的排场，各类脚色表演依剧情的推进有序地层层展开产生强烈的舞台效果。"[1] 此论也可以作为群戏的特征，具体表现为脚色众多，场面宏大。脚色轮唱，铺排而有序，多脚色合唱，紧凑而热闹。行头华丽，念白做舞，视听刺激强烈。具体分析将在第四部分展开。

二　娱乐中的雅致追求

明代文人在享受娱乐的同时，还很注重雅致的追求。明代文人各种形式的集会频繁迭出。集会中吟诗唱和、高歌一曲、观剧评剧，则是明代文人生活的常态。梁辰鱼作《秋日金白屿许石城陈横崖胡秋宇姚凤麓携酒邀笛阁宴》云："当年孤舫曾邀笛，此日群公乐考槃。歌罢江深桃叶冷，诗裁漏下笔花残。石城又见三秋节，白社还同十日欢。闻住清溪尽词客，浮云近古一凭栏。"[2] 梁伯龙在《浣纱记》创作完成之后，于隆庆元年（1567）与莫云卿、王樨登等江南名士 40 余人在金陵鹫峰

---

① 周巩平：《谈〈缀白裘〉的"副末开场"》，《艺术百家》1997 年第 2 期。

② 梁辰鱼：《梁辰鱼集》卷 21，上海古籍出版社 1998 年版，第 276 页。

禅寺结社集会。隆庆四年（1570），又与曹大章等在南京举行莲台仙会，品评秦淮歌妓。诗歌唱和、歌曲、品评戏曲，正是文人追求雅致的体现。

《乐府红珊》选录游赏类、宴会类折子戏各九种，其数量在《乐府红珊》中位居第二，说明这类折子戏在万历舞台之流行。其内容主要敷演明代文人游赏遣兴、宴会娱乐的日常生活，在游赏、宴会中几乎都有吟诗唱和、歌舞助兴，文人对雅致的追求得到了充分的体现。

首先，在吟诗唱和中追求雅致。游赏类折子9种，涉及春夏秋冬四季游赏：一为春游类，选录六种，有《浣纱记·吴王游姑苏台》、《惊鸿记·唐明皇赏牡丹》、《四节记·杜工部游曲江》、《红叶记·韩夫人四喜四爱》、《萃盘记·四花精游赏联吟》、《玉玦记·王商挟妓游西湖》；二为夏赏类，有《琵琶记·蔡伯喈荷亭玩赏》；三为秋游类，有《四节记·苏子瞻游赤壁》；四为赏雪类，有《党太尉赏雪》。一年四季中，春天万物复苏，百花盛开，风光最美，最宜外出游玩，选本中此类内容最多。

出外游赏固然是为娱乐，但遣兴还是最重要的，吟诗唱和则能达到遣兴的目的。在《惊鸿记·唐明皇赏牡丹花》中插入了大量吟诗唱和的宾白，其中有李白吟《清平词》三首：

> （小生授笔立吟）第一首，云想衣裳花想容，春风拂槛露花浓，若非群玉山头见，会向瑶台月下逢。第二首，一枝浓艳露凝香，云雨巫山枉断肠，借问汉宫谁得似，可怜飞燕倚新桩。第三首，名花倾国两相欢，长得君王带笑看，解释春风无限恨，沉香亭北倚阑干。（小生跪云）臣清平词已完。

《四节记·杜甫游春》中，杜甫、李白、贺知章三位诗人一同春游，诗兴大发。面对春明景媚，在一起前往曲江游春的路上，小生扮演李白，外扮演贺知章，就有精彩的诗歌对吟：

（外）林花过雨红香湿。（小生）林草迷烟翠色浓。（外）欲觅拾遗何处是。（小生）百花潭上草堂中。

《四节记·苏东坡游赤壁》中，外扮演黄山谷，生扮演苏轼，净扮演佛印禅师，在赤壁之下，追思往昔，吟诗怀古：

（末）禀老爷，这里正是赤壁了。（生）你看赤壁，你看那赤壁之下，清风徐来，委实可爱。（外）月明星稀，乌鹊南飞，此非曹孟德之诗乎。（净）西望夏口，东望武昌，山川相缪，行乎苍苍，次非曹孟德困于周郎者乎。（生）方其破荆州下江陵，顺流而东，舳舻千里，旌旗蔽空，诗酒临江，横槊赋诗，固一世之雄也，而今安在哉。（净）学士大人，如此良夜，如此胜游，可无一言以纪其事乎。（生）适来讥曹孟德之事，就将此为题联诗一首。（外）既如此，学士大人首倡。（生）还是太史大人首倡，学生次之，禅师又次之。（外）领命，此船烧尽芦荻寒。（生）回首东风愧阿瞒。（净）景物不随流水去。（外）尽留词客月中看。（净）妙作妙作。

《红叶记·韩夫人四喜四爱》中，韩夫人虽为女流之辈，但出身读书之家，亦能吟诗遣兴，边唱边吟：

【二犯朝天子】（旦）绣阁罗帏睡正浓，料峭春寒，透梦初醒。**正是春眠不觉晓，处处闻啼鸟，夜来风雨声，花落知多少。**绿杨枝上乱啼莺。**白白红红满担挑，声声叫过洛阳桥。楼头多少风流女，笑倚栏杆把手招。**声声叫道，都是卖花声，奴被他唤起春情，芳心早惊。**正是柳叶频贺愁夜雨，桃花开口笑春风。**见花枝笑脸相迎。（贴）夫人，雨来了，且到牡丹亭上躲避一会。（旦）这不是**桃花乱落如红雨**，此乃是**韶花风雨便相催。**看只看催化雨晴，奴把六曲栏杆凭，门掩花阴静，斜倚着牡丹亭，牡丹亭，缓歌穿芳径，晓风轻，晓风轻。**奴家伤春起早，心慵意懒，因此上懒上妆台。**教奴家

鸾镜蛾眉画不成。（又）

【如梦令】（旦）花浓秋千影里，翠袖雕栏斜倚，纤手探花枝。我只道是好花，原来是败花。弄落一天红雨，花气，花气，**薰透满身罗绮。晓起看花远径行，南园二月雨初晴，莺声唤起寻芳径，鸾镜蛾眉画不成。**

幽居深宫，又遭冷落的韩夫人，幽怀愁思，无人知晓，禁不住满园春色的感召，到花园赏花，一边赏花，一边吟诗，沉浸在绮丽明媚的春景之中，忘却了所有的烦恼。

《萃盘记·四花精游赏联吟》开头即为四个花精联吟诗句出场：

（夫）春游芳草地。（贴）夏赏绿荷池。（旦）秋饮黄花酒。（丑）冬吟白雪诗。（众）列位姊妹请了。今当艳阳天气都在此玩耍，何不依韵联吟，顶针贯串诗一首，以纪其乐。（众）如此却好。（夫）奴家先吟了。（诗曰）吟客游时芳草碧。（贴）碧荷香处赏舟停。（旦）停杯且染霜毫笔。（丑）笔冻呵来遣兴吟。（众）诗到吟得绝妙，争奈游兴未已，各将本色行藏，细说一番何如。

明代戏曲散出选本中，文人游赏遣兴的散出很多。《四节记》是游赏题材的重要剧本，共作春夏秋冬四景，杜甫、谢安、苏轼、陶榖，各占一景，各自讲述一个文人的奇闻逸事。此剧散出被很多散出选本选录。仅《乐府红珊》就选录了《四节记》折子戏三种，即《杜工部游曲江》、《苏子瞻游赤壁》、《党太尉赏雪》。苏轼"赤壁怀古"散出，还被《风月锦囊》、《词林一枝》、《乐府菁华》、《赛徵歌集》、《八能奏锦》、《南音三赖》、《吴歈萃雅》等选录；杜甫"春游"散出，被《风月锦囊》、《赛徵歌集》、《词林逸响》、《珊珊集》、《吴歈萃雅》等选录；陶榖"邮亭适兴"散出，被《风月锦囊》、《玉谷新簧》（时兴妙曲选录）、《徽池雅调》等选录；《红叶记》之"四喜四爱"也被《词林一枝》、《八能奏锦》、《乐府菁华》、《大明春》、《玉谷新簧》、《千家合锦》、《摘锦奇音》等选录。

其次，宴会中的歌舞助兴，也能体现出文人的雅致追求。《乐府红珊》选录"宴会类"折子戏 9 种，内容主要敷演宴会的盛况。按照宴会的场所和目的，此类折子戏可分为三类：一为军中宴会，如《千金记·楚霸王军中夜宴》、《草庐记·刘先主赴碧莲会》、《桃园记·刘玄德赴河梁会》、《三国志·关云长赴单刀会》；二为文人宴集，有《泰和记·庾元亮中秋夜宴》、《四节记·韩侍郎宴陶学士》、《合璧记·解学士玉堂佳会》；三为中举得官的宴会，有《香囊记·张状元琼林春宴》、《萃盘记·窦状元加官进禄》。

宴会中的歌舞表演，能为宴会助兴。《泰和记·庾元亮南楼玩月》中，既有乐工奏乐，又有歌妓的歌舞表演：

> （末）乐工那里。（净）（丑）禀老爷，乐工叩头。（生）起去可听候侑酒。（旦）（占）妓女每叩头。（生）起来伺候奉酒。（小生）我三人俱是客矣，当选为宾主，可着乐工奏乐，二妓逐位乐奉奏词为乐。（小外）正是正是，诸公请坐。

> （生）今夕风味如此，正所谓使君多暇延参佐，江汉风流万古情。众乐工可各奏乐一，妓可作霓裳羽衣之舞，以庆长寿，以乐督府，岂不羡哉。（小生）正好正好。（占）霓裳。（小旦）羽衣。（并舞唱介）

《合璧记·解缙玉堂佳会》中，谢缙花朝节宴请胡老爷、张老爷，不只备好筵席，还准备了女乐：

> （生）今日台上百花盛开，尽堪行乐，但少一解语花耳。（小外）正是正是，叫堂候官去教坊司，叫一班女乐过来承直。（小生）理会得，教坊司女乐何在。（内应科）

《千金记·楚霸王军中夜宴》中，则有美人翩翩起舞：

【前腔】（净）正交欢未休……（净）美人，取花过来，左右羯鼓。

【前腔】（净）把花枝当酒筹……（净）美人你试舞一回。（舞科）舞腰柔似风前柳……

《萃盘记·窦状元加官进禄》中，先作诗，后让歌妓配乐演唱：

（净）酒不行，要按景俗语一句问律一条。（生）如此，学生占了：明月无凭，过雁门，越度关津。（小）风送楚歌，归别院，漏泄军情。（净）风月无引，进公庭，擅入衙门。（旦）月移花影，到通衢，侵占宫街。（占）翰林声价，值千金，高台时价。（净）歌妓可将这些律令串作词调唱来。

接下来的曲文即是旦、占扮演的歌妓的演唱。

宴会类折子戏的军中宴会，虽然表面设宴，暗藏杀气，但是在插入了大量的宾白之后，紧张的气氛减弱了，反而突出了英雄的逞才斗智，英雄们多是长篇大论，行令饮酒，吟诗作赋，也体现了对雅致的追求。三国戏是明传奇的重要题材，仅《乐府红珊》就选录了5种三国戏：《单刀记》、《桃园记》、《草庐记》、《三国志》、《连环计》。《乐府红珊》选录了这5种三国戏中的7种散出，其中，宴会类就选录了三出，《草庐记·刘先主赴碧莲会》，《桃园记·刘玄德赴河梁会》，《三国志·关云长赴单刀会》，与其他同类题材折子戏相比，这些折子戏中均插入了大量的宾白。《草庐记·刘先主赴碧莲会》中，插入的宾白最多，其中诗歌占据很大的比重。生扮刘备，小生扮周瑜，二人行令饮酒：

（生见介）（小）玄德公，我和你不要饮此闷酒，请行一令如何。（生）请都督先说。（小）小校，抬水一桶放在一边，酒放一边，说不着的罚水一瓯。你说盘古至今，有那一个是英雄好汉。（生）楚霸王是英雄好汉。（小）霸王虽有举鼎拔山之力，被韩信七十二阵逼走乌江自刎，有诗为证：争地图王势已倾，八千兵散楚歌声，乌江岂是无船渡，耻向东吴再起兵。焉能是英雄好汉，你罚水，我饮酒。除了霸王还有谁。（生）曹操是个英雄好汉。（小）曹操挟天子而令诸侯，神人共怒，赤壁兵败华容私奔，尚且割发弃袍，不敢出许昌，岂是英雄好汉。有诗为证：曹操奸雄势猖狂，挟令天子把名扬，华容道上私奔走，至今不敢出许昌。你吃酒，我吃酒。除了曹操还有谁。（生）我刘备是英雄好汉。（小）你虽是汉家枝叶，织席贩履，若无孔明关张，怎显你英雄好汉。有诗为证：你待要兴刘扶汉室，全凭诸葛施谋计，若无翼德与云长，怎显你孤穷一刘备。你吃酒，我吃酒。（小怒介）刘备你好大胆，屡次抗拒吾令，再若抗拒，折箭为誓，抛入大江。（折箭介）黄鹤楼那个是英雄好汉。（生）黄鹤楼只有两人，都督是英雄好汉。（小）我本是英雄好汉，当时诸葛亮与曹操交兵，弃新野走樊城，败当阳奔夏口，身无所倚，来求救于吾主，即时拜我为元帅，领兵十万，赤壁鏖兵，举火烧得曹兵片甲不回，怎么不是英雄。有诗为证：我使机关胜孔明，三江夏口显威名，当时不是周郎计，怎破曹瞒百万兵。玄德公说迟了，你罚水，我饮酒。自作短叹一绝。（歌曰）霸王英雄兮自刎在乌江，曹操英雄兮不敢出许昌，刘备英雄兮靠着是关张，赤壁鏖兵兮美哉是周郎……

（小）玄德公，这渔翁见我和你饮酒，将鱼来献新，周瑜不才略题几句。这鱼在碧波游戏，不提防遭网垂钓，失计因贪香饵，落在渔翁之手。鱼若肯伏降，管教他扬旗摆势跃龙门，活泼泼江湖远避你，若是逞英雄，甘受鱼刀纷碎。（生）且待下官也题两句，这鱼呵，涌身一跃禹门，开锦鳞戏水播江淮，因贪美味吞香饵，却被渔翁巧计钓将来。芦花浅处遭丝纲，曾骑李白上天台，鳌鱼脱了金钩钓，摆尾摇头再不来。（小怒扭生胸衣介）刘备心下莫疑猜，铜刀下处碎分开，休想锦鳞归大海，难脱天罗地网灾。

在《桃园记·刘玄德赴河梁会》中：

> （周）秦楚争强响斗志，秦强楚弱知谁是，那知秦亡楚亦亡，我佐吴王单得利。（刘）吴魏争雄相斗志，曹强吴弱知谁是，任是狼虎自相持，我佐汉家单得利。

第二节　戏曲娱情本质的张扬

一　善抒性情——戏曲之本质特征

抒情是一切文学样式的本质，人类的各种感情皆可抒写出来。"诗言志"是中国古代重要的文艺传统，《诗大序》有言"诗者，志之所在也。在心为志，发言为诗"，又言"发乎情，止乎礼仪"①，此后，论诗的本体就派生出"诗本乎志"和"诗本乎情"二说。晋代陆机提出了"诗缘情"的理论，其《文赋》有"诗缘情而绮靡"的认识。受宋代理学家的"心""性"哲学的影响，之后的论诗也多强调"性"与"心"。严羽《沧浪诗话》认为："诗者，吟咏性情也。"② 元明之际诗人杨维桢亦云："诗本性情，有性此有情，有情此有诗也。"③ 元代"夫诗生于心，成于言者也"④。明代前期诗论也多"性情"，屠隆认为："夫诗，由性情生者也。"⑤ 何良俊认为："诗以性情为主，《三百篇》亦只是性情。"⑥ 明代中后期，受王守仁"心学"思想的影响，普遍倡导"诗生于心"，李贽倡言："天下之至文，未有不出于童心焉者也。苟童心常存，则道理不行，闻见不立，无时不文，无一样创制体格文字而非文

---

① 《毛诗正义》卷一，《十三经注疏》，中华书局 1980 年版，第 269—272 页。

② 严羽：《沧浪诗话》，郭绍虞《沧浪诗话校释》，人民文学出版社 1961 年版，第 26 页。

③ 杨维桢：《剡韶诗序》，《东维子集》，《四部丛刊》影印本，卷七。

④ 黄缙：《题山房集》，《文献集》，《文渊阁四库全书》本，卷四。

⑤ 屠隆：《唐诗品汇选释断序》，《由拳集》，《四库全书存目丛书》本，卷十二。

⑥ 何良俊：《四友斋丛说》卷二十四，中华书局 1959 年版，第 213 页。

者。"① 同时也不乏对情的肯定，汤显祖认为："世总为情，情生诗歌，而行于神。"② 明代中后期诗论家对"心"、"情"的强调，无疑突破了"诗言志"的传统观念，表现出了明代中后期文人士大夫力图摆脱"天理"的束缚，对"人欲"也就是人的精神自由的追求。在这种背景和氛围中，明代的曲论家和戏剧作家也以"心"、"情"论曲、作曲。汤显祖认为："为情所使，劬出伎剧"，"因情成梦，因梦成戏。"③ 冯梦龙认为："曲以悦性达情"，"本于自然"④。陈继儒也说："夫曲者，为其曲尽人情也。"⑤

尽管诗、词、曲在抒情性方面是共通的，但它们有着各自的文体特征。王骥德有精辟的论述：

> 晋人言："丝不如竹，竹不如肉"，以为渐近自然。吾谓：诗不如词，词不如曲，故是渐近人情。夫诗之限于律与绝也，即不尽于意，欲为一字之益，不可得也。词之限于调也，即不尽于吻，欲为一语之益，不可得也。若曲，则调可累用，字可衬增。诗与词，不得以谐语方言用，而曲则惟吾意之欲至，口之欲宣，纵横出入，无之而无不可也。故吾谓：快人情者，要毋过于曲也。⑥

从艺术形式上来看，曲比诗、词较少束缚，曲的格律，虽然也有字数、句数的要求，但可以增加衬字、句数，或者减字、减句。同一曲牌连用，字格、句格也不一定相同。曲的语言与诗、词相比，也比较灵活，可以使用谐语、方言，做到雅俗结合。总之，因为曲律的相对宽松，曲的抒情更具有表现力、更生动，能够"快人情者"。

---

① 李贽：《童心说》，《焚书》卷三，中华书局1961年版，第98页。
② 汤显祖：《耳伯麻姑有诗序》，《汤显祖集》（诗文集），上海人民出版社1973年版，第1050页。
③ 汤显祖：《续栖贤莲社求友文》，《汤显祖集》（诗文集），上海人民出版社1973年版，第1161页。
④ 冯梦龙：《风流梦小引》，《风流梦》卷首，《古本戏曲丛刊》1954年影印本。
⑤ 陈继儒：《施子野花影集序》，《陈眉公先生文集》卷十一，明崇祯间刻本。
⑥ 王骥德：《曲律》，《中国古典戏曲论著集成》（四），中国戏剧出版社1959年版，第160页。

王骥德还就曲体而言：

> ……然只是五七言诗句，必不能纵横如意。宋词句有长短，声有次第矣，亦尚限篇幅，未畅人情。至金、元之南北曲，而极之长套，敛之小令，能令听者色飞，触者肠靡，洋洋细细，声蔑以加矣！此岂人事，抑天运之使然哉！①

曲体的收放自由与诗、词体式的限制不同，因而形成了独特的抒情风格。明代张琦认为："曲者也，达其心而为其言者也，思致贵于缠绵，辞语贵于追切。"② 近人任讷对词曲风格的差异也有精练的概括："词静而曲动，词敛而曲放，词纵而曲横，词深而曲广，词内旋而曲外旋，词阴柔而曲阳刚，词以婉约为主，别体则为豪放，曲以豪放为主，别体则为婉约，词尚意内言外，曲竟为言外而意亦外。"③ 因此，曲的抒情更为畅快淋漓，极尽情致，具有更为强烈的审美效果，更能够打动人心。

古人论曲，一般包括散曲与戏曲，对于二者的区分，"现知最早的文献，是明万历四十四年（1616）刊行的散曲、戏曲选集《吴歈萃雅》卷首周之标所作的《又题辞》"④。《又题辞》有言：

> 时曲者，无是事，有是情，有是情，而词人曲摹之者也。戏曲者，有是情，且有是事，而词人曲肖之者也。有是情，则不分生旦净丑，须各按情，情到而一折便尽其情矣。有是事，则不论悲欢离合，须各按事，事合而一折便了其事矣。自古忠臣之忠，烈士之列，义士之义，节妇之节，以至佞臣之口，谗人之舌，昏主之丧国，荡子之丧家，冶妇之丧节，何一不具？何一不真？令观之者忽而眦尽裂，忽而颐尽解，又忽而若醉若狂，又忽而若醒若悟，何故

---

① 王骥德：《曲律》，《中国古典戏曲论著集成》（四），中国戏剧出版社1959年版，第156页。
② 张琦：《衡曲麈谈》，《中国古典戏曲论著集成》（四），中国戏剧出版社1959年版，第267页。
③ 任讷：《散曲概论》，收入《散曲丛刊》，上海中华书局1931年版。
④ 郭英德：《明清传奇戏曲文体研究》，商务印书馆2004年版，第187页。

在？真故也。①

周之标认为时曲重在抒情，戏曲则兼有叙事和抒情，在事件的逼真描写中抒情。时曲抒发的是主人公的感情，戏曲则通过剧中角色抒情，抒情要符合剧中人物的身份、性格，也就是"须各按情"。人物形象在时曲中可有可无，而戏曲则以塑造人物为重心，人物塑造要做到真实，真实才能动人，收到良好的舞台效果。

戏曲创作的真情，在舞台演出中如何体现出来呢？那就是"以情写情"，此说为著名的戏曲活动家和戏曲理论家潘之恒提出，即演员要用真情演出，投入剧情，进入角色，才能表现出真情，打动观众。潘之恒在《亘史》云：

> 而最难得者，解杜丽娘之情人也。夫情之所之，不知其所始，不知其所终，不知其所离，不知其所合。在若有若无，若远若近，若存若亡之间，其斯为情之所必至，而不知其所以然。不知其所以然，而后情有所不可尽。而死生生死之无足怪也。故能痴者而后能情，能情者而后能写其情。杜之情痴而幻；柳之情痴而荡。一以梦为真，一以生为真。惟其情真，而幻荡将何所不至矣。二孺者，蘅纫之江孺、荃子之昌孺，皆吴阊人。各具情痴，而为幻为荡，若莫知其所以然者。②

江孺和昌孺以擅演《牡丹亭》而著名，剧中人物杜丽娘、柳梦梅本情痴之人，这两位演员因感其情，渐为情痴，投身演出，则能将杜丽娘、柳梦梅之情表现得活灵活现。

尽管诗、词、曲在抒情性方面是共通的，但它们毕竟是不同的文

---

① 周之标：《吴歙萃雅又题辞》，俞为民、孙蓉蓉编《历代曲话丛编》（明代编第二集），黄山书社 2009 年版，第 418 页。

② 潘之恒：《亘史》杂篇卷四，俞为民、孙蓉蓉编《历代曲话汇编》（明代编第二集），黄山书社 2009 年版，第 185 页。

体，有着各自的文体特征。从艺术形式上来看，曲的抒情更具有表现力、更生动，最能够"快人情者"，娱情功能更强。观众通过演员"体贴人情"的表演，不仅得到娱乐的满足，更获得了情感的愉悦和审美的提升，这就是戏曲的娱情特征。同样，娱情也是折子戏的一个重要的功能。相对于整本传奇的敷衍故事，折子戏不需要勾连故事情节，直接选择抒情性强的传奇精华，达到娱情效果。

二 离别相思——曲之最动情者

离别相思是人类共通的感情，最易引起共鸣的感情。我国自古就有重视团圆的传统，加上古代交通不便，社会不安定，所以离别相思为人情中最多者。离别相思一直是诗词歌赋抒写的重要内容，屈原《九歌》中有"悲莫悲兮生别离"，《古诗十九首》中有"行行重行行，与君生别离"，江淹《别赋》感慨"黯然销魂者，唯别而已矣"，描绘了各种各样的离别场面，李白《劳劳亭》感叹"天下伤心处，劳劳送客亭"，柳永《雨霖铃·寒蝉凄切》中感慨"多情自古伤离别，更那堪冷落清秋节！"曲也是抒发离别相思的重要形式，如关汉卿《四块玉·别情》的"自送别，心难舍，一点相思几时绝"，王实甫《十二月过尧民歌·别情》的"自别后遥山隐隐，更那堪远水粼粼"。对离别的敷演也成为戏曲的重要内容。

《西厢记》中"长亭送别"以词、曲、情俱佳，打动了无数的读者和观众。朱有墩杂剧十二科中第十类即为"悲欢离合"类，晚清传奇中，"传奇十部九相思"。

在折子戏活跃之时，离别相思也是舞台上的重要内容。《乐府红珊》选录了分别类和思忆类折子戏19种，占全书的20%。其他选本中，此类内容也很多。时曲、剧曲均有选录。根据离别原因的不同可以分为：赴选之别，如《乐》本选录"王商别妻往京华"（《玉玦记》），《珍》本"蔡伯皆别亲赴选"、"崔莺莺送张君瑞赴选"、"张九成兄弟赴试"等；应募从军之别，如《乐》选录"班仲升别母应募"（《投笔记》）、"李德武别妻戍边"（《断发记》）、"韩信别妻从军"（《千金记》）；离国之别，如"王昭君出塞"（《和戎记》）。分别的双方身份分为：夫妻之别，如"李德武别妻戍边"（《断发记》）、"韩信别妻从军"（《千金记》）、"王商别妻往京华"（《玉玦记》）、"霍小玉灞桥送别"（《紫箫记》）；情人之别，如"陈妙常秋江送别"（《玉簪记》）、"崔莺莺长亭送别"（《西厢记》）、"玉箫渭河送别"（《玉环记》）；朋友之别，如"杨太仆都门分别"（《渔樵记》）。

《乐府红珊》将折子戏《玉簪记·陈妙常秋江送别》置于"分别类"首位，应该出于舞台流行及其艺术效果方面的考虑。此折亦称"秋江哭别"，或为"秋江"，被很多戏曲散出选本选录。《玉簪记》创作于嘉靖年间①，刊行于万历元年的散出选本《八能奏锦》即有选录。传抄于万历二年（1574）的《迎神赛社礼节传簿四十曲宫调》也有选录。之后，很多散出选本选录此出，有《乐府菁华》、《大明春》、《摘锦奇音》、《群音类选》、《乐府玉树英》、《赛徵歌集》、《吴歈萃雅》、《南音三籁》、《词林逸响》、《醉怡情》、《缀白裘》等，充分说明了"秋江哭别"于舞台之流行。剧演陈妙常与潘必正相爱，但没有媒妁之约，再加上陈妙常的出家身份，分别之后前途难料，相见无期，生人作死别。从内容来看，它抒发的离别之情更为强烈，对人物心理的刻画更为真实、细腻。《玉簪记》的故事所本为《古今女史》，"宋女贞观尼陈妙常，年二十余，姿色出群，诗文俊雅，工音律。张于湖授临江令，宿女贞观。见妙常，以词调之，妙常亦以词拒之。"词见《名媛玑囊》。后与于湖故人潘法成私通情洽。潘密告于湖，以计断为夫妇"②。以此题材创作的杂剧有《张于湖误宿女贞观》，小说有《国色天香》中的《张于湖传》，高濂在此基础上，进行加工，同时又受到了《北西厢》的影响，创作出《玉簪记》。女主人公陈妙常为金陵城外女贞观尼姑，敢爱敢恨，大胆追求爱情。建康太守张于湖曾以情语调之，妙常作词相拒。潘必正寓居观中攻书，见妙常貌美，不禁动心，而妙常亦有意于必正，尝请之进茶叙

---

① 李平：《流落欧洲的三种晚明戏剧散出选集的发现》，《海外孤本晚明戏剧选集三种》序言，上海古籍出版社 1993 年版，第 11 页。

② 赵世杰辑：《古今女史》，明崇祯元年问奇阁刊本。

语。后必正以琴挑之，妙常虽责其不礼，但必正以妙常情诗为证，两相通情，结不解缘。当潘必正离开女贞观赴试之时，有必正姑母观主在场，两人不能公开话别。当必正乘船而去之时，妙常私雇小舟，追及必正，倾诉离别之情。妙常身为尼姑，冲破宗教清规戒律，与必正通情，大胆主动，对爱情之炽烈渴望，越是炽烈，离别时就越痛苦，就越担心，所以才会有"秋江哭别"。《崔莺莺长亭送别》中，崔莺莺和张生的通情有红娘从中牵合，而且此时已经得到母亲的认可，离别时又有母亲、红娘在场，所以不会"哭别"。

有离别就有相思。《乐府红珊》选录思忆类折子戏9种，除"蔡伯喈书馆思亲"敷演才子思亲外，其余均敷演闺情，即女子思忆丈夫，有《荆钗记·钱玉莲姑媳思忆》、《宝剑记·张贞娘对景思夫》、《单骑记·郭汾阳母妻思忆》、《投笔记·班仲升母妻忆卜》、《香囊记·张夫人忆子征戍》、《玉钗记·丁士才妻忆别》、《金印记·周氏对月思夫》、《琵琶记·赵五娘临镜思夫》。其中，"周氏对月思夫"和"赵五娘临镜思夫"被选本选录最多，是敷演思忆内容的经典。"周氏对月思夫"又称"周氏对月忆夫"、"周氏中秋拜月"，或称"周氏焚香拜月"、"周氏拜月"。《八能奏锦》、《乐府玉树英》、《乐府菁华》、《迎神赛社礼节传簿四十曲宫调》、《大明春》（剧名题为《卖钗记》，但与此出同）、《玉谷新簧》、《尧天乐》、《时调青昆》、《摘锦奇音》、《大明天下春》均有选录，反映出此折演出之盛。

《金印记·周氏对月思夫》敷演苏秦妻对丈夫的思念，也是舞台演出的流行剧目。出名略有不同，或为"周氏对月忆夫"、"周氏中秋拜月"，或为"周氏焚香拜月"、"周氏拜月"。《八能奏锦》、《乐府玉树英》、《乐府菁华》、《迎神赛社礼节传簿四十曲宫调》、《大明春》（剧名题为《卖钗记》，但与此出同）、《玉谷新簧》、《尧天乐》、《时调青昆》、《摘锦奇音》、《大明天下春》（剧目题为《苏秦》）均有选录。此出演苏秦妻子一人对景忆夫，没有他人在场，无所顾忌，将思念之情倾泻而出，将心中委屈全盘托出，数支曲牌连唱，感情强烈连贯，如同洪流喷发。类似折子戏还有《宝剑记·张贞娘对景思夫》、《琵琶记·赵五娘临镜思夫》。如《金印记·周氏对月思夫》中苏秦妻的思念之情：

【清江引】教人无语倚栏杆，镇日悬悬望，相思几断肠，多少风流况，猛然间，一夜思量一夜长。

【二犯朝天子】一夜思量一夜长，俏似江南柳瘦怎禁。**季子夫，你一去不回呵。**好一似金瓶线断去沉沉，到如今败叶儿淅沥过庭荫空悬片心，忽听得孤雁嘹呖过平林。夫，全没半行书信，辜负奴鸳鸯枕，每夜成孤冷，闲了半边衾，只落得梦儿里空相认，奴把愁颜换笑脸迎，喜孜孜与他诉衷情，**觉来时明月芦花何处寻。**

而母妻思忆的折子戏，因为有婆婆在场，妻子的感情表达比较含蓄委婉。如《玉钗记·丁士才妻忆别》中，母妻抒发思忆之情：

【二犯傍妆台】（旦）无语倚栏干。**你看云无心而出岫，鸟倦飞而知还。**江天遥望，倦鸟自知还。**正是雁飞不到处，人被名利牵。**人方在风尘里，驱宦辙几时还，花前月下多怅忆，残妆界破泪珠弹。（合）钗分鸾凤，香消麝鸾，别是容易会时难。

【前腔】（占）愁怀万种语难弹，玉容寂寞，泪滴翠绡斑。**古云，欲穷千里目，更上一层楼，又曰，何雷大刀头，破镜飞上天。**人千里云山远，何日得得大刀还，缘何云阻天边雁，羞对尘朦镜里鸾。（合）望残秋水，蹙损春山，别时容易会时难。

三 风情之曲——情之最张扬者

"风情"一直是戏曲舞台的重要题材，元人夏庭芝《青楼集志》将杂剧分为"驾头、闺怨、鸨儿、花旦、披秉、破衫儿、绿林、公吏、神仙道化、家长里短之类"[①]，其中"闺怨""花旦""鸨儿"应属于风情

① 夏庭芝：《青楼集志》，《中国古典戏曲论著集成》（二），中国戏剧出版社1959年版，第7页。

题材。宁献王朱权的"杂剧十二科"的第九科就是"风花雪月",第十一类为"烟花粉黛"①。吕天成《曲品》对南戏题材的分类中也有"风情"一类。② 虽然屡次被统治者禁止,但是却屡禁不止。

陶奭龄《喃喃录》中有"若夫西厢、玉簪等,诸淫媟之戏及宜放绝,禁书坊不得鬻,禁优人不得学,违则痛惩之,亦厚风俗正人心之一助也"③,"西厢""玉簪"等,即所谓"风情之曲",被禁原因在于其中有淫词艳语和低俗。被禁反而说明这些剧目之流行。《词珍雅调》中专列《风月词珍》三卷,选录散出有"王解元拉友踏雪访妓"、"郑元和访李亚仙"、"莺莺月下听琴"、"玉箫病里寄春容"、"陶学士邮亭偶遇秦若兰"等。这些内容与《乐府红珊》第十二类"邂逅类"、第十三类"风情类"相类。"邂逅类"选录四种:《拜月亭·蒋世隆旷野奇逢》、《分钗记·伍经邂逅史二兰》、《西厢记·崔莺莺佛殿奇逢》、《玉合记·韩君平章台邂逅》。"风情类"选录五种:《题桥记·卓文君月下听琴》、《西厢记·崔莺莺锦字传情》、《玉簪记·陈妙常词媾私情》、《红拂记·张姬月夜私奔》、《偷香记·韩寿月下佳期》。这些折子戏的内容涉及风月、偷情、私合等,既非合理之情,也有淫词艳语,在其他选本中也较多选录,"陈妙常词媾私情",又称"词媾私情"、"词媾",被《玉谷新簧》、《摘锦奇音》、《八能奏锦》、《群音类选》、《歌林拾翠》、《怡春锦》、《赛征歌曲》、《醉怡情》等选录。"崔莺莺锦字传情",又称"锦字传情"、"传情",被《玉谷新簧》、《群音类选》、《歌林拾翠》、《月露音》等选录。"张姬月夜私奔",又称"红佛私奔",被《大明春》、《词林一枝》、《八能奏锦》、《群音类选》、《尧天乐》、《乐府菁华》、《时调青昆》、《歌林拾翠》、《怡春锦》等选录。"崔莺莺佛殿奇逢",又称"游殿",被《词林一枝》、《玄雪谱》、《缀白裘》等选录。"蒋世隆旷野奇逢",又称

① 朱权:《太和正音谱》,俞为民、孙蓉蓉《历代曲话汇编》(明代编第一集),黄山书社2009年版,第39页。

② 吕天成:《曲品》,俞为民、孙蓉蓉《历代曲话汇编》(明代编第三集),黄山书社2009年版,第110页。

③ 陶奭龄:《喃喃录》卷上,转引自王利器辑录《元明清三代禁毁小说戏曲史料》,上海古籍出版社1959年版,第206页。

"旷野奇逢"、"奇逢",被《词林一枝》、《乐府菁华》、《醉怡情》选录。值得注意的是,"韩寿月下佳期"出处的《偷香记》未见著录,为孤本杂剧。此出敷演晋韩寿与贾充之女月夜私合,模仿《西厢记·月下佳期》,曲文相似度极高。"卓文君月下听琴"源出的《题桥记》,为佚本戏曲,敷演司马相如远志未伸,客居临邛,弹琴解闷,琴声引来邻居女子卓文君的叹息声。司马相如弹奏《凤求凰》曲,卓文君知其音。卓文君到司马相如居处弹奏《相思曲》,司马相如知其意。两人情投意合,共度良宵。"伍经邂逅史二兰"源出的《分钗记》也是佚本戏曲,敷演伍经事,伍经号五一居士,清明之际,阴雨绵绵,孤独无聊,相邀显德寺中诗僧谷泉,同往凤凰桥贞女祠前游戏。伍生弹琴,引来在凤凰桥游玩的芳兰、秀兰,三人相遇,后二兰回道贞女祠,伍生亦跟随前往,并从贞女祠李道姑那里得知,二兰随母亲从扬州避难来此,并在李道姑的介绍下,与二兰相见,天近黄昏,依依惜别。

戏曲舞台对情的张扬,与明代剧坛的"主情论"相一致,"风情之曲"虽然不被提倡甚至被禁止,但因其对情的肯定和张扬,依然深受欢迎。纪振伦作为一位熟悉剧坛的经验丰富的编辑,虽然表明是集"故孔子以'思无邪'蔽三百篇之义",但是也没有忽略剧坛流行的风情之曲,只是将其排列在选本的后面,反映出编选者尊重舞台实况的态度。

四 抒情之工——戏曲抒情之法

《乐府红珊》敷演离别相思的散出,悲情动人,抒情最工。"诗不如词,词不如曲,故是渐近人情"[1],戏曲的抒情更加灵活自如,对于悲情的抒发更能够淋漓尽致。抒情之工体现在两个方面。

第一,体贴人情,即抒写真情,也就是抒情符合剧中人物的身份、性格。周之标认为:"戏曲者,有是情,且有是事,而词人曲肖之者也。有是情,则不分生旦净丑,须各按情,情到而一折便尽其情矣。"[2] 戏

---

[1] 王骥德:《曲律》,《中国古典戏曲论著集成》(三),中国戏剧出版社1959年版,第160页。

[2] 周之标:《吴歈萃雅又题辞》,俞为民、孙蓉蓉《历代曲话丛编》(明代编第二集),黄山书社2009年版,第418页。

曲与时曲不同，不仅要在叙事中抒情，而且还要尽写生旦净丑之情，这就要求戏曲作家"身处于百物云为之际，而心通乎七情生动之窍"，"极古今好丑、贵贱、离合、死生，因事以造形，随物而赋象"①。戏曲作家的主观感情要通过具体的人物形象加以表现，这既是戏曲抒情之难，也是戏曲抒情之长。所以，近代曲论家姚华认为："体物之工，写心之妙，词胜于诗，曲胜于词。"② "体物之工"包括体贴剧中人物之真情。王世贞批评高明《琵琶记》："体贴人情，委屈必尽；描写物态，仿佛如生。"③ 如果能做到体贴人情，就能使人物形象生动传神，栩栩如生，如此，才能使人物形象具有较强的生命力。

"乐人易，动人难"，只有做到体贴人情，才能收到动人的效果。《玉簪记·陈妙常秋江送别》作为长期活跃于戏曲舞台的经典折子戏，充分体现了戏曲抒情的体贴人情。陈妙常为女贞观道姑，极渴望爱情，又有身份的顾虑，所以出现内心与外在表现的矛盾。当潘必正紧紧相追，琴挑、词媾之后，妙常终于突破清规戒律与潘必正通情。当二人感情炽烈之时，潘必正被姑母催促离开，陈妙常犹如当头一棒："霎时间云雨暗巫山"，"闷无言，不茶不饭"，但是当着众人的面"有话难显，有情难尽"。当潘必正离开时，她害怕别人怀疑，不能当面话别，只能独自伤心流泪，"满口儿何处诉愁烦"。并因此产生悔恨之意，"恨当初与他曾结鸳鸯带，到如今怎生分开鸾凤钗。"可是当她看到潘必正乘舟离开后，爱情冲破了理智，私自雇船追上必正，将心中之情倾泻出来："【小桃红】（旦）你看秋江一望泪潜潜，怕向那孤篷看也。这别离中生出一种苦难言，自拆散在霎时间。心儿上，眼儿边，血儿流，把我的香肌减也。恨杀那野水平川，生隔断银河水，断送我春老啼鹃。"临别之际的最大担忧就是感情的变化，只有用发誓获得安慰："【醉迟归】（旦）意儿中无别见，忙来不为贪欢恋，只怕你新旧相看心变，追欢别院。怕不想旧有姻缘，那其间拼个死口含冤，到癸灵庙诉出灯前，和你双双发

---

① 孟称舜：《古今名剧合选序》，《古今名剧合选》卷首，《古本戏曲丛刊》影印本。
② 姚华：《曲海一勺·述旨第一》，任二北辑《新曲苑》，上海中华书局1940年版。
③ 王世贞：《曲藻》，《中国古典戏曲论著集成》（四），中国戏剧出版社1959年版，第33页。

愿。"然后，通过互赠信物获得感情的更大保障。

《断发记·李德武别妻戍边》中，李德武与新婚妻子的分别是生人作死别，"行后在战场，相见未有期""生当复归来，死当长相思"，因为战争残酷，生死未卜，所以离别更为痛苦。因为痛苦，德武妻彻夜未眠，害怕天亮丈夫离去："【大圣乐】（旦）影澄澄半壁残灯，睡不安坐不宁。（听介）漏声不似常时永。这月呵，偏向别离明。你休愁百年伉俪成孤另，我怎肯一旦分离背誓盟。**呀，钟已鸣了。（生）娘子，错听了，是铁马喧。**中心耿耿也，忽听得风吹铁马，只道是钟鸣。"因为害怕天亮，将铁马声误听为天亮的钟鸣声，反映出她害怕离别彻夜未眠的痛苦。

第二，抒情之境，即戏曲抒情要做到写景、抒情、叙事的统一。戏曲与诗词的意境有相通之处，王国维论元杂剧意境时说："何以谓之有意境？曰：写情则沁人心脾，写景则在人耳目，述事则如其口出也。古诗词之佳者，无不如是。元曲亦然。"① 王世贞认为戏曲"体贴人情，委屈必尽；描写物态，仿佛如生"②，戏曲既要体贴人情，还要描写物态。孟称舜认为"曲之难者，一传情，一写景，一叙事"③，戏曲要做到传情、写景、叙事三者融和。然而，"和诗词不同，戏曲之意境不是指作家和客观对象之间、作家和人物形象之间的关系，而是指剧中人物的主观情思和客观的自然景物之间的关系——前者是隐藏于、包含于后者之中的"④。戏曲构造的应该是以剧中人物形象为中心的写景、抒情、叙事交融的艺术境界。离别相思之曲以建构抒情之境见长，很好地将景、情、事融为一体。

《玉簪记·陈妙常秋江哭别》中，开头两支【水红花】连用：

【水红花】（生）天空云淡蓼风寒，透衣单，江声凄惨。晚潮时

---

① 王国维：《宋元戏曲考》，《王国维戏曲论文集》，中国戏剧出版社 1984 年版，第 85 页。
② 王世贞：《曲藻》，《中国古典戏曲论著集成》（四），中国戏剧出版社 1959 年版，第 33 页。
③ 孟称舜：《古今名剧合选·智勘魔合罗》批语，《古本戏曲丛刊》影印本。
④ 郭英德：《明清传奇戏曲文体研究》，商务印书馆 2004 年版，第 190 页。

带夕阳还，泪珠弹，离愁千万。欲待将言遮掩，怎禁他恶狠狠话儿剋，只得赴江关也啰。

　　【前腔】（旦）霎时间云雨暗巫山，闷无言，不茶不饭。满口儿何处诉愁烦，隔江关，怕他心淡。顾不得脚儿勤赶，若还撞见好羞惭，且躲在人间竹院也啰。

　　生、旦对唱，敷演离别之事，将离别之景与离别之情融为一体。江风寒冷，江声凄惨，衬托了潘必正离别时的凄凉心境。夕阳来临，江山昏暗，衬托了陈妙常的愁闷心境。

　　《渔樵记·杨太仆都门分别》中，杨太仆出场演唱【番卜算】，以景衬情，清露、落叶、悲雁的秋景，凄清萧瑟，衬托出离人凄凉的心境，一下子就把人带入离别的氛围之中：

　　【番卜算】（小）清露下空林，黄叶辞高树，纷纷车马送行人，怕见离人去。（末）揽辔嫩鸣驹，顾影惊悲雁，秋晴晓日露华风，愁惨行人面。

　　《和戎记·王昭君出塞》中，王昭君离别时将离别的伤感与边关的云横、雾重、朔风、人稀的萧瑟凄凉融为一体：

　　【粉蝶儿】（旦）汉岭云横，雾蔽下飔风凛凛，透湿征衣，人到分关珠泪垂。**正是人有思乡之意，马有恋国之情了。**马到分关步懒移，人影稀比雁南飞，冷清清朔风似箭，旷野云低。

　　抒情之境在散出结尾曲子中体现得更为鲜明，即以景结情，能获得言尽意长、余味无穷的艺术效果，使读者和观众获得情思缠绵的审美效果。这种抒情手法在诗词中屡见不鲜，例如李白的"孤帆远影碧空尽，唯见长江天际流"，岑参的"峰回路转不见君，雪上空留马行处"，李煜的"问君能有几多愁，恰似一江春水向东流"，李清照的"梧桐更兼细雨，到黄昏、点点滴滴。这次第，怎一个愁字了得"。在离别之曲的尾声中也俯拾皆是：

> 【鹧鸪天】（生）王事驰骋不可违。（旦）游丝无力系郎衣。（生）山河不断恩来路，一寸山河一寸思。请了。（生下）（旦）人不见马闻嘶，花边人马柳边迷，欲舒望眼无高处，立尽斜阳不忍归。
>
> ——《断发记·李德武别妻从军》
>
> 【收尾】（莺）四围山色中，一鞭残照里，遍人间烦恼填胸臆，量这些大小车儿如何载得起。
>
> ——《西厢记·崔莺莺长亭送别》
>
> 【尾声】水光山色人长望，拽柳西风晚径荒，人去烟波云外乡。
>
> ——《渔樵记·杨太仆都门分别》
>
> 【尾声】月光转过庭前柳，风静帘闲夜更幽，不觉梧桐露滴秋。
>
> ——《投笔记·班仲升母妻忆卜》

《乐府红珊》的离别相思之曲在体贴人情与抒情之境方面的完美结合，产生了动人的效果，适合了观众的审美期待，因而广为流行。

五　文雅清丽与典雅绮丽

《乐府红珊》中的离别相思之曲，曲词优美，具有动人的艺术效果。从语言风格来看，既有文雅清丽者，也有典雅绮丽者。文雅清丽的语言风格，体现了戏曲艺术的舞台演出规律。典雅绮丽的语言风格，则反映了明万历时期文人的审美特征，同时也反映出戏曲语言的发展变化过程。

《琵琶记》、《荆钗记》、《香囊记》、《金印记》、《玉环记》、《千金记》、《断发记》、《宝剑记》、《投笔记》，属于吕天成所分旧传奇之列。王骥德《曲律》认为《金印记》"鄙俚浅近"[①]，明徐渭认为，《琵琶记》

[①]　王骥德：《曲律》，《中国古典戏曲论著集成》（三），中国戏剧出版社1959年版，第151页。

"用清丽之词，一洗作者之陋"①，"清丽之词"介于通俗浅近与典雅绮丽之间。离别相思之曲多文雅清丽之词，《琵琶记·蔡伯喈书馆思亲》中的【雁鱼锦】："闻知道我那里饥与荒。……只恐怕捱不过岁月难存养。……他那里老望不见信音传，却把谁倚仗……俺这里欢娱夜宿芙蓉帐。他那里寂寞偏嫌更漏长，谩悒快他菽水既清凉，我何心贪恋美酒肥羊。"《赵五娘临镜思夫》中的【四朝元】则渐趋雅丽，"春闺催赴，同心带绾初。叹阳关声断，送别南浦，早已成间阻。谩罗襟泪渍，谩罗襟泪渍。和那宝瑟尘埋，锦被羞铺。寂寞琼窗，萧条朱户，空把流年度。"《投笔记·班仲升母妻忆卜》中的【一剪梅】："红藕香残玉簟秋，雁度南楼，信阻青楼。万山空翠搅离愁，才上心头，又上眉头"，直接化用李清照词句，成雅丽之语。《渔樵记·杨太仆都门分别》中的【石榴花】："天清气朗一色湛，晴光秋高顷，雁孤翔层云，远岫霁天长"，文雅清丽。《宝剑记·林冲妻对景思夫》中的【四朝元】："关山遥忆，儿夫去不归。望衡阳信断，瀛海书迟，鱼雁无消息。家贫空四壁，只见风卷珠帘。香袅金猊，冷落妆台，萧条琴瑟，愁事萦如织。""清秋天气，长空雁到迟。我欲登高望远，酌彼金罍，只怕霜露沾我衣。见疏林叶落，帘卷西风。人在天涯，蹙损春山，望穿秋水，处处催刀尺"，很多化用前人诗句，语虽清丽，但感情不够深挚。

《乐府红珊》离别相思之曲的典雅绮丽之词，数量较少。《玉玦记》"典雅工丽"，"开后人骈俪之风"②，《玉玦记·王商别妻往京华》中的【三学士】："阀阅蝉联知有幸，扶摇好荐鹏程，当思诏谷三槐在，莫负还乡驷马行"，"青镜孤鸾愁无影。书封雁足难凭，怜余尚惜牵衣别，慰子终朝佩印行"，"待价藏珠未可轻，一朝持献明庭，北山肯为移文耻，白马终看奉诏行"，使事用典，文辞绮丽。《断发记·李德武别妻戍边》中的【大圣乐】："镜囊儿锦缀香凝，竭精灵方绣成。团圆外托明蟾影，藏玉洁与冰清。当日里青鸾晓镜曾相并，从此后银鹊妆台懒去凭。""破工夫缕叶萦茎，佩麝兰喻德馨。菱花细结黄金颖，如画出巧丹青。怕只

---

① 徐渭：《南词叙录》，《中国古典戏曲论著集成》（三），中国戏剧出版社1959年版，第239页。
② 吕天成：《曲品》，《中国古典戏曲论著集成》（六），中国戏剧出版社1959年版，第237页。

怕虚劳少妇相持增也，则是反使离人感叹兴"，也全用典丽之语。《紫箫记·霍小玉灞桥送别》的典丽色彩更浓。

语言既清丽文雅，又抒情动人，应该是戏曲抒情的理想境界，也是适合阅读与舞台演出的较高境界。

第三节　戏曲教化功能的减弱

受诗文教化功能的影响，中国戏曲一向被赋予"寓教于乐"的功能。戏曲出身低下，唯一能被认可的就是其教化功能。明初统治者对戏曲严加控制，但是又利用其教化功能。洪武三十年（1398）朱元璋下令颁布的《御制大明律》："凡乐人搬做杂剧戏文，不许妆扮历代帝王后妃、忠臣烈士、先圣先贤神像，违者杖一百；官民之家，容令妆扮者与同罪。其神仙道扮，及义夫节妇，孝子顺孙，劝人为善者，不在禁限。"[①]纪振伦《乐府红珊序》中有言："以故忠臣孝子义夫贞妇，多为词坛所取赏。"对教化的过分强调，背离了戏曲的本质，限制了戏曲的发展。明中叶以后，受王阳明"心学"的影响，肯定人性，强调人欲，突出人情。受这种思潮的影响，戏曲的教化功能弱化，戏曲本质，得以回归。

一　戏曲教化功能的减弱

戏曲的教化作用，源于先秦儒家对文学作用的认识，孔子提出的诗可以兴、可以观、可以群、可以怨。《毛诗·大序》："风，风也，教也。""风以动之，教以化之。"[②] 而教化的内容主要是"经夫妇，成孝敬，厚人伦，美教化，移风俗"[③]。文学的教化作用时常被统治者利用，为其统治服务，将教化作为文学的主要价值，甚至用教化作用来评价文学作品。戏曲的命运也是一样。戏曲出身低下，又活跃在民间，唯一能被认可的就是其教化作用。明初统治者对戏曲严加控制，但是又利用其

---

① 转引自王利器《元明清三代禁毁小说戏曲资料》，上海古籍出版社 1981 年版，第 13 页。
② 《毛诗序》，《中国历代文论选》第一册，上海古籍出版社 1979 年版，第 15 页。
③ 《毛诗正义》，收于《十三经注疏》，台北艺文出版社 1985 年版，第 15 页。

教化功能。其法律、禁令反映出统治者对戏曲的矛盾态度，一方面禁止戏曲亵渎帝王圣贤，另一方面又想充分发挥戏曲的教化作用。明成祖时，对于戏曲的态度更加苛刻，明人顾起元在《客座赘语》中记载：

> 永乐九年（1411）七月初一日：该刑科署都给事中，曹润等奏乞下法司：今后人民倡优装扮杂剧，除依律神仙道扮、义父节妇、孝子顺孙、劝人为善及欢乐太平者不禁外，但有亵渎帝王圣贤之词曲、驾头、杂剧，非律所该载着，敢有收藏、传诵、印卖，一时送发司究治。[1]

明初的法律、禁令将戏曲的中心思想、题材限制于宣扬宗教道德的范围内。高则诚《琵琶记》标榜"不关风化体，纵好也徒然"，所以，深得朱元璋激赏，曾说："《五经》、《四书》，布帛菽粟，家家皆有。高明《琵琶记》，如山珍海错，富贵家不可无。"[2] 这种导向影响着对戏剧创作的认识和评价，明代邱濬明确表示："若于伦理无关，纵是新奇不足传。"他还用创作实践诠释自己的观点，其《五伦全备记》"副末开场"云：

> 世上为子的看了便孝，为臣的看了便忠，为弟的看了敬其兄，为兄的看了友其弟，为夫妇的看了相和顺，为朋友的看了相敬信。……劝化世人，使他有则改之，无则加勉。[3]

全剧从头至尾贯穿了枯燥乏味的说教，剧中人物几乎成了道德观念的化身。邵灿的《香囊记》也是此类作品，"家门"中即言："忠臣孝子重纲常，慈母贞妻德允藏，兄弟爱恭朋友义，天书旌异有光辉。"[4]

---

① 顾起元：《客座赘语》，《元明史料笔记丛刊》，中华书局1959年版，第347—348页。

② 徐渭：《南词叙录》，《中国古典戏曲论著集成》（三），中国戏剧出版社1959年版，第240页。

③ 邱濬：《五伦全备记开场白说》，俞为民、孙蓉蓉编《历代曲话汇编》（明代编第一集），黄山书社2009年版，第212页。

④ 邵灿：《香囊记》，《六十种曲》，中华书局1990年版。

对戏曲教化作用的过分强调，导致对戏曲本质的忽视，王世贞在《曲藻》中论及《拜月亭》因"无裨风教"，故不及《琵琶记》。① 王骥德《曲律·杂论下》："不关风化，纵好徒然，此《琵琶》持大头脑处。《拜月》只是宣淫，端士所不与也。"② 也有很多人从提高戏曲地位，提倡"曲"与"诗"同的角度，论及戏曲的教育感化作用，在一定程度上助长了教化说。李贽评论《红拂记》："此记……皆可师可法，可敬可羡。孰谓传奇不可以兴、不可以观、不可以群、不可以怨乎？饮食宴乐之间，起义动慨多矣。"③ 尽管如此，在折子戏的舞台演出实际中，戏曲的教化作用只能是从属的、辅助的，戏曲的娱乐功能、娱情功能才是主要的，才是戏曲的本质特点和价值所在。

按情节内容分类的《词珍雅调》，分类收集散曲、戏曲散出，其中并无教化一类。《乐府红珊》中"忠孝节义类"选录数量最少，而且编排在全书的最后。此二者以实际情况反映出，尽管明代戏曲理论对教化的强调，也有供案头阅读的全本传奇还在宣传教化，但是在明代主情论的影响下，在戏曲娱乐功能强化与娱情功能张扬的情况下，影响着观众的观剧态度和审美期待，折子戏的教化功能弱化，只作为辅助功能。

二 教化类折子戏的功能

陶奭龄在《啁啾录》按照演出场合不同对院本分类的第二类为"五伦、四德、香囊、还带等，大雅也，八义、葛衣等，小雅也，寻常家庭燕会则演之"④，即具有教化功能的剧本。散出戏曲选本中也有标榜戏曲教化功能的，如《万锦娇丽》标榜"风教"，选择"善恶分明"的剧本，有助于大众"去恶从善"。《醉怡情》也"摄录其近风、雅者百余出。"《乐府红珊》中具有教化功能的折子戏有两类，一为"忠孝节

---

① 王世贞：《曲藻》，《中国古典戏曲论著集成》（四），中国戏剧出版社 1959 年版，第 34 页。
② 王骥德：《曲律》，《中国古典戏曲论著集成》（四），中国戏剧出版社 1959 年版，第 160 页。
③ 李贽：《杂述·红拂》，《焚书》，中华书局 1961 年版，第 182 页。
④ 陶奭龄：《啁啾录》卷上，转引自王利器辑录《元明清三代禁毁小说戏曲史料》，上海古籍出版社 1959 年版，第 206 页。

义类",有 7 种:《千金记·萧何月下追韩信》、《金弹记·刘娘娘搜求妆盒》、《妆盒记·刘后勘问寇承御》、《连环计·王司徒退食怀忠》、《琵琶记·赵五娘描真容》、《窃符记·魏侯究问如姬》、《昙花记·阎君勘问曹操》。二为"阴德类",有 4 种:《萃盘记·窦仪魁星映读》、《还带记·裴度香山还带》、《四德记·冯商旅邸还妾》、《四美记·蔡兴宗伞盖玄天》。

"忠孝节义"是对"三纲"基本精神的提炼。宋洪迈《夷坚丙志》"忠孝节义判官"条记载:"吾今为忠孝节义判官,所主人间忠臣、孝子、义夫、节妇事也。"[1] 宋代以后,随着"三纲"的凸显,"忠孝节义"也成为被社会普遍认同的价值观念。明代以后,"忠孝节义"的实际地位和影响已经高过五常,人们论及道德,往往以"忠孝节义"作概括。《乐府红珊》"忠孝节义类"折子戏包括了忠臣、孝子、义夫、节妇的内容。

敷演"忠臣"题材的折子戏有:《千金记·萧何月下追韩信》、《连环计·王司徒退食怀忠》。"追信"一折是经典折子戏,此折又称"萧何月夜追贤"、"月下追贤"、"追贤",《词林一枝》、《摘锦奇音》、《怡春锦》、《赛徵歌集》、《万壑清音》、《词林逸响》、《珊珊集》、《乐府南音》均有选录。《千金记》演韩信之事,此折主要突出萧何为国求贤,月下追赶韩信之事。韩信弃楚归汉,被萧何赏识,始为连廒典官,管得三朝职事,不料楚军放火烧了连廒仓粮,汉疑韩信同谋。幸得萧何奏明陛下,韩信才得免罪,之后萧何又向陛下推荐韩信为治粟都尉。韩信害怕再蹈前辙,决定弃此卑职,逃回家去。萧何得知,"急追去,急追去,跨马扬鞭袅。月色朦胧,程途分晓。追取此人回,山河可保,为国求贤,有谁知道。""再追去,再追去,不顾程途杳。诸将易得,韩信难讨,可作大将军,镇国之宝,世上无双,人间绝少。"《王司徒退食怀忠》,重点突出展示王允对国事之忠,敷演司徒王允因为董卓专权,心犹国事,借酒消愁,此时有歌女貂蝉歌舞佐酒,王允心生一计,赠貂蝉

---

① 洪迈:《夷坚志·夷坚丙志》,中华书局 1981 年版,第 485 页。

玉连环，暗喻求偶。计定先将貂蝉献于吕布，次献于董卓，借吕布杀害董卓。《词林一枝》选录《连环计·忠谋》一折，《赛徵歌集》选录《连环记·退食怀忠》。

敷演"义夫"题材的折子戏有《余弹记·刘娘娘搜求妆盒》、《妆盒记·刘后勘问寇承御》、《窃符记·魏侯究问如姬》。《妆盒记》，又名《金弹记》、《金丸记》，借宋事以寓意。《远山堂曲品》云："闻其作于成化年间，曾感动宫闱。"《乐府红珊》选录此剧两折，敷演寇承御、陈琳救婴儿之义举。《刘娘娘搜求妆盒》敷演被打入冷宫的李娘娘产下一子，刘娘娘命寇承御杀死婴儿，以绝后患。寇承御欲救出婴儿，慌乱之中将婴儿交给为皇帝采办果品的陈琳，陈琳凭借镇定和机智逃过了刘娘娘的怀疑和盘问，救出了婴儿。《刘后勘问寇承御》敷演10年后救太子之事败露，刘娘娘勘问寇承御，并叫来陈琳当面对质，寇承御为保护当年得救如今已经长大成人的楚王三殿下，让陈琳执鞭将自己打死，既保全了楚王三殿下，又保护了陈琳，以自己的实际行动诠释了义的内涵。这两种折子戏在舞台上非常流行，《词林一枝》选录《寇丞相计助太子》，《八能奏锦》选录《计安太子》（原缺），《乐府菁华》选录《陈琳妆盒匿主》，《玉谷新簧》选录《陈琳妆盒匿主》，《大明春》选录《陈琳救主》，《尧天乐》选录《御苑寻弹》，《赛徵歌集》选录《盒隐潜龙》、《搜求妆盒》，《玉谷新簧》选录《刘后拷鞠宫人》，《万娇丽锦》选录《拷问承玉》，《万壑清音》选录《拷问承玉》，《醉怡情》选录《拷问》。《魏侯究问如姬》敷演如姬之孝义，魏国公子信陵君对如姬有救命之恩，当年魏国大将晋鄙麾下旗牌官仇仁抢王姓之女为妾，并杀死王父。适信陵君至，救下王姓之女，被魏安釐王纳入后宫，封为如姬。之后，如姬在信陵君帮助下杀死仇仁，为父报仇。后秦军围赵，因赵之平原君夫人是信陵君姊，信陵君欲救赵，请魏安釐王出兵救赵，但魏王按兵不发，如姬窃取魏王兵符，窃令晋鄙出兵救赵，救赵成功。魏王得知兵符被窃，追问此事，如姬承认自己窃取，"絮叨叨问甚么端的，窃却兵符，是我何辞。""那信陵君爱大王屋上之鸟，报妾父泉下之恨。我自和粉身碎骨报恩施。"魏王气愤难消，如姬被暂押冷宫。《群音类选》选录《窃符记》

之《拷问如姬》。

　　用不义之事劝大众去恶从善，《乐府红珊》也有选录。《阎君勘问曹操》源出《昙花记》，为屠隆所作，作者自云："此记广谈三教，极陈因果，专为劝世化人，不止供耳目娱玩。"此折演曹操死后在阴间遭阎王勘问罪行之事，突出不义之臣死后得到报应之事，成为不义的典型。阎君勘问曹操罪行，让伏后历数曹操罪行，"翦灭王室，荼毒生灵，觑天子如小儿，辱公卿如奴隶，你今日英雄那里去了。""贼，你掌握了天下，百官受你牢笼，将士出你麾下，四海财帛入你府库，天下歌舞美丽归你房帏，号为魏王，身加九锡，出入建天子旌旗，只不曾正皇帝的大号，留下与儿子为之，还要瞒当时，欺后世，自比周文王。吾谁欺，欺天乎。""贼，你平生负心太多，常怕人阴害你，自言能噉野葛，睡中杀人。身后之计，直设七十二疑冢，开辟以来奸人，未有如你这贼子者。"曹操在审判后被打入无间地狱，获得报应。

　　敷演"孝子""节妇"的折子戏有《琵琶记·赵五娘描真容》，重在突出赵五娘之孝亲品德。俗话说"百善孝为先"，孝是中华传统文化中最受重视的品德。此折演赵五娘在自咽糟糠奉养公婆之后，又祝发买葬、罗裙包土处理公婆后事，在上京寻夫前描画公婆真容，准备随身携带，随使供奉，临走之前，反复又嘱托张太公看管公婆孤坟，催人泪下，其孝心得到了充分的体现。

　　"阴德类"折子戏的题材是因果报应。因果报应源于佛教，共有三种形态，一是现世报，指今世的善恶，就会在今世得到报应；二是来世报，指前世的善恶由今世来承受，今世的善恶由来世再回报；三是现时报，所行善恶在极短的时间内就会受到报应。[1] 这一佛教教义在百姓中根深蒂固，俗语常说"善有善报，恶有恶报"，"善恶到头终有报，只争来早与来迟"。虚幻的前世、来世指导着现世人们的行为方式，积德行善既可以洗清前世恶行，也能得到来世的回报，鼓励着人们的善行义举，所谓"天道无亲，常与善人"。《乐府红珊》"阴德类"选录4种折

---

① 任继愈：《宗教词典》，上海辞书出版社1981年版，第405页。

子戏，均为善有善报的内容，行善之人在现世都得到回报，能给行善之人以更大的鼓励。

《窦仪魁星映读》源出《萃盘记》，该剧敷演窦禹钧积德行善，改变了自己"无子又寿不永"[①]的命运，生有五子全部登科，自己也享年八十二岁。该剧堪称因果报应的典范之作，能给行善之人以极大的鼓励和希望，为舞台演出流行之剧，所以被排列在"阴德类"题材第一。此折演窦禹钧长子窦仪，因其父阴功浩大，自己又能经受住菊花精挑逗的考验，"女色不动，谅财不苟取"，不仅得中当朝状元，而且还加官进禄。

《裴度香山还带》选自《还带记》，"此剧之作当在正德七年至嘉靖九年之间"[②]。裴度饱学多才，但屡试不第，有相面之人称其"非是黄门之贵客，定为穷途之饿殍"。裴度不以为意。此折演裴度在香山寺拾得犀玉带三条，等到黄昏未见失主来寻。第二天天不亮，又顶着寒风到香山寺中等待寻失主。果然有失主周氏前来，言明要以犀玉带救父，裴度将失物归还周氏，周氏留赠其玉带以表谢意，被裴度拒绝。后玉帝查明情况，下诏褒度步入仕途，位列三公。

《冯商旅邸还妾》选自《四德记》，剧演冯商善行，施财救人，不接受被救之人以身相许，拾金奉还，此折演冯商旅邸还妾。冯商妻子不能生育，欲娶妾接续香火，与张宅之女成亲，拜堂入洞房后，冯商发现此女愁怀郁郁，讯问后才知其中隐情，此女为官宦之女，父亲因运折官粮，卖女抵债。后冯商返还此女，让她与家人团聚，而且送出的财礼分毫不要。冯商的善行在现世即得到了回报，冯商妻金氏生一子冯京，并且连中三元。

《蔡兴宗伞盖玄天》选自《四美记》，演蔡兴宗之事。洛阳府久旱无雨，经县府官民祈祷，玄天佑圣君动雷起雨，降下甘霖。蔡兴宗遇雨，到古庙中躲避，时见古庙倾颓，瓦穿屋破，连朽数椽，风日不蔽，将雨伞盖罩玄帝金身，保护神像，而自己则冒雨回家。玄天佑圣君有感于的

---

① 范仲淹：《窦谏议阴德碑记》，《几辅通志》卷九十七，《钦定四库全书》。
② 郭英德：《明清传奇综录》，河北教育出版社 1997 年版，第 23 页。

善行，加他状元之子，荫封五世以继善人之后。

总之，《乐府红珊》反映出明万历折子戏的娱乐本质得到空前强化，娱情本质得以充分张扬，教化功能的弱化。而这一切又反映出观众的观剧态度。

第四章 《乐府红珊》类型学研究

类型学作为一种研究方法，在我国很多领域广泛运用，如语言学、建筑学、考古学，而文学艺术领域的运用则起步较晚。文学类型作为文学作品的一种范畴，具有相似的主题、文体、形式或目的，在中国文学中大量存在。但是，如同英国文艺理论家阿拉斯泰尔·福勒对 20 世纪后半叶文艺的批评一样"都具有相同的重大缺陷，几乎全盘忽略了类的意义"①。戏曲的类型学研究少有问津。《乐府红珊》按照戏曲散出的题材分类，给我们提供了戏曲类型学研究的思路，扩展了戏曲研究的路径。

第一节 《乐府红珊》类型学研究概述

一 《乐府红珊》类型学研究的基础

分类即分组归类，是一切研究的起点，类型是分组归类的结果。任何"类"都是一组具有相似特征的集群。早在亚里士多德《诗学》中就把文学分为史诗、抒情诗和戏剧三大类；贺拉斯《诗艺》中要求"不论作什么，至少要作到统一、一致"②。黑格尔则按照"美的感性显现"给文学艺术做了"类型"划分，提出了"类型"的概念，成为类型研究的起点。日本美学家竹内敏雄对"类型"做了更为具体的定义："一般地

---

① ［美］拉尔夫·科恩：《文学理论的未来》，程锡麟等译，中国社会科学出版社 1993 年版，第 379 页。

② 伍蠡甫：《西方文艺理论名著选编》上卷，上海译文出版社 1979 年版，第 99 页。

说，所谓类型是我们比较许多不同的个体，抓住在它们之间可以普遍发现的共同的根本形式，按照固定不变的本质的各种特征把它们全部作为一个整体来概括；同时，在另一方面，把这种超个体的、同形的统一的存在与那些属于同一层次的其他的统一的存在相比较，抓住只有它自己固有的、别的任何地方均看不到的特殊形象，把这一整体按照它的特殊性区别于其他的整体时，在这两者的关系中形成的概念。约而言之，这个概念包含了对于自己的共同性和对于他物的相异性两个方面的含义，是从这两个方面把握的一定范围内的存在者群。因此，一切类型都是在其自身可以结为一体的同时，也都可以与他物相区别，起到普遍与个别的媒介、多样与统一的联结的作用。"①

（一）中国古代文学的类型化特征

首先，体现在文体分类方面。不同文体有不同的规格要求，因而文体分类一向受到重视。《尚书》将文体分为典、谟、训、诰、誓、命 6 种，西汉刘歆的《七略》，初步完成了中国文体的分类理论。曹丕《典论·论文》把当时流行的文体分为四科八体："奏议宜雅，书论宜理，铭诔尚实，诗赋欲丽。"陆机《文赋》将四科八体扩大至十体：诗、赋、碑、诔、铭、箴、颂、论、奏、说，更具体地指出了每一类文体的特征。萧统《文选》是我国第一部按文体聚类区分的文学总集，将文分为 39 体。刘勰的《文心雕龙》自《辩骚》至《书记》凡 21 篇，论述各种重要文体，推溯源流，对各种重要文体的起源、流变以及重要性做了比较细致的描述。明代徐师曾《文体明辨》将文分为 127 体，分类可谓登峰造极。姚鼐《古文辞类纂》的分类比较简约，将文分为 13 类。文论家的文体分类针对的是正统的诗文，并未涉及西方文体分类早就有的小说、戏曲。

其次，体现在题材分类方面。与文论家重诗文文体分类不同，中国古代小说的题材分类，只见于零散的评点之中。南宋灌圃耐得翁《都城纪胜》"瓦舍众伎"条"说话有四家"的说法："说话有四家。一者小说，谓之银字儿，如烟粉、灵怪、传奇；说公案，皆是搏刀赶棒及发迹

---

① ［日］竹内敏雄：《艺术理论》，卡崇道等译，中国人民大学出版社 1990 年版，第 81 页。

变泰之事；说铁骑儿，谓士马金鼓之事。说经，谓演说佛书；说参请，谓宾主参禅悟道等事。讲史书，讲说前代史书文传兴废争战之事。最畏小说人，盖小说能以一朝一代故事，倾刻间提破。"① 近代以来，鲁迅《中国小说史略》对小说类型研究贡献巨大，第一次系统论述了古代小说发展的源流，提出了志怪、志人、传奇、话本、拟话本、讲史、神魔、人情（才子佳人）、讽刺、狭邪、侠义、公案、谴责诸类型。② 当代学者陈平原提出建立我国小说类型理论的初步设想，并按照其设计的理论框架和操作程序写出了《武侠小说类型研究》，在小说类型理论研究和批评实践中作出了非常大的贡献。

（二）中国古典戏曲的类型化特征

关于戏曲的评点也多涉及题材分类，元人夏庭芝《青楼集志》对元杂剧题材的分类概括比较全面："有驾头、闺怨、鸨儿、花旦、披秉、破衫儿、绿林、公吏、神仙道化、家长里短之类。"③ 宁献王朱权"杂剧十二科"的分类影响也很大："一曰神仙道化，二曰隐居乐道，三曰披袍秉笏，四曰忠臣烈士，五曰孝义廉洁，六曰叱奸骂谗，七曰逐臣孤子，八曰铍刀赶棒，九曰风花雪月，十曰悲欢离合，十一曰烟花粉黛，十二曰神头鬼面。"④ 吕天成《曲品》对南戏题材的分类："包括门数，大约有六。一曰忠孝，一曰节义，一曰风情，一曰豪侠，一曰功名，一曰仙佛。"⑤ 将以上三者的分类比较，南戏的分类概括，杂剧的分类比较细致。杂剧的有些类型可以归入南戏的类型，《青楼集志》的闺怨、鸨儿、花旦类，可以归入"风情类"，朱权分类中的"神仙道化"、"隐居乐道"可以并入"仙佛类"，"风花雪月"、"悲欢离合"、"烟花粉黛"也可并入"风情类"。到明代传奇的时代，由南戏发展而来，题材也基本继承南

---

① 灌圃耐得翁：《都城纪胜》，《东京梦华录》（外四种），上海古典文学出版社1956年版，第98页。

② 参见陈平原《小说史：理论与实践》，北京大学出版社1993年版。

③ 夏庭芝：《青楼集志》，《中国古典戏曲论著集成》（二），中国戏剧出版社1959年版，第7页。

④ 朱权：《太和正音谱》，俞为民、孙蓉蓉《历代曲话汇编》（明代编第一集），黄山书社2009年版，第39页。

⑤ 吕天成：《曲品》，俞为民、孙蓉蓉编《历代曲话汇编》（明代编第三集），黄山书社2009年版，第110页。

戏，但爱情题材增多，仙佛神话题材少，还增加了时事的题材。

折子戏题材也呈现出鲜明的类型化特征。其题材类型更多更细，除了全本戏的题材类型外，还有庆寿、婚庆、诞育、离别、相思、宴会、游赏、报捷、邂逅等，通过戏曲选本表现出来。《词珍雅调》按题材分为翰苑词珍、庆贺词珍、风月词珍、遣怀词珍四大类，"翰苑词珍"分为元、亨、利、贞四集，元集分为勉学类、别亲赴选类、英才赴选亲朋饯别类、英才赴选夫妻饯别类、英才远行类。亨集分为英才赴选旅邸忆别类、闺情类、金榜题名类。贞集分为钦赐驰驿荣归同寅饯别、武闱高捷、戍妇闺情、归隐类。"庆贺词珍"分为祝君寿、祝东宫寿、七十自寿、祝兄寿、寿词、贺建大厦、洞房花烛、贺添丁。"风月词珍"分为三卷，首集又分为访妓、赠妓、酒席逢佳人、游春遇佳人、嘲弟子娶妓未谐。前集选录风月情节的剧曲，不分类。下集分为寄情、再会、幽欢、案乐、嘲妓、嘲弟子及劝弟子。夏景遣怀雅调分为凉亭宴乐、端午、夏景闺情、四景遣怀雅调、四景闺情。秋景遣怀雅调分为清秋宴乐、赏月及中秋、重阳、题雨、秋景闺情。冬景遣怀雅词分为冬景宴乐、冬景闺情、守岁、诉新春。江湖遣怀雅调分为饯别类、远行类、舟中、长江宴乐、忆别、端阳日旅怀、中秋旅怀、旅馆赏雪。《词珍雅调》分类琐细，标准不统一，《乐府红珊》的题材分类更合理一些。

与其他文体的类型学研究相比，戏曲的类型学研究相对滞后。王季思对戏剧类型的研究较早，运用西方文艺理论将古典戏剧分为悲剧和喜剧，编辑了《中国十大古典悲剧集》和《中国十大古典喜剧集》，引发了古典戏剧的悲剧和喜剧研究。20 世纪 80 年代以来，学界也注意到戏曲类型的研究，如才子佳人戏曲研究，鬼魂戏研究，大团圆结局研究等。但是相对于其中的类型存在，这种研究还远远不够。

二 《乐府红珊》类型学研究的意义

从定义来看，类型具有三个要素：其一，类型是在比较的过程中形成的；其二，类型是具有共同特征的整体；其三，这一类型与他物具有相异性。首先，《乐府红珊》每一种类型折子戏都选录若干种，多数都在 5 种以上，最多 10 种，至少也有 3 种，能比较充分地展示类的共性特征。其次，《乐府红珊》16 种类型，内容各异，能充分展示情节与声情之间的关系，展示此类与其他的不同。

"一切类型都是作为一定的可以直观的存在形态的整体形象而成立的"，"通过一定的'形'呈现出来的类的'型'——这就是类型"①。文学类型是以具体的文学作品呈现出来的类的"型"，其研究目的和意义还要回归到文学的创作与研究，或归纳、提炼出通行创作规律，然后或者用于日后的文学创作，或是在批评实践中以类型或成规作为理论武器，或是对类型的内部特质进行系统研究，探究其创作的根源、特征、演变等。

与其他文学样式不同，戏曲剧本给读者展示了文学性和音乐性两个方面的内容，文学性即指剧本部分，音乐性即指谱曲部分。所以，《乐府红珊》不仅具有文学方面的类型学意义，而且还具有音乐方面的类型学意义。《乐府红珊》折子戏主要源出于戏文、传奇，16 种折子戏类型基本涵盖了全本戏悲欢离合的多数内容，可以说是全本戏内容的分解，所以对全本戏的创作具有借鉴与指导意义。

（一）戏曲剧本的类型学价值

戏曲创作是否符合舞台演出的实际，还要经过演出实践的检验。折子戏源出于全本戏，是在观众对全本戏熟悉的基础上，以单出的形式演出，经过长期的舞台搬演，在剧本方面和表演艺术方面不断趋于成熟。剧本方面的成熟主要表现在四个方面："不同程度的发展和丰富了原作的思想性"，"适当的剪裁增删使内容更为紧凑"，"在形象化、通俗化上下功夫"，"重视穿插和下场的处理"②。所以，折子戏在文学创作方面更加成熟，更加符合舞台演出实践。折子戏的题材类型涵盖传奇剧本的各个方面，所以对传奇剧本的创作提供借鉴和指导。这种创作指导主要体现在三个方面：

首先，体现在曲文方面。与其他文学样式不同，戏曲的文学创作必须做到与曲调的统一，即情节内容和声情的统一，曲调相同，曲文也就

---

① ［日］竹内敏雄：《艺术理论》，卡崇道等译，中国人民大学出版社 1990 年版，第 80—81 页。
② 陆萼庭：《昆剧演出史稿》，上海文艺出版社 1980 年版，第 179—185 页。

相类。《乐府红珊》选录的散出，多数是经典的散出，曲文比较成熟，与曲调结合比较完美，既符合抒情主人公的身份特征，又能选择适当的表现手法，尤其是描写离别、相思场景的，叙事、抒情、写景完美结合，曲文优美，又语言或者绮丽，或者清丽，无不具有动人的艺术效果，更加突出了抒情主人公的形象。此外，折子戏在全本戏的基础上，对曲文的增益和删减，更具有舞台实践的价值。因而具有很好的曲文创作的指导价值。

　　其次，体现在宾白、科介方面。作为剧本创作组成的宾白、科介，在《乐府红珊》中更具有舞台性。比全本戏丰富，比其他折子戏选本也丰富，而且有删减，既有利于人物形象的塑造，又具有较好的舞台效果。如《琵琶记·蔡议郎牛府成亲》，在全本戏的基础上，增益了净扮演的院子与蔡伯喈的大段对白，既突出了蔡伯喈的矛盾心理，又增强了舞台的戏剧性。【滴溜子】中，新婚之夜，蔡伯喈非常烦恼，不入洞房，由净扮演的牛府院子劝解他。院子不理解伯喈为何烦恼，伯喈烦恼又不可告人，所以院子的劝解是药不对症。还用王羲之之事来劝解，让伯喈苦笑不得。此外，【鲍老催】中又增益了净与丑的对话，增加净、丑的插科打诨，内容也较俗，引人发笑，既避免了蔡伯喈一人抒情的单调，又增强了舞台效果。又如《琵琶记·蔡伯喈书馆思亲》【喜迁莺】中，几乎每句曲文中间都插入宾白，一唱一白，将伯喈内心的苦闷和不能对人言说的压抑一并倾泻而出，淋漓尽致。在曲文中还增加了很多七言韵白，与曲文形成顶针，回环往复，连绵不断，更有利于抒发缠绵的、强烈的感情。宾白中融入了大量的诗赞，形成了雅与俗很好的结合。

　　最后，体现在表演范式。表演范式指对脚色戏份的分配，戏份是就演唱而言的。相比全本戏，折子戏对表演范式的体现更加鲜明，主要分为群戏、对戏和独戏三种类型。群戏是多个脚色演唱，戏份相当；对戏是两个主要脚色相对演唱，戏份相当；独戏是一个脚色演唱。每一种题材类型都有相对稳定的表演范式。庆贺类折子戏是典型的群戏，宴会类、游赏类也是群戏，分别类折子戏是典型的对戏，思忆类折子戏是典型的独戏。

（二）昆曲曲律的类型学价值

昆曲曲律的内容主要包括三个方面，套式、词式和乐式。"套式、词式和乐式是指导传统昆剧填词谱曲的三条基本公式。"[①] 套式对连接不同曲牌组成套数起指导作用，词式对曲牌填词起指导作用，乐式对谱曲起指导作用。

套式是曲调的组合方式，曲调是通过曲牌体现的。"曲牌的组合不是任选的。曲牌的个性、板则以及各曲牌乐谱声腔的搭配，都需与戏剧的故事情节协调，并满足昆曲曲律要求。"[②] "昆曲是联曲体的音乐结构，将不同的曲调组合起来，演唱故事，刻画人物，因此，曲调的组合形式也是昆曲格律的一个重要内容。"[③] 曲调的组合形式也成套数，套数的组成要有一定的规律和技巧，与剧情的发展相关联，其实就是剧情发展、波折与乐曲联续、变化之间的统一。

昆曲采用南戏的唱法，元杂剧采用北曲的唱法，二者具有不同的特点。元杂剧具有"依宫定套"的特点，正如元代燕南芝庵《唱论》所言：

> 大凡声音，各应于律吕，分为六宫十一调，共计十七宫调：仙吕调唱，清新绵邈。南吕宫唱，感叹伤悲。中吕宫唱，高下闪赚。黄钟宫唱，富贵缠绵。正宫唱，惆怅雄壮。道宫唱，飘逸清幽。大石唱，风流蕴藉。小石唱，旖旎妩媚。高平唱，条物滉漾。般涉唱，拾掇坑堑。歇指唱，急并虚歇。商调唱，悲伤宛转。双调唱，健捷激袅。商调唱，凄怆怨慕。角调唱，呜咽悠扬。宫调唱，典雅沉重。越调唱，陶写冷笑。[④]

元杂剧一般集四折为一本（偶尔有五折或四折之外加一个楔子），

---

① 任半塘主编：《昆曲曲牌及套数范例集》（南套，上册），上海文艺出版社1994年版，第56页。

② 同上。

③ 俞为民：《昆曲格律研究》，南京大学出版社2009年版，第125页。

④ 燕南芝庵：《唱论》，《中国古典戏曲论著集成》（一），中国戏剧出版社1959年版，第160—161页。

每一折都由若干曲牌组成，所有曲牌必须属于一个宫调，曲牌的先后排列，要有一定的章法，而且每折要由一个角色演唱到底。

南戏演唱形式比较灵活，主要角色都可以演唱，而且由于音乐来源较广，曲调不为宫调所约束。正如徐渭所云："夫南曲本市里之谈，即如今吴下【山歌】、北方【山坡羊】，何处求取宫调？"徐渭《南词叙录》所云："至南曲……彼以宫调限之，我不知其何取也。或以则诚'也不寻宫数调'之句为不知律，非也，此正见高公之识。"① 曲牌的使用也比较灵活，有的位置可以调换，有的曲牌可以增减，同一种曲牌可以两支或两支以上连用，多者有六支、七支连用的。虽然南曲不像元杂剧那样受宫调的严格约束，但曲牌的选取和连接还是有一定技巧的。徐渭不以不守宫调为非，却不否认套数的客观存在，他认为"南曲故无宫调，然而曲之次第，须用声相邻以为一套，其间亦自有类辈，不可乱也，如【黄莺儿】则继之以【御林族】，【画眉序】则继之以【滴溜子】之类，自有一定之序……"② 虽然强调南曲的曲牌要有一定的相关性和规律，但是没有宫调一统曲牌，这种相关性和规律不能成为硬性的规定，所以，南曲套数的组成还存在相对的灵活性。这种特点也增加了昆曲创作的困难。

北曲折子中，从第一个曲牌到最后一个都算在套数中，南曲折子戏则不同，它的曲牌可以分为三个部分，开头的一支或者两支称作引子，最后的一支称作尾声，或简称尾，也有的称作余文。南曲中的引子多源于宋词，虽然也按宫调分类，但在联套时它的选用不受过曲曲牌所属宫调的约束，而且也不算在套数之内。我们所说的套数一般只有过曲。

词式是指组成套数曲牌的曲词呈现出的特征。相同套式的曲牌相同，曲牌相同者词式也应该相同。曲词的文体是曲牌体，和宋词相似，但一般都是单阙，双阙的较少。曲词和宋词的最大区别在于曲词字分正衬，正字是词式中固有的，衬字则是可以自由加添的。此外，曲词受四声的宽严也与宋词有所不同。乐式是一个曲牌乐谱全部或一部分特征的总结。昆曲（特别指南曲）曲牌来源很多，这对乐式特征影响很大。

---

① 徐渭：《南词叙录》，《中国古典戏曲论著集成》（三），中国戏剧出版社 1959 年版，第 241 页。
② 同上。

由于昆曲在套数、词式方面既有一定规范，又存在诸多的灵活性，所以，昆曲的创作一直缺乏专门的理论指导，只能"以例定范"。即对昆曲套数和曲牌所禀赋的每一项特征，以大量实例为根据，找出特征和规律以及其他特征之间依存关系的规律，这些规律即是创作的"范"。"范"提供规律性的指导，"例"则提供灵活性的参考。一般的曲律研究，都是先总结出"范"，然后列举若干实例，尽可能较多地包含各种"范"的情形。例如，王季烈《螾庐曲谈》以及《昆曲曲牌及套数范例集》。《乐府红珊》与其他曲律研究不同，首先展示的是实例，然后通过实例总结出"范"。它将相同情节内容的若干折子戏归为一类，多数在5种以上，最多者达10种，集中展示。情节内容相同，声情也基本相同，每一类折子戏都提供了若干种套数，而这些套式的共同特点就是"范"。而套数中的每个曲牌也有一定的词式。既有利于总结出共性的特征和规律，又有利于认识规律中的灵活现象，对昆曲创作有着独特的意义。再如，《昆曲曲牌及套数范例集》对于南吕引子【哭相思】的分析，介绍它可以单独使用，不受套式限制，或者放在折首，或者放在最后代替尾声，或者放在尾声后面，还有时和【鹧鸪天】连用，而且要放在【鹧鸪天】前面。在《乐府红珊》中，这些分析全部体现在"分别类"折子戏中了。在《陈妙常秋江送别》中，用【哭相思】代替尾声，而且在折子主腔【小桃红】之前也用了【哭相思】。在《玉箫渭河送别》中，【哭相思】放在尾声之前，《韩信别妻从军》中，在尾声之后连用【哭相思】、【鹧鸪天】。【哭相思】的使用情况不仅形象地展示出来，而且由于对整折戏的了解，会加深对【哭相思】曲牌的了解，从而更好地使用。

《乐府红珊》类型折子戏很多使用了相同的套式，曲牌也相同，词式的特征与规律能充分地体现出来。因为词式在文本中能体现出来，所以论文不再涉及。乐式相对比较复杂一些，本文不打算论及。

特别应该注意的是，《乐府红珊》不仅展示了同类型曲律的共同特征，还提供了一些曲律的特殊情况，给昆曲创作提供更多的经验。如庆寿类折子8种，其套式特征比较明显，5种使用了【双调·锦堂月】套曲，完全相同，【锦堂月】四—【醉翁子】二—【侥侥令】二。还有3种折子《八仙赴蟠桃盛会》、《裴晋公绿野堂祝寿》、《苏东坡祝寿》的使用比较特殊的套数，也可以提供祝寿情节创作的借鉴。

第二节　庆贺类折子戏的类型分析

人的一生有很多重要的节点，比如出生、生日、结婚、及第等。这些节点常常要举行庆祝仪式，与各类礼仪相伴随。折子戏成为重要的演剧形式后，也渗透到这些仪式中，戏曲的娱乐功能与民俗庆贺相结合。《乐府红珊》选录和人生四个节点庆祝仪式相关的折子戏，庆寿、伉俪、诞育、报捷。这些折子戏敷演的情景与现实生活相同，具有一定的庆贺仪式，表演时具有群戏的特点，情景相类、声情相类，因而曲调的套式也相类。

一　情节的仪式特征

"由于民俗活动显见的目的性，从而也使原本'纯属娱乐'的演戏有了更为具体的实用功能。这样，也就使折子戏演出必须'面向特定的对象'并'匹配特定的场景'。缘乎此，内容方面的限定和'定向'也就不可避免。"① 与庆贺民俗相结合的折子戏，内容情节应该和庆贺的气氛一致，内容应该限定为吉祥和喜庆的剧目，一般很少有人演出有悖于这个特征的剧目。清代沈复《浮生六记》曾记载其母寿诞演剧庆贺的情景：

> 吴母诞辰演剧，芸初以为奇观。吾父素无忌讳，点演《惨别》等剧，老伶刻画，见者情动，余窥帘见芸忽起去，良久不出，入内探之，俞与王亦继至。见芸一人支颐独坐镜奁之侧，余曰："何不快乃尔？"芸曰："观剧原以陶情，今日之戏只令人断肠耳。"余与王皆笑之。余曰："此深于情者也。"俞曰："嫂将尽日独坐于此耶？"芸曰："俟有可观者再往耳。"王闻言先出，请吾母点《刺梁》

---

① 王宁：《明清民俗对折子戏之影响》，《艺术探索》2010 年第 1 期。

《后索》等剧，劝芸出观，始称快。①

　　《惨别》不知何剧，当是一出剧情悲惨的折子戏，所以沈妻陈芸深感不快而离开。后来俟其母亲换着点了《刺梁》、《后索》几个折子戏后，她才出来继续观剧。显然在这种喜庆场合，演出《惨别》不合时宜。"在婚庆和贺寿的场合，吉庆折子戏有着代替祝辞的作用和意义，里社赛社中的折子戏演出，则有着几层说教的意味在里面。由于很多民俗活动本身具有的仪式性质，嵌入民俗中的折子戏有些也在某种程度上'仪式化'"②，具有仪式的意义。例如庆寿折子戏，直接敷演庆寿仪式。庆寿的仪式很多，但最主要的是祝寿，场上主要人物为承寿者、祝寿者，以祝寿者的祝寿表演为主，献贺礼、奉寿酒、祝寿词。

图4-1　《升仙记·八仙赴蟠桃盛会》版画插图

　　《乐府红珊》八种庆寿折子戏，情节、场面基本相同，内容略有差异：一是八仙庆寿类，《升仙记·八仙赴蟠桃盛会》，是庆寿演剧的典型。八仙庆寿人物最多，场面最为宏大，最为热闹，最能满足人们追求长生和喜庆的心理。二是子孙为父母庆寿类，《琵琶记·蔡伯喈庆亲寿》、《香囊记·张九成兄弟庆寿》、《投笔记·班仲升庆母寿》、《斑衣记·斑老莱

---

① 沈复：《浮生六记》卷一"闺房记乐"条，作家出版社1995年版，第22页。
② 王宁：《明清民俗对折子戏之影响》，《艺术探索》2010年第1期。

子戏娱悦》，最能体现传统孝道。三是朋友庆寿，有《泰和记·裴晋公绿野堂祝寿》、《四节记·苏东坡祝寿》、《单刀记·关云长公祝寿》。《单刀记·关云长公祝寿》既有关平为父拜寿，也有张飞为关羽庆寿，但张飞庆寿的戏份较重，所以列入此列。这些庆寿折子戏内容与庆寿完全契合，还具有"喜庆"的"看点"，即祝寿者拜寿，承寿者受祝，台上的演员代祝寿者拜寿，饮寿酒献寿词，承寿者在台下承寿，人物众多，唱念做舞，曲调喜庆，视听刺激较大，舞台效果强烈。如果是厅堂演戏，舞台上下，便于互动，酒客可以上台串戏，演员也可以下台为寿星祝寿。

自古至今，婚姻作为人生最大的喜事，庆贺自然是不能少的。普通人都是如此，贵族之家则更加重视，庆贺演剧更为常见。明传奇的生旦爱情题材众多，所占比重很大，内容多为生旦的悲欢离合，生旦的结合则是"欢"的重要内容，所以，明传奇中生旦举行婚礼的散出很多，可以用于婚庆场合的演出。《乐府红珊》选录婚庆类折子戏五种，《琵琶记·蔡议郎牛府成亲》、《联芳记·王三元相府联姻》、《玉环记·韦南康续姻缘》、《紫箫记·李十郎霍府成亲》、《双烈记·韩世忠元旦成婚》。婚庆的仪式复杂，主要敷演生旦拜堂成亲的情景，具有一定的仪式，有司仪主持礼仪，拜天地、拜高堂、夫妻对拜、喝交杯酒：

> 请状元小姐各自立一边，请我来簪礼。（致语）窃以礼重婚姻，兹实人伦之大，义当配偶。爰思宗祀之承，张设青炉，荧煌花烛，祀供藻蘋，首严见庙之仪，贽备枣榛。抑讲拜堂之礼，集珠玑瑠之客，环金钗玉珥之宾。庆会良宵，观光盛世，炉薰宝鸭，香腾袅袅之烟。步拥金莲，请下深深之拜，东拜东王公，西拜西王母，两人齐下拜，攀桂步蟾宫。
>
> ——《琵琶记·蔡议郎牛府成亲》

（净）切以礼重婚姻，兹定人伦之大义，当配偶，爰思宗社之承，缥缈奇香，荧煌花烛。（喝拜介）格祖考以垂恩，事姑舅而尽礼。（喝拜介）夫妇交拜，切以男遵乾道，女顺坤仪，虽相见之如宾，愿齐眉而到老，郎才女貌两堂堂，银烛高烧彻夜光。敬请饮交

杯酒。（饮酒介）

——《联芳记·王三元相府联姻》

（占出迎进介）众赞礼，新郎新人（拜天地介）青正垂里地，黄媪上交天，二曜长相逐，三星彻夜圆。（拜老夫人介）上寿西王母，玄都婉太真，橘花看结子，桃叶笑宜人。（交拜介）百岁为夫妇，双飞比凤凰，生男为将相，生女配侯王。（赞把酒介）

——《紫箫记·李十郎霍府成亲》

生子作为人生的一件大事，也是值得庆贺的喜事，一般要在孩子出生满一个月的时候，家人要举办满月酒进行庆贺，称"满月"或者"弥月"。有在第二天或满三天就举行庆贺的。如《四德记·金氏生子弥月》中，"（末）乐奏银屏外，花明王边，华堂开宴处，绝胜小天。自家乃状元府中个院子便是，俺老爹自从官迁南地，便道省亲在家，京中带回杨夫人，昨夜三更时分生得一子，俺老爹命我开筵邀请亲友，做一个玉鳞佳会。酒席已设停当，道犹未了。老爹早上。"在这里，生子庆贺被称为"玉鳞佳会"，玉麟指麒麟，麒麟具有祥瑞之兆，吉祥之意，是上古中国人最企盼的吉祥动物，因而有麒麟送子的传说。孩子是父母生命的延续，是家族的传承，一个家庭的祥瑞之兆，就像麒麟的出现一样，是非常值得庆贺的大喜事。《断机记·商三元汤饼佳会》："（外）吾孙今日满三朝。（旦）又喜公婆六十周。（外）老拙始生何足羡。（净）生儿长大绍其裘。（末）（上云）有事不敢不报禀老员外得知。（外）有喜事？（末）亲家老夫人来贺喜我家。（外）快请进来。"

《乐府红珊》选录生子内容的散出五种，但是涉及生子庆贺的有《断机记·商三元汤饼佳会》、《百顺记·王状元浴鳞佳会》、《四德记·金氏生子弥月》，这三种散出在《词珍雅调》有"贺添丁"一类也有选录，分别为"秦亲家贺生商辂"、"王增状元生子"、"冯京弥月亲朋相贺"。庆贺满月的折子戏主要敷演亲朋前来祝贺，主人要举办满月酒款待亲朋好友。祭祖是满月庆贺的重要仪式：

· 129 ·

【临江仙】（旦）最喜神人，相叶吉门墙，喜气春浓，儿当满月，祭先宗，蚁浮杯面绿，绛烛映心红。奴家金氏是也，且喜小儿冯京，今当满月之辰，适来祭过祖先，余下祭品，已着人去请老安人与陈褚二娘子，至今尚未见到来。

——《四德记·金氏生子弥月》

不过庆贺生子的仪式感要弱一些。给孩子金盆洗澡换上新衣服，抱出来让亲朋看，接受亲朋的祝贺，有的还要请亲朋为孩子起名：

（净）奉启老先生，欲求令孙一见，未知尊意如何？（外）只恐黄口小儿有污长者青目。（外）既如此，着翠环好生抱将出来。（丑抱儿介）金盆洗罢桃花煖，绣袄抱来桂子香。小大叔在此。（外）二位请看。（小）诚哉麒麟儿也。（外）过矣。（净）小生备有金钱绣帕以奉令孙，愿百年长寿。（外）多谢了，小王兄在上，小弟素处寒薄，愧无可敬，口占一首，代折长算，愿贤桥梓纳哪。（生）嗟嗟小子何劳嘉谕。（净）请吟了。（小）气宇识岩廊，丰姿明玉璧，五福须他年，绵绵如络绎。（生）重承美赞。（外）孩儿，适闻杜先生佳作甚妙，就将"绵绵如络绎"取字命名，将后来他官名就叫作王绎便了。（净）取酒来，为令孙庆名一杯。

——《百顺记·王状元浴鳞佳会》

科举制度自隋代产生，至唐代臻于完善，再到宋元明清的高度成熟，日益成为文人入仕的重要途径，尤其是贫寒之士，科举甚至成为他们入仕的唯一途径。"十年寒窗无人问，一举成名天下知"，科举及第能带来无比的荣耀。所以，无论贵族还是庶族，甚至官府，都把科举考试看得非常重要。科举及第当然是可喜可贺的大事，及第状元留在京城赴琼林宴会，县州府则派遣特定人员到及第士子家中报喜，称之为报捷。《乐府红珊》选录"报捷类"散出七种，《丝鞭记·吕状元宫花报捷》、《四德记·冯京报捷三元》、《玉簪记·潘必正及第报捷》、《西厢记·张君瑞泥金报捷》、《米糷记·高文举登第报捷》、《玉鱼记·郭子仪泥金报捷》、《萃盘记·窦燕山文武报捷》。《词珍雅调》选录此类情节的散曲很多，或称"金榜题名"，或为"武闱高捷"、"及第类词"。剧曲"狄仁杰及第"、"蔡伯喈及第"、"张久成及第"、"五子登科捷报联房"，《乐府红珊》也有选录。报捷类折子戏敷演男子赴试之后，父母、妻子在家期盼结果的忐忑，终于盼来男子及第的喜讯，苦尽甘来，修成正果，以喜庆结束。这类折子戏很适合及第庆贺时演出。

二　群戏的表演范式

从舞台表演范式来看，《乐府红珊》庆贺类折子戏皆属于群戏。浦江清先生认为："按诸实际，杂剧多半演于勾栏，或应官府良家的召唤，所谓'戾家把戏'者，思想，宣传，都谈不到，目的还是娱乐及庆贺。"[1]庆贺演戏的目的除了表达祝贺外，还必须要渲染喜庆热闹的气氛，感染观众。庆寿是庆贺中非常重要的一类。"八仙庆寿"是最典型的庆寿折子戏。"八仙庆寿"折子戏即演八仙受玉帝指派向西王母祝寿，都有八仙同时登场的表演。周巩平先生在论述《缀白裘》开场戏"八仙庆寿"时说："生旦净丑各门脚色的唱念做舞表演，各种气氛的音乐伴奏，五彩缤纷的服饰和行行色色的道具砌末，并有严整的排场，各类脚色表演依剧情的推进有序地层层展开产生强烈的舞台效果。"[2]其他庆寿折子戏与"八仙庆寿"相类，这种剧演的特征可称为"群戏"。"群"有"诸"、"众"的意思。它不仅指场上脚色众多，戏份匀称，也指各种脚色在场上的活动丰富，唱念做舞，淋漓尽致，唱有轮唱、合唱，祝颂长寿喜庆的曲文，由先慢后快，由慢趋紧的节奏，促成了演剧的高潮，舞台效果极为强烈。总之，庆贺类折子戏皆具有以下鲜明的特征。

首先，脚色众多，场面宏大。脚色众多是群戏的主要特点，戏中人物先后登场，同时在场祝寿，舞台场面比较壮观，有助于形成热闹的气氛。在群戏中，同时在场人物，既有接受祝贺的承寿者，也有祝寿者，

---

① 浦江清：《八仙考》，《浦江清文录》，人民文学出版社 1989 年版，第 11 页。
② 周巩平：《谈〈缀白裘〉的"副末开场"》，《艺术百家》1997 年第 2 期。

有儿孙，有亲朋，少者五六人，多者七八人，有的甚至多至 10 人。其
中"八仙庆寿"人物最多，除八仙外，还有西王母、西王母的殿前侍
女、奉蟠桃的众仙女，有十几个脚色同时在场。如《乐府红珊》选录
《升仙记·八仙赴蟠桃盛会》，是曲白俱录的舞台演出本。它本未见，现
录如下：旦扮王母殿前侍女朱仙姊唱【点绛唇】一支出场，夫旦扮王母
唱【北点绛唇】出场：

> 吾乃西王母是也，德通三元，灵趋二曜，逍遥一十八洞神仙，
> 神仙皆我统御，我这度索山有桃林数株，三千年一开花，三千年一
> 结子。此果一食，长生不老。每遇桃熟之时，群仙皆来聚会，称觞
> 上寿，今当会期，我已着仙童玉女安排筵席，等待众仙齐至庆缳则
> 个。（旦）禀娘娘得知，我只□见海岛边车骑云从，想是众位仙皆
> 来了。

接着八仙各演唱【耍孩儿】一支先后登场，然后同时在场，分别介
绍自己：

> （外）我是钟离第一仙，头上横攒五岳冠，饮海□儿人不识，
> 烧山符手鬼头看。（生）第二仙人吕洞宾，千百年前进□身，功满
> 蓬莱为别馆，道成□□是黄金。（净）第三仙人张果老，香风不动
> 松花老，骑驴踏向□街游，化阵清风不见了。（末）第四神仙曹国
> 舅，不受金章与紫绶，修行纳却虎头牌，铁罩肩挑驾云雾。（外）
> 第五神仙蓝采和，玉板轻巧踏踏歌，朝骑鸾凤到碧落，暮见桑田生
> 白波。（丑）第六神仙铁拐李，睁开大眼唬鬼死，手提铁拐海中游，
> 脚踏平皋不着水。（旦）第七神仙何仙姑，笊篱天地在悬壶，不惭
> 弄玉骑丹凤，曾跨虬龙在八湖。（小）第八神仙韩湘子，青山绿水
> 吾家处，简鼓敲来天地宽，小小一瓢藏太宇。（外）列位仙子，此
> 乃瑶池之上，可进见王母娘娘，庆寿则个。（众参见介）

非常可贵的是，此折的八仙人物与我们今天的认识相同，确定了八仙的排序。与"八仙庆寿"相类，其他庆寿折子戏也有众多脚色在场。如《乐府红珊》之《泰和记·裴晋公绿野堂祝寿》。《泰和记》没有全本流传，只存散出于戏曲选本中。《泰和记》共有 24 种单折杂剧，"按 24 气，每季填词六折，用六古人故事，每事必具始终，每人必有本末"[①]。据目前的搜集整理，已有 16 种得以确认。[②] 这 16 种不包括《裴晋公绿野堂祝寿》。此出仅存于《乐府红珊》及《玉谷新簧》，《玉谷新簧》仅见目录，正文原缺。剧演小春天气，裴度裴丞相降诞之辰，白居易、刘禹锡、如满和尚前往贺寿，敬奉酒盒寿轴并赞，并献上各自玩妾、家童、徒弟表演歌舞表演。出场人物有末扮裴丞相府中院子，小生扮白居易，生扮刘禹锡，净扮如满和尚，外扮裴度，旦、占扮樊素、小蛮，副末扮小玲珑，丑扮小和尚，至少 10 个脚色在场。其他庆贺类折子戏也是如此，同时在场人物，少者五六人，多者七八人，有的甚至多至 10 人。而且，上场脚色的戏份相差不多，比较均匀，没有明显的主次差别，全部都演唱曲文。为了有直观的认识和了解，将群戏的脚色列出。

出目	脚色（按出场顺序排列）	备注
八仙赴蟠桃盛会	旦扮王母殿前侍女朱仙姊 夫旦扮王母 外扮汉钟离 生扮吕洞宾 净扮张果老 末扮曹家国 小扮蓝采和 丑扮铁拐李 旦扮何仙姑 小扮韩湘子	10 个脚色同时在场 都有演唱

---

① 沈德符：《顾曲杂言》，《中国古典戏曲论著集成》（四），中国戏剧出版社 1959 年版，第 207 页。

② 麻国君：《关于许潮杂剧四种的发现》，《戏剧学习》1981 年第 3 期；刘奇玉：《许潮及其〈泰和记〉》，《贵州民族学院学报》2003 年第 1 期；陈爽：《〈泰和记〉考辨》，《扬州大学学报》2008 年第 3 期。

续表

出目	脚色（按出场顺序排列）	备注
裴晋公绿野堂祝寿	末扮裴度晋公丞相府中院子 小生扮白居易 生扮刘禹锡 净扮如满和尚 外扮裴度 旦、占扮樊素、小蛮 副末扮小玲珑 丑扮小和尚	旦占、副末、丑轮流上场 其他脚色同时在场 最多时七个脚色同时在场 除末扮院子外，其他脚色都有演唱、歌舞表演
寿亭侯祝寿	小扮关平上 末扮关羽 丑扮周仓 净扮张飞 外小扮军民上	军民人数不详，但应该不少于3个，最少也有七人同时在场 都有演唱
老莱子戏彩悦亲	生扮莱子 旦扮莱子妻 外、净扮莱子父、母 占扮玄孙 末、丑扮莱爵、莱禄	7个脚色同时在场 都有演唱
蔡议郎牛府成亲	外扮牛丞相 末扮院子 生扮蔡伯喈 净、丑扮牛府仆人 占扮牛府小姐	6个脚色同时在场
李十郎霍府成亲	旦扮霍小玉 小旦扮侍女 占扮四娘 生扮李十郎 夫扮老妇人 丑扮赞礼	6个脚色同时在场
商三元汤饼佳会	旦扮金氏 外、净扮冯商父、母 末扮院子 占扮亲家夫人	5个脚色同时在场
王状元浴麟佳会	末扮院子 生扮王曾 外扮王曾父 净、小生扮邻人钱富庵、杜栾斋 丑扮翠环	6个脚色同时在场

其次，脚色轮唱，铺排而有序，多脚色合唱，紧凑而热闹。轮唱是指不同脚色先后演唱一支同曲牌的曲子，一般先由几个脚色轮唱，曲文内容是祝寿之词。不同的脚色装扮，相同的曲调和节奏，相类的曲文内

容，同而不同，紧凑而有变化，有序而热闹。如《乐府红珊》选录《升仙记·八仙赴蟠桃盛会》，旦扮侍女朱仙姊唱【点绛唇】引子出场，夫旦扮西王母唱【北点绛唇】引子出场，接着八仙轮唱：

【耍孩儿】天边袅袅祥烟覆，五云车频频辐辏。神仙八个会瀛洲，各持着海屋仙筹。（外）第一位神仙汉钟离，五岳冠横云气浮，观世界如拳大，杖头春色乐饮无休。

【四煞】（生）吕洞宾剑气雄，跨白鹤云外游。青蛇胆气粗藏袖，洛阳三入人难识，朗吟飞过洞庭州。有好酒能消受，岳阳松老曾与相酬。

【三煞】（净）张果老到骑驴，饮醍醐不记瓯，清风明月两绸缪。（末）曹家国舅吹箫至，壶乾坤任自由。这快乐谁能长与，那白云作伴日月为俦。

【二煞】（小）蓝采和踏踏歌濠梁，飞到十洲云阳，板打鸣球奏。（丑）铁拐仙人李孔目，药葫芦内紫烟浮，尘寰里无踪迹，则和那烟霞笑傲，心地里无虑无忧。

【一煞】（旦）何仙姑驾云来，笊篱上紫霞流。（小）韩湘子简鼓相随，手提三尺降魔剑，世界将来瓢里收。绛霞液凌晨呪雪在，蓝关雪里把叔父恩酬。

八仙轮唱【耍孩儿】五支出场，各具特色的装扮，形形色色的道具，相同的曲调，相类的曲文，自我介绍按序出场，场面铺排宏大。接着又合唱【画眉序】两支，【油葫芦】、【叨叨令】各一支，为西王母拜寿，节奏趋紧，曲调喜庆，场面热烈，舞台效果强烈。

《裴晋公绿野堂祝寿》中，参加祝寿人物唱引曲出场后，【骑马待风云】连用五支，小生扮白居易、生扮刘禹锡、净如满和尚、外扮裴度、樊素与小蛮轮唱祝寿。《苏东坡祝寿》选录较少，除《乐府红珊》之外，《大名天下春》选录《四节记·朝云庆寿》，与《乐府红珊》曲白均相同。剧演苏轼贬官黄州团练副使已三载，其妾朝云、杭州官妓琴操奉寿酒称寿，并献歌舞祝贺。生扮苏轼、旦扮朝云、占扮琴操，【香柳娘】三支连用，生旦轮唱，最后众人合唱，敷演对寿星的祝福。《韩世忠元旦成婚》中，【凉州序】四支连用，由夫扮梁夫人、生扮韩世忠、旦扮梁小姐、丑扮院子轮唱，而且，每一支曲子都是先由角色演唱，再合唱重复一遍，敷演对新人的祝福和对母亲的感激之情，气氛热烈。

庆贺类折子戏使用曲调以【锦堂月】套和【画眉序】套为多。【锦堂月】套为昆曲南曲曲调，以【锦堂月】为首，【醉翁子】居中，【侥侥令】最后。【锦堂月】三支或四支连用，用于脚色轮唱祝寿。【醉翁子】两支连用，【侥侥令】连用两支，用于轮唱或合唱祝寿。脚色由轮唱到合唱，所有脚色在场，曲调由慢到紧，有缓到急，声音由弱到强，喜庆气氛达到高潮，舞台效果最为强烈。用此套曲者最多，有《玉玦记》"商庆妈寿"，《金貂记》"鄂公庆寿"，《百顺记》"王曾祝寿"，《泰和记》"裴晋公绿野堂祝寿"，《单刀记》"汉云长公祝寿"（"汉寿亭侯庆寿"），《斑衣记》"老莱子戏彩悦亲"，《投笔记》"班仲升庆母寿"（"班定远庆母寿"），《香囊记》"张九成兄弟庆寿"，《紫箫记》"李十郎霍府成亲"等。《张九成兄弟祝寿》中，【锦堂月】连用四支，生小旦占轮唱祝寿，【醉翁子】连用两支，生旦、小占轮唱，【侥侥令】连用两支，生旦、小轮唱，【醉翁子】、【侥侥令】由两个脚色先分唱后合唱。《李十郎霍府成亲》中，在霍小玉与李十郎举行也使用【锦堂月】套，婚礼仪式之后，分别由占扮四娘、夫扮老妇人、丑演唱，表达对新人的祝福和李十郎的喜悦。

　　【锦堂月】（占）吹锦云鲜，流珠日暖，春光蝉连画院，镂牒帘纹，笑隐芙蓉娇面，金茎蝶半簇华翘，香树蛾满堰丝茧。（合）持筋劝，看取才子佳人，百年姻眷。

　　【前腔】（夫）欢宴，橘浦仙媛，兰陵贵士，同进花台法膳，月醴华清，银棱翠勺河源，金平脱半筋萍荠，画油盒儿家禁脔。（合前）

　　【前腔】（丑）宛转，绣履墙偏，琼织缝表，寒玉暖笙初啭。新样钗篦，点鬘招弄婵娟，星星语透竹玲珑，欹欹催贴花檀串。（合前）

【前腔】（生）情盼，织女星传，美人虹阙，暗襭画鸾金线。衬体红销，烛夜花房如茜，长头锦翠荟宜男，同心枕夜明如愿。（合前）

接着使用：

【醉翁子】（夫）堪羡，这才华定参时彦，怕京都纸价高，洛阳花贱。（生）不浅，似海样深恩，何处金珠买翠钿。（合）成姻眷，但愿天边明月，四季团圆。

【前腔】（旦）闲辨，你早晚要魁金殿，看织锦回文，裁纨歌扇。（生）情愿，对热脑梅花，一缕真香结誓言。（合前）

【侥侥令】（占）灯花红笑颤，高烛步金莲，且喜阑夜，口脂香碧唾，环影耀金蝉，爱少年。

【前腔】（众）颜酡春晕显，花月好难眠，无奈斗转，银虬催漏悄，翠凤袅鬟偏，待晓天。

【尾声】黼帐流苏度百年，作夫妻天长地远，还愿取桂子兰孙满玉田。

【画眉序】套的使用率仅次于【锦堂月】，由【画眉序】、【滴溜子】、【滴滴金】、【鲍老催】、【双声子】等曲调组合。徐渭《南词叙录》认为"【画眉序】则续之以【滴溜子】。"说明这一南曲曲调组合具有较强的稳定性。【画眉序】多连用三支或四支，脚色轮唱，如《尧天乐》选录《蟠桃记》（版心题《庆寿词》）"八仙庆寿"（蟠桃会祝寿新词），【画眉序】四支连用，【滴溜子】两支连用。《蔡议郎牛府成亲》中，在蔡伯喈与牛府小姐举行了婚礼之后，【画眉序】四支连用，分别由外扮牛丞相、生扮蔡伯喈、贴扮婢女、净扮使女和丑扮男仆轮唱，表达蔡伯喈的欣喜之情和其他人对新人的祝福：

【画眉序】（生）攀桂步蟾宫，岂料丝萝在乔木，喜书中今朝有女如玉，堪观处丝幔牵红，恰正是荷衣穿绿。

【前腔】（外）君才冠天禄，我的门楣稍贤淑。看相辉清润萦然冰玉，光掩映孔雀屏开，花烂漫芙蓉祔褥。（合前）

【前腔】（贴）频催少膏沐，金凤斜飞鬘云蠹，喜逢萧史，愧非弄玉，清风引佩下瑶台，明月照妆成金屋。（合前）

【前腔】（净丑）湘裙展六幅，似天上姮娥降凡俗，喜蓝田今已种成双玉，风月寨阆苑三千，云雨笑巫山二六。（合前）

接着使用【滴溜子】一支、【鲍老催】一支、【滴滴金】一支、【鲍老催】一支、【双声子】一支。《百顺记》"王状元浴鳞佳会"中，剧中人物出场之后，【画眉序】连用四支，由生、净、外、小轮唱，抒发生子的喜悦之情和对孩子的祝福：

【画眉序】（生）晴日正瞳瞳，瑞气祥烟蔼帘栊，荷皇天宠赐，一子承宗，纵休夸佳兆为熊，尤幸似明珠生蚌。（合）酒杯齐向花前酌，相期福寿无穷。

【前腔】（净）华屋产人龙，孔释云中亲抱送，喜邻家习习，尽遗香风，应知是逐电神驹，端不让朝阳鸣凤。（合前）

【前腔】（外）二位，我夫呵，白发半衰翁，添此兰孙实珍重，待他年长大，为我扶节，虽不慕五桂齐芳，且自□□□深种。

【前腔】（小）萧鼓震雕薨，庆喜花枝乱遮拥，贺麒麟一夕，飞下天宫，朱扉外弧矢高悬，绣幕中珪璋欢弄。（合前）

接着使用：

【滴溜子】（净）银壶泻，银壶泻，珍珠色红，琼卮泛，琼卮泛，绿蚁浮动，大家齐声欢哄千金此立名，绝胜晁董，愿取他年，拂袖登庸。

【鲍老催】（小）清标美容，绝胜晁董，双眸宛若秋水笼，啼声试听润且宏，壮乾坤，胜瑚琏，真梁栋，食牛气已惊众人众，文童拟步白玉堂，声名预卜黄金瓮。

【滴滴令】（众）雕盘汤饼庖厨贡，玉碗琼浆慢传送，织歌飞起行云遏，紫衣人，能承奉，欢声相共，燃香尽把南山颂，南山颂，绵绵瓜瓞根深地迥。

【鲍老催】（众）庭花影重，幽香万斛飘午风，人间乐事天意从，凤凰栖，鸺鹭班，蓬莱洞，垂笤定许皇家用，誇富贵，推尊重，决不羡，长庚梦。

【双声子】（末）笙歌纵，笙歌纵，似百鸟，花间哢，杯斝（原缺，以《群音类选》"王曾得子"补）充，杯斝充，胜三峡，尊前涌，歌未终，歌未终，栖鸦冗，栖鸦冗，把金荷绛蜡，高照玲珑。

【尾声】浴麟宴罢归人拥，醉艳丝疆跨玉骢，笑别风前落照红。

《四德记》"金氏生子弥月"中，旦、占、夫、净出场之后，轮唱【画眉序】四支，抒发喜悦之情和对孩子美好未来的展望，接着使用【滴溜子】一支、【双声子】一支、【尾声】。

最后，行头华丽，念白做舞，视听刺激强烈。《梼杌闲评》中描写八仙庆寿时的场景："看不尽的行头华丽，人物清标，唱套寿域婺星高，王母娘娘捧着鲜桃送到帘前上寿。"[1] 八仙行头的华丽自不待言，就是俗人庆寿，也会穿戴喜庆的行头，甚至舞台布置也是喜庆的色彩。戏曲脚色的动作是通过科介表现出来的。"科，相见、作揖、进拜、舞蹈、坐跪之类。身之所行，皆为之科。"[2]《乐府红珊》宾白科介俱录，是典型的舞台演出本，其"庆寿类"最能完整、集中地表现庆寿折子戏的内容。庆寿仪式是庆寿折子戏的主要内容，亲人宾客向寿星奉酒祝寿，奉献贺礼，敬献贺词。最多的科介是拜寿，例如《单刀记·寿亭侯祝寿》中，小扮关平，占扮关平夫人，"（小）（占）父王请坐，孩儿拜寿。""（小）（占）孩儿效老莱子戏斑衣。"《琵琶记·蔡伯喈祝亲寿》中：生

---

① 《梼杌闲评》，人民文学出版社 1983 年版，第 24 页。
② 徐渭：《南词叙录》，《中国古典戏曲论著集成》（三），中国戏剧出版社 1959 年版，第 246 页。

扮蔡伯喈祝亲寿，"（生）告爹妈得知，人生百岁，光阴几何，喜得爹妈年满八旬，孩儿一则以喜，一则一惧，聊具一杯蔬酒，与爹妈称庆则个。（外）阿婆，这是子孝双亲乐，家和万事成。（生进酒介）"《香囊记·张九成兄弟庆寿》中，生、小扮张九成兄弟，"（生小跪云）告覆母亲，且喜萱花无恙，棠棣联芳，虽无王母蟠桃之宴，聊效莱子戏彩之欢，况身闲无事，当此春和景明之特，聊具蔬酌，为母介寿则个（生进酒介）"。

主人具备的丰盛的酒筵，祝寿者敬献的琳琅满目的寿礼，配合脚色的拜寿、献礼、饮酒等科介，都会给观众强烈的视觉刺激。除此之外，配合寿礼的寿轴一般都有诗赞，唱曲之中夹杂诗赞念白，富有变化，更具吸引力。《乐府红珊》选录《升仙记·八仙赴蟠桃盛会》中：

> （旦捧仙桃出献介）（诗）度索山高紫气鲜，仙葩遥挹碧云天，灵芝盘曲三千里，瑶世疑成百世绵，玛瑙广垂圆脆质，胭脂新点紫酡颜，祥光覆绕金盂捧，共啖琼浆庆寿筵。

《乐府红珊》选录《单刀记·寿亭侯祝寿》中：

> （丑）一事禀上千岁爷爷，主上颁有御诗一轴，彩□十端，山麓二对，朝帽一顶，钦赐千岁加官进禄。（末）礼仪摆列，就将御诗悬挂。（挂诗诵介）毓秀锺灵应世生，普天感戴欲中兴，试看龙虎风云会，一望孙吴尽扫平。
>
> （外小扮军民上）共喜干戈静，同沾德泽□，千秋初度日，三祝效华封。（见介）千岁爷爷寿诞，军民敬具寿轴祝寿。（跪念轴介）汉祚悠悠四百春，喜逢圣主复中兴，龙盘西蜀生灵乐，虎踞荆襄逐寇惊，百战曾经成伟烈，三分今已着奇勋，千秋共向君侯祝，禄位相传子及孙。

《泰和记·裴晋公绿野堂祝寿》表现突出，小生扮白居易、生扮刘禹锡、净扮如满和尚分别向裴晋公进献贺礼：

> （小生）左右将盒酒并寿轴过来。（副末）盒酒寿轴在此。（小生）老夫无以为贺，画老子出关图并赞以献。（诗曰）秘藏函谷关中，老来献蓬莱阁上仙，愿得须眉如此老，却教龟鹤羡长年。左右斟上酒来。
>
> （生）后进愧无以贺，敬绘张良辟穀之图并赞以献。（赞曰）智哉留侯蹙项羽，刘黄石授书赤松，与游名齐园绮迹，拟巢由秋空黄鹤，春日青牛，年年来此海屋填筹，左右斟上酒来。
>
> （净）小僧愧无以贺敬，描范蠡归湖图并赞以献。（赞曰）贤哉陶朱伯越平吴，名遂身退游泛五湖。

《斑衣记·斑老莱子戏娱悦》中：

> 看酒上来，举家原贺一杯。（众饮酒介）（外）取一家庆图来，待我题赞几句。○百岁光阴瞬息间，簪缨五代福俱全，孩儿养志年稀古，荆室齐眉鬓上班，曾记少年骑竹马，犹思旧日待龙颜，传家忠孝人难及，重见儿孙继祖贤。（一家拜谢天地介）

赞礼是婚庆类折子戏中必不可少的内容，诗歌韵文的念白，再配合新人行拜礼的动作，具有较强的舞台效果。如《蔡议郎牛府成亲》：

> 请状元小姐各自立一边，请我来簪礼。（致语）窃以礼重婚姻，兹实人伦之大，义当配偶。爰思宗祀之承，张设青炉，荧煌花烛，祀供藻蘋，首严见庙之仪，贽备枣榛。抑讲拜堂之礼，集珠玑琲瑠之客，环金钗玉珥之宾。庆会良宵，观光盛世，炉薰宝鸭，香腾袅袅之烟。步拥金莲，请下深深之拜。东拜东王公，西拜西王母，两人齐下拜，攀桂步蟾宫。

又如《李十郎霍府成亲》：

众赞礼，新郎新人（拜天地介）青正垂里地，黄媪上交天，二曜长相逐，三星彻夜圆。（拜老夫人介）上寿西王母，玄都婉太真，橘花看结子，桃叶笑宜人。（交拜介）百岁为夫妇，双飞比凤凰，生男为将相，生女配侯王。（赞把就介）

再如《王三元相府联姻》：

（净）切以礼重婚姻，兹定人伦之大义，当配偶，爰思宗社之承，缥缈奇香，荧煌花烛。（喝拜介）格祖考以垂恩，事姑舅而尽礼。（喝拜介）夫妇交拜，切以男遵乾道，女顺坤仪，虽相见之如宾，愿齐眉而到老，郎才女貌两堂堂，银烛高烧彻夜光。敬请饮交杯酒。（饮酒介）

庆寿折子戏中的歌舞表演是祝寿的一项重要内容，这一风俗源于老莱子戏彩斑衣孝亲。《乐府红珊》选录《斑衣记·斑老莱子戏媅悦》，此剧未见著录，演老莱子斑衣戏舞悦亲故事。生扮老莱子祝亲寿"（跪介）上告爹娘得知，孩儿年雉七十，筋力甚健，待孩儿来歌舞一曲，劝爹娘饮酒则个。（外）不可儿戏。（生着斑衣介）孝养双亲志不违，行年七十奉□□，欲求父母心欢悦。（□□婴儿戏彩衣歌舞介）"。老莱子不仅为双亲歌舞祝寿，而且还着彩衣，舞台效果再次增强。祝寿折子戏中多有孝子效仿老莱子戏彩斑衣为父母祝寿，此歌舞表演，具有较强的视听效果。如《单刀记·寿亭侯祝寿》中：

（小）（占）父王请坐，孩儿拜寿。……（小）（占）孩儿效老莱子戏斑衣。

《香囊记·张九成兄弟庆寿》中：

（生小跪云）告覆母亲，且喜萱花无恙，棠棣联芳，虽无王母蟠桃之宴，聊效莱子戏彩之，况身闲无事，当此春和景明之特，聊具蔬酌，为母介寿则个。

又如《泰和记·裴晋公绿野堂祝寿》中：

（小生）仆有二玩妾，一名樊素善歌，一名小蛮善舞，仆以衰老，一向要放去，彼惨然不肯舍去，今且唤来歌舞一绝，以乐丞相。院子你快与我唤来（旦贴同上）禀丞相，贱妾叩头。（小生）樊素你歌，小蛮你舞，以奉丞相，待丞相作成你一个美少年。（旦贴作歌舞介）

（生）仆有小家童一个，名唤小玲珑，善歌，唤来歌一个曲，以乐丞相，院子与我唤来。（末唤介）（副末）禀丞相，小奴叩头。（生）你歌一个好风流的曲儿以奉丞相寿酒。（副末歌介）

（净）小僧有个小徒弟，会作鹤舞善唱道情，院子与我唤来，唱舞以乐丞相。（末唤介）（丑上）列位老爷，小和尚叩头。（净）你可唱些道情，效白鹤舞侑丞相寿酒。（丑鹤舞唱介）

在此折中，旦贴既歌又舞，副末做歌，丑唱既唱道情又效鹤舞，载歌载舞，无不冲击着观众的视听感官，舞台效果强烈。

三　曲调组合方式示例

第一，《乐府红珊》庆贺类折子戏情节内容基本相同，全部用于喜事庆贺，因而曲文声情相同，曲调组合方式也基本相同。由于昆曲的创作一直缺乏专门的理论指导，一般是以范本为指导，如《昆曲曲牌及套数范例集》（南套），俞为民《昆曲格律研究》中"昆曲南曲曲调套式述例"，将相同的套式例曲加以展示，为相同情节内容的创作提供范例。《乐府红珊》将同类型范例放在一起，集中展示，很多套式是相对稳定的，稳定之中有灵活之处，相同之中有一些差异，力求示例全面。

出目	曲调组合方式（套式）
八仙赴蟠桃盛会	【点绛唇】（旦）羽盖飞黄， 【北点绛唇】（夫旦扮王母上）仙桃□□□□□□ 【耍孩儿】天边袅袅祥烟覆， 【四煞】（生）吕洞宾剑气雄， 【三煞】（净）张果老到骑驴， 【二煞】（小）蓝采和踏踏歌濠梁， 【一煞】（旦）何仙姑驾云来， 【煞尾】蓬壶仙子拥， 【画眉序】（众）玉笛间云璈乐奏， 【油葫芦】仙侣喜汪洋， 【叨叨令】一仙音合殿响， 【四时花】蓬莱上仙景悠扬，
裴晋公绿野堂祝寿	（末）【蝶恋花】菊花摧残秋已暮， 【生查子】（小生）鹤发老丈魔， 【前腔】（生）谢却凤凰池， 【临江仙】（净）杯渡锡飞人已逝， 【卜算子】（外）瑞气郁葱葱， 【骑马待风云】（生）南极光躔， 【前腔】（净）德迈留侯， 【前腔】（外）解组投簪， 【前腔】（小生）一点虚灵， 【前腔】（旦）画麒麟， 【北小梁州】（副末）晴光冉冉小阳天， 【前腔】（副末）白头重整旧姻缘， 【南宫一枝花】（丑）威宣虎豹关， 【梁州】（丑）功将成逐了无头律， 【尾声】今日呵，
关云长公祝寿	【霜天晓角】（小）仲夏初临， 【前腔】（末）律纪蕤宾， 【满江红】（净）祝融司令□炎蒸， 【锦堂月】寿介长春， 【前腔】欢幸，宠渥恩荣， 【前腔】（小）（占）家庆，海屋筹臻， 【前腔】听命，叨享尊容， 【醉翁子】恭庆，钱铿并茂， 【前腔】欢咏，论人子须悦亲心， 【侥侥令】（净）华筵开寿锦， 【前腔】（末）北阙谢恩命， 【驻马听】汉世功臣， 【前腔】义重超群，
班仲升庆母寿	【齐天乐】（生）十载历尽寒窗雪， 【花心动】（夫）阳谷春回， 【普贤歌】（丑）邻家有酒郁金香， 【锦堂月】冻解银塘， 【前腔】（旦）华堂，绛蜡垂光， 【前腔】（丑）祈祥，万寿无疆， 【前腔】（夫）门墙，清白流芳， 【醉翁子】（生）惆怅，守困苦事亲无禄养， 【前腔】（夫）端想，吾老矣贫无所望， 【侥侥令】（生）花间翻蝶板， 【前腔】（夫）笑谈珠玉灿， 【尾声】坐花醉月休悒怏，

出目	曲调组合方式（套式）
斑老莱子戏婇悦	【宝鼎香】（生）晚景悠悠， 【霜天晓角】（旦）荣华共享， 【宝鼎香】（外）暮景韶光， 【锦堂月】（生）春日和畅， 【前腔】（旦）天相，暮景康强， 【前腔】（外）欢畅，家庆图张， 【前腔】（净）惆怅，晚景非常， 【醉翁子】（生）星朗，映绮席光浮春酿， 【前腔】（外）古往，羹筵铿八百韶光， 【侥侥令】班衣辉锦帐， 【前腔】仙桃来海上， 【余文】千红万紫斗春光， 【驻马听】（外）（净）福寿康宁， 【前腔】（生）（旦）（孙）富贵遐龄，
蔡伯喈庆亲寿	【瑞鹤仙】（生）十载亲灯火， 【宝鼎儿】（外）小门深巷， 【锦堂月】（生）帘幕风柔， 【前腔】（旦）辐辏，获配鸾俦， 【前腔】（外）还愁，白发蒙头， 【前腔】（净）还忧，松竹门幽， 【醉翁子】（生）回首，叹瞬息鸟飞兔走， 【前腔】（外）卑陋，论做人要光前耀后， 【侥侥令】（生）（旦）春花明彩袖， 【前腔】（外）（净）夫妻好厮守， 【十二时】山青水绿还依旧，
张九成兄弟庆寿	【齐天乐】（生）读书无意登廊庙， 【花心动】（旦）闺梦惊回， 【锦堂月】（生）红入仙桃， 【前腔】（小）难报，母亲劬劳， 【前腔】（旦）祈祷，亲寿弥高， 【前腔】（占）垂老，素发飘萧， 【醉翁子】（生）难效，那闵损与曾参子道， 【前腔】（小）听告，论为子事亲当显耀， 【侥侥令】（生）檐花明绣袄， 【前腔】（小）银缸燃凤脑， 【尾声】得欢笑处须欢笑，
苏东坡祝寿	【一剪梅】（生）一官牢落谪黄州， 【前腔】（旦）碧天一夜火西流， 【二犯傍妆台】（生）三载谪黄州， 【前腔】（旦）何必叹淹留， 【霜天晓角】（占）沽来美酒， 【香柳娘】（旦）把金瓯满浮。 【前腔】（生）酒真能扫愁。 【前腔】（旦）酒斟来满瓯。 【前腔】（众）看明月满楼。

出目	曲调组合方式（套式）
蔡议郎牛府成亲	【传言玉女】（外）烛影摇红， 【女冠子】（生）马蹄笃速， 【前腔】妆成闻唤促， 【画眉序】（生）攀桂步蟾宫， 【前腔】（外）君才冠天禄， 【前腔】（贴）频催少膏沐， 【前腔】（净丑）湘裙展六幅， 【滴溜子】漫说道好姻缘， 【鲍老催】劝相公，翠眉漫蹙， 【滴滴金】金猊宝篆香馥郁， 【鲍老催】他意深爱笃。 【双声子】（净）郎多福，郎多福。 【余文】百年夫妇真不俗，
王三元相府联姻	【莘地锦珰】（外）少年婚娶奏金銮， 【哭婆婆】（生）（小）前呼后拥纷纷随殿， 【莘地锦珰】（旦）（占）羞蛾轻蹙日偷弹， 【画眉序】（小生）月老定姻缘，喜得□谐好姻眷。 【前腔】（小生）月老定姻缘，占五百年前已蒙绾。 【前腔】（外）（丑）幸喜配婵娟， 【前腔】（净）（末）珠履客三千， 【滴溜子】（外）（丑）读书的，读书的， 【鲍老催】（生）（小）佳期堪羡， 【滴滴金】（旦）（占）洞房花烛光耀焰， 【鲍老催】（众）仁心一点， 【双声子】（末）（净）郎堪羡，郎堪羡， 【余文】仙郎天女成姻眷，
韦南康续姻缘	【金珑璁】（生）杖节专， 【前腔】（小）蜀道天然险分符， 【西地锦】（旦）夜榻孤灯吐焰， 【前腔】（占）落叶梧桐井畔， 【红衲袄】（小）谁似你，正青春登将坛， 【前腔】（旦）愿高明，与乾元为运旋， 【前腔】（占）昔是个，蕴青编白屋贤， 【前腔】（生）奉班尊鹓鹭联幸， 【青衲袄】（小旦）念微名唤玉箫。 【黄莺儿】（小生）玉润小裙， 【前腔】（旦）盟冷事重谐， 【前腔】（生）破镜久尘埋， 【簇御林】（小旦）前身愿， 【前腔】（占）鸳鸯骨， 【香柳娘】（众）把华筵再开。 【前腔】（众）喜明月又来。 【尾声】文经武纬真英迈，

续表

出目	曲调组合方式（套式）
李十郎霍府成亲	【鹊桥仙】（旦）（小）衾鸯微润， 【腊梅花】（占）花笼锦匝春色偏， 【莽地锦裆】（生）春红带醉袖笼鞭， 【皂角儿】（旦）是谁家玉人水边， 【小蓬莱】（夫）花气玲珑仙苑， 【上林春】（生）醉雨烟浓， 【锦堂月】（占）吹锦云鲜， 【前腔】（夫）欢宴，橘浦仙媛， 【前腔】（丑）宛转，绣履墙偏， 【前腔】（生）情盼，织女星传， 【醉翁子】（夫）堪羡，这才华定参时彦， 【前腔】（旦）闲辨，你早晚要魁金殿， 【侥侥令】（占）灯花红笑颤， 【前腔】（众）颜酡春晕显， 【尾声】鹔帐流苏度百年，
韩世忠元旦成婚	【生查子】（旦）偶尔遇英贤， 【前腔】（夫）佳气入新年， 【懒画眉】（旦）披星行至府衙前， 【前腔】（旦）众人来看府廊前， 【前腔】（夫）孩儿今日听吾言， 【前腔】（丑）婚姻男女本由天， 【步蟾宫】（生）穷途好事来新岁， 【梁州序】（夫）青阳才至， 【前腔】（生）孤身囊罄， 【前腔】（旦）叩苍穹配合良缘， 【前腔】（丑）武陵溪偶泛渔舷， 【节节高】〔众〕雕盘袅篆烟， 【前腔】金杯玉手传， 【尾声】新春新景开新宴，
商三元汤饼佳会	【消春令】（旦上）祥光灿烂， 【耍青春】（占上）喜气重重， 【十三腔】（旦）华诞筵中汤饼会， 【尾声】相逢故旧话投机，
王状元浴麟佳会	【一枝花】（生）妇画锦衣， 【菊花新】（净）牵羊担酒捧花红， 【画眉序】（生）晴日正瞳瞳， 【前腔】（净）华屋产人龙， 【前腔】（外）二位，我夫呵，白发半衰翁， 【前腔】（小）萧鼓震雕甍， 【滴溜子】（净）银壶泻， 【鲍老催】（小）清标美容， 【滴滴金】（众）雕盘汤饼庖厨贡， 【鲍老催】（众）庭花影重， 【双声子】（末）笙歌纵，笙歌纵， 【尾声】浴麟宴罢归人拥，

出目	曲调组合方式（套式）
李妃冷宫生太子	【忆秦娥】（旦）神不定， 【山坡羊】夜沉沉寒宫人静， 【二郎神】我淹淹病尪羸瘦躯， 【啭林莺】长空万里轻， 【御莺啼】金猊香冷懒去增， 【御柳莺】人生要把宠争， 【忆秦娥】（小旦）梅横影， 【黄莺儿】（旦）欲语泪先零， 【前腔】（小旦）一语劝卿卿， 【簇玉林】（小旦）看他仪容异， 【前腔】（旦）今呵，麒麟降，
李三娘磨房生子	【霜天晓角】（丑）牢笼圈套， 【前腔】耽烦受恼， 【香罗带】（旦）愁肠千万束， 【五更转】（旦）只得强捱数步。 【下山虎】刘郎去后， 【前腔】别离数载， 【驻云飞】磨重难捱， 【前腔】蓦地疼来， 【前腔】体困难抬， 【前腔】一梦奇哉！
金氏生子弥月	【临江仙】（旦）最喜神人， 【生查子】（占）（净）（夫）老幹长新枝， 【画眉序】（旦）吉梦叶罴熊， 【前腔】（占）瑞日晓重瞳， 【前腔】（夫）人早积阴功， 【前腔】（净）天上谪仙童， 【滴溜子】（占）想当初， 【双声子】（夫）再加馔， 【尾声】（众）玉钗斜坠晚妆浓，

从以上套式展示可以看出，首先，庆贺类折子戏采用【锦堂月】套式最多，其次为【画眉序】套式。【锦堂月】套式为【锦堂月】四支—【醉翁子】两支—【侥侥令】两支，【锦堂月】次曲起一般为换头。其他折子中也有使用【锦堂月】两支，或【醉翁子】一支，或【侥侥令】一支的情况。如《蔡伯喈庆亲寿》：

　　【锦堂月】（生）帘幕风柔，庭帏昼永，朝来峭寒轻透。亲在高堂，一喜又还一忧。惟愿取百岁椿萱，长似他三春花柳。（合）酌春酒，看取花下高歌，共祝眉寿。

【前腔】（旦）辐辏，获配鸾俦，深惭燕尔，持杯自觉娇羞，怕难主蘋蘩，不堪侍奉箕帚。惟愿取偕老夫妻，长侍奉暮年姑舅。（合前）

【前腔】（外）还愁，白发蒙头，红英满眼，心惊去年时候，只恐时光，催人去也难留。孩儿，惟愿取黄卷青灯，及早换金章紫绶。（合前）

【前腔】（净）还忧，松竹门幽，桑榆暮年，明年知他健否安否，叹兰玉萧条，一朵桂花难茂。媳妇，惟愿取连理方年，得早遂孙枝荣秀。（合前）

又《关云长公祝寿》：

【锦堂月】寿介长春，时临仲夏，祥云寿星辉映。嵩岳钟灵，瑞应诞甫生申。须期取一统乾坤，免被伊三分汉鼎。（合）相欢庆，惟愿取亿万斯年，永应天命。

【前腔】欢幸，宠渥恩荣，时逢初度，埙篪迭奏和鸣，对此良辰，弃取玉山酩酊，期吾皇福寿骈臻，取中原干戈戢定。（合前）

【前腔】（小）（占）家庆，海屋筹臻，椿萱并茂，桂兰芝草盈庭，国祚分争，何时偃武修文，喜堂上桃实三千，看膝下欢承五鼎。（合前）

【前腔】（末）听命，叨享尊容，民安国泰须防，统将提兵，虎略龙韬，准备战胜功成，期万岁汉祚昌隆，垂千载华夷威震。（合前）

【画眉序】套曲文用于叙事，多敷演喜庆热闹的情节。套式为【画眉序】—【滴溜子】—【滴滴金】—【鲍老催】—【双生子】，各曲牌位置比较稳定，徐渭《南词叙录》指出，"【画眉序】则继之以【滴溜子】"，可见这两个曲牌的关系比较稳定。个别曲牌偶然有抽删者，但很少前后移位。《乐府红珊》庆贺类折子戏中，使用此套者有四种，《蔡议郎牛府成亲》所用曲调为：【传言玉女】—【女冠子】—【画眉序】四支—【滴溜子】—【鲍老催】—【滴滴金】—【鲍老催】—【双声子】。

《王三元相府联姻》所用曲调为：【萃地锦珰】—【哭婆婆】—【萃地锦珰】—【画眉序】四支—【滴溜子】—【鲍老催】—【滴滴金】—【鲍老催】—【双声子】。

《王状元浴麟佳会》所用曲调，除了引子与以上两出戏不同外，其余曲调完全相同。

《金氏生子弥月》所用曲调则稍有不同：【画眉序】四支—【滴溜子】—【双声子】，少了【滴滴金】、【鲍老催】。

宴会类折子戏敷演宴请宾客的情景，剧中人物较多，场面排场，气氛喜庆，也多用【画眉序】套。《乐府红珊》中《韩熙载宴陶学士》套式为：【画眉序】套式为：【画眉序】四支—【滴溜子】—【和佛儿】三支—【双声子】。《张状元琼林春宴》演张九成、张九思兄弟皆中状元，赴琼林宴，宴会开始，饮酒对诗，气氛热闹，【画眉序】套式为：【画眉序】四支—【滴溜子】—【大和佛】两支—【双声子】一支。在【滴溜子】和【双声子】之间增加了【和佛儿】和【大和佛】。其他剧目中也较多使用【画眉序】套式敷演宴请宾客情景的。如《连环计·小宴》、《牡丹亭·惊梦》、《浣纱记·降出》等。

此外，【梁州序】套式也用于庆贺的场面，基本套式为【梁州序】、【节节高】，组合的定位性较强。如《韩世忠元旦成婚》用这种套式敷演场上人物对结婚新人的祝贺，喜庆热闹：

> 【梁州序】（夫）青阳才至，鸿钧初转，就暖条风轻软，辰良景媚，好将合卺杯传。但愿你伯鸾高节，德耀贤良，瓜瓞多滋蔓。老身当暮景，得安然，始识吾儿络秀贤。（合）花烛夜，笙歌院，乘龙女婿人争羡，看喜气蔼门阑。
>
> 【前腔】（生）孤身囊馨，千山家远，何幸娘行垂眷，器非坦腹，深惭漫驻丝鞭。谁道有妆台玉镜，孔雀金屏，始见姮娥面，红丝无一缕，荷姻联，始识丘山苗母贤。（合前）
>
> 【前腔】（旦）叩苍穹配合良缘，谢萱堂府从奴愿，喜英豪不

弃，辱成姻眷。他本是魁梧李靖，奇表陶谦，我自非无见，他年持节钺，珥貂蝉，始识东邻骐骥贤。（合前）

【前腔】（丑）武陵溪偶泛渔船，天台路喜逢仙眷看香翻舞袖，酒流歌扇。知你是华阳玉女，盛世仙郎，满却今生愿，双双归昼锦，永团圆，始识沙哥崔嫂贤。（合前）

【节节高】〔众〕雕盘袅篆烟。爇龙涎，柳摇台榭东风软。江梅绽，彩燕翻，生盘荐，胡桃鹦鸽红炉暖，铜龙玉漏冰澌浅。〔合〕莫把闲愁忆故乡，室家欢庆真亲眷。

【前腔】金杯玉手传，酒如泉，羊羔麟脯罗华宴。人欢忻，情爱怜，心留恋，朱帏翠幞春情绻，金花银烛春光炫。〔合前〕

《乐府红珊》"游赏类"中也有使用【梁州序】套式者，如《唐明皇赏牡丹》和《蔡伯喈荷亭玩赏》。前者所用曲调为【胡槁练】—【烧夜香】—【梁州序】四支—【节节高】两支。后者所用曲调为。【一枝花】—【金钱花】—【懒画眉】三支—【满江红】—【桂枝香】两支—【烧夜香】—【梁州序】四支—【节节高】两支。

第二，庆贺类折子戏中，有采用复套者。"复套应用在剧情故事有转折或别生枝节的场合"，"单套在故事发展一脉相承、没有转折和别生枝节的情况下使用。在这种套数中，各曲牌主腔的腔行应当有高度的同一性"①。复套是由两个或者两个以上的单套组合而成，单套则是由"同宫调、声相邻、同笛色"的曲牌组成的套式，即由"高度的同一性"的曲牌组成的。套式的使用与折子戏的剧情相关，平淡缓和的剧情，一般使用单套，复套则更有利表现起伏跌宕幅度较大的剧情。当然，用单套来反映大的剧情变化，也未尝不可。庆贺类折子戏剧情一般比较平淡缓和，以众人庆贺为主，用单套者有 8 种：《班仲升庆母寿》、《蔡伯喈庆亲寿》、《张九成兄弟庆寿》、《蔡议郎牛府成亲》、《王三元相府联姻》、《商三元汤饼佳会》、《王状元浴麟佳会》、《金氏生子弥月》，用复套者 10 种：《八仙

---

① 任半塘主编：《昆曲曲牌及套数范例集》（南套，上册），上海文艺出版社 1994 年版，第 45 页。

赴蟠桃盛会》、《裴晋公绿野堂祝寿》、《关云长公祝寿》、《斑老莱子戏婇悦》、《苏东坡祝寿》、《韦南康续姻缘》、《李十郎霍府成亲》、《韩世忠元旦成婚》、《李妃冷宫生太子》、《李三娘磨房生子》。

《八仙赴蟠桃盛会》使用了复套，敷演八仙过海共赴瑶池为王母娘娘祝寿的情景。情节分为两部分，前一部分为众仙登场，后一部分为众仙祝寿，前一部分用北曲套式，后一部分用南曲套式。旦扮朱仙姊和夫扮西王母出场，分别演唱仙吕【点绛唇】一支（中间插入【北混江龙】），【北点绛唇】一支，接着使用北曲般涉调【耍孩儿】、【四煞】、【三煞】、【二煞】、【一煞】、【煞尾】，分别由八仙出场时演唱。接着使用南曲【画眉序】两支、【油葫芦】一支、【叨叨令】一支、【四时花】一支，由众人合唱为西王母祝寿，反复渲染仙界寿宴的祥瑞和谐，歌舞嘹亮，群仙欢畅，鸾鸣凤舞，霓裳轻举，琼卮满饮，祥光飞绕。

《关云长公祝寿》和《斑老莱子戏婇悦》有别生枝节的场合，所以使用了复套。整出戏由两个单套组成，双调【锦堂月】套式，后又增加中吕【驻马听】两支，【驻马听】为南曲孤牌，连用两支自组成套。《关云长公祝寿》的情节分为两个部分，先使用【锦堂月】套式敷演关平与张飞为关羽祝寿，是整出戏的主要内容，【驻马听】敷演荆州军民为关羽祝寿。《斑老莱子戏婇悦》的情节也分为两个部分，先使用【锦堂月】套敷演老莱子斑衣为双亲祝寿，是整出戏的主要内容，祝寿之后使用【驻马听】两支，敷演在外做官的孙儿差遣随从回来为爷爷祝寿。

《韩世忠元旦成婚》情节分为两个部分，前一部分演妓女梁红玉清晨出门，遇到卧于院廊下的韩世忠，奇其貌，愿以身相托。所以用【懒画眉】四支连唱，成为自套。自套是单套的一种，是以一个曲牌重复使用多次，南曲孤牌常用这种方法组成自套，【懒画眉】即为南曲孤牌，行腔缠绵柔和，每用于倾吐情思。后一部分演梁红玉将韩世忠邀至妓院成婚，为喜庆内容，所以【懒画眉】自套后又接【梁州序】套，组成复套。【梁州序】套式包括【梁州序】连用四支，【节节高】连用两支。《蔡伯喈荷亭玩赏》曲牌为：【一枝花】—【金钱花】—【懒画眉】三支—【满江红】—【桂枝香】两支—【烧夜香】—【梁州序】四支—【节节高】两支。

《韦南康续姻缘》情节也分为两部分，前一部分演韦皋生辰，宴请胡梅影，胡梅影又叫来薛涛及院娘一起庆贺，用【红衲袄】四支连唱，成为自套，用于庆寿。【红衲袄】在声腔上，一起一伏，一高一低，感情深沉。后一部分剧情演庐节度使差官献美人上寿，此美人实际是已故玉箫转世，韦皋既惊又喜，与玉箫再续前缘，再开筵席，再次庆祝，先用【黄莺儿】三支连唱，【簇御林】两支连唱，小生、旦、占分别祝贺，成为一套。再接【香柳娘】两支，为孤牌自套，演众人合唱祝贺。

《李十郎霍府成亲》敷演李十郎即李益与霍小玉的成亲情景，情节分为两个部分，前一部分敷演旦扮霍小玉、占扮四娘早起准备迎接李十郎，准备婚礼，使用【皂角儿】、【小蓬莱】、【上林春】套式。后一部分敷演婚礼的喜庆热闹，使用了庆寿类常用的【锦堂月】套式，两个单套组成复套。

《苏东坡祝寿》没有使用祝寿常用的【锦堂月】套和【画眉序】套。内容虽为祝寿，但气氛并不喜庆，甚至有些伤感。因为有情节的插入，所以使用复套。此出戏敷演苏轼谪居黄州期间，适逢寿诞，其妾朝云和杭州官妓琴操前来祝寿的情景。剧演叶落秋凉，苏轼忧虑重重，并不知道今日是自己的寿诞。其妾黄朝云则整治寿酒，与苏轼称寿。苏轼得知自己寿诞，暂且忘却烦恼，接受朝云的祝贺。【二犯傍妆台】两支组成单套，有生扮苏轼和旦扮朝云演唱。【二犯傍妆台】是仙吕集曲，它是在【傍妆台】第四句下插入【八声甘州】二句、【掉角儿】二句，后又接本调末句。中间插入杭州官妓琴操前来祝寿，唱【霜天晓角】出场，之后变换套式，连用【香柳娘】三支组成自套，敷演众人祝寿，但苏轼此时并不快乐。"【香柳娘】（生）酒真能扫愁。（又）须倾百斗，破除万事原非谬。况有娇娥劝酬。（又）何时重整旧风流，向章台折杨柳"，所以使用气氛不愉快的【香柳娘】。

《李妃冷宫生太子》和《李三娘磨房生子》虽然选入诞育类，但与其他三种折子戏内容不同，并非庆贺，主要敷演生子的艰难，由于情节有转折变化，采用复套。《李妃冷宫生太子》敷演李妃怀有身孕，被刘娘娘所害，打入冷宫，在冷宫中忍受孤独痛苦生下龙子，气氛冷清低沉。先使用抒写悲哀之情的【山坡羊】，再使用抒发悲伤之情的套式，具体为

【二郎神】—【御莺啼】—【御柳莺】—【忆秦娥】—【黄莺儿】两支—【簇玉林】两支，敷演李妃冷宫生下太子。《李三娘磨房生子》演李三娘怀有身孕，被哥嫂当奴婢使唤，汲水挨磨，感叹磨重难挨，怨恨哥嫂不念手足之情，担心丈夫刘知远贪恋富贵辜负自己，在磨坊中忍痛产下胎儿，口咬脐带。使用抒发怨恨之情的【香罗带】、【五更转】、【下山虎】，接着使用【驻云飞】四支，敷演李三娘生子的痛苦经历。

第三，昆曲的南曲曲调中，剧中人在首次出场时要唱"引子"。"引子"放在一个套数的最前面，但不算在套数之内。虽然经常用作一出戏的第一支曲子。引子可以干唱，也可以上笛，引子之后还有定场诗，念完定场诗之后再自报家门。剧中人可以一个人唱一支引子出场，也可以由几个人同唱一支引子出场。相同曲牌名的引子和宋词的关系非常密切，词式完全相符，只是宋词常用双调，每支曲牌填两阕，引子一般只填一支（阕），少数连填两支（阕），可以说引子是宋词的简化。庆贺类折子比较全面地展示了昆曲引子的各种用法。如《八仙赴蟠桃盛会》中，旦扮朱仙姊唱引子【点绛唇】一支出场，又唱【北混江龙】两支，之后先自报家门，再插入定场诗《鹧鸪天》。夫扮西王母出场演唱【北点绛唇】两支出场。【点绛唇】本为北曲曲牌，在昆曲中有时候以引子的形式出现。《裴晋公绿野堂祝寿》中，剧中人物出场皆唱着引子出场。末扮院子唱引子【蝶恋花】两支上场，小生扮白居易唱引子【生查子】一支上场，之后入定场诗《虞美人》，再自报家门。生扮刘禹锡唱引子【生查子】一支上场，之后插入定场诗《临江仙》，再自报家门。净扮如满和尚唱引子【临江仙】一支上场，之后插入定场诗《清玉案》，再自报家门。外扮裴度唱引子【卜算子】一支上场，之后插入定场诗《踏莎行》，再自报家门。《班定远庆母寿》中，生扮班超唱【齐天乐】一支出场。夫扮班母和旦扮班妻合唱一曲【花心动】出场。丑扮徐干之母作唱引子【普贤歌】一支出场。

剧中不同人物上场时，可以唱不同曲牌的引子，也可以唱相同曲牌的引子。如《关云长公祝寿》中，小扮关平和末扮关羽都唱着引子【霜天晓角】一支出场，净扮张飞唱【满江红】一支上场。《班老莱子戏娱

悦》中，老莱子引子【宝鼎香】一支出场，之后插入定场诗《鹧鸪天》，
旦扮老莱子之妻和外扮老莱子之父分别唱引子【霜天晓角】和【宝鼎
香】各一支出场：

　　【宝鼎香】（生）晚景悠悠，庞眉皓首，谢天然相喜。庆双亲百
岁安康，这福寿人间称上。［鹧鸪天］人生七十古难求，今喜双亲
百岁秋，故旧慨无同绮席。曾□□□给箕裘，开寿域，泛金瓯，碧
桃花下乐，儿孙满面皆玉兰，占尽人间五福畴。

　　自家非别，楚之老莱子是也。老父莱公，老母彭氏，父年三十
方生莱子，到今父母百岁，莱子亦满七旬，叨享朝廷厚禄，愧无寸
功补报。夫人李氏生莱圣，圣生仪，俱任大夫之位，只因赴任京
师，每动公婆之念，幸有玄孙在家，少慰高祖之怀。今当双亲寿
诞，不免吩咐开筵祝寿，夫人早上。

　　【霜天晓角】（旦）荣华共享，重庆非誇。南极祥光映朗，天然
福寿延长。

　　（生）酒筵完备不曾。（旦）酒筵俱已完备。（生）爹娘有请。

　　【宝鼎香】（外）暮景韶光，老扶鸠杖，幸耳目如常。画堂中绮
席排列，又听得笙歌嘹亮。（净）宝婺呈祥，锦瑞生香，喜儿孙代
代传芳。

《蔡伯喈祝亲寿》中，生扮蔡伯喈唱引子【瑞鹤仙】上场，外扮蔡伯
喈之父，净扮蔡伯喈之母，旦扮蔡伯喈之妻合唱引子【宝鼎儿】上场：

　　【瑞鹤仙】（生）十载亲灯火，论高才绝学，休夸班马，风云际
会太平日，正骅骝欲逞，鱼龙将化。沉吟一和，怎离却双亲膝下，
且尽心旨，功名富贵，付之天也。

　　【宝鼎儿】（外）小门深巷，春到芳草，人间清画。（净）人老
去星星非故，春又来年年依旧。（旦）最喜今朝春酒熟，满目花开
如绣。（合）愿岁岁年年，人在花下，常斟春酒。

《商三元汤饼佳会》中，由几个剧中人合唱引子【消春令】出场：

> 【消春令】（旦上）祥光灿烂，贺客盈门，惟愿一双两好。（外）熊罴入梦，鸳鸯呈祥考。（净）门悬双弧矢，寿星高耀。
>
> （外）吾孙今日满三朝。（旦）又喜公婆六十周。（外）老拙始生何足羡。（净）生儿长大绍其裘。（末）（上云）有事不敢不报禀老员外得知。（外）有喜事？（末）亲家老夫人来贺喜我家。（外）快请进来。

再看《王三元相府联姻》的人物出场：

> 【萃地锦珰】（外）少年婚娶奏金銮，喜得天颜一笑看。（丑）书中有女玉容颜，志气男儿契结缘。
>
> 【哭婆婆】（生）（小）前呼后拥纷纷随殿，金花光焰天香袍染，身骑白马紫金鞍，五花头踏人争看。
>
> 【萃地锦珰】（旦）（占）羞蛾轻颦日偷弹，百两彭彭显八鸾。（净）（末）朝廷掌判好姻缘，相女相当嫁状元。

按照情节的需要，脚色在一出戏情节发展的中间上场时，也唱引子。【苏东坡祝寿】中，生扮苏东坡唱引子【一剪梅】一支出场，旦扮朝云也唱【一剪梅】一支出场，紧接着二人对白，朝云表明祝寿之意，各唱一曲【二犯傍妆台】，苏轼感叹黄州的谪居生活，朝云劝谏。这个时候占扮琴操才上场，唱引子【霜天晓角】一支。《李妃冷宫生太子》中，旦扮李妃唱引子【忆秦娥】一支出场，之后唱【山坡羊】一支、【二郎神】一支、【啭林莺】一支、【御莺啼】一支、【御柳莺】一支，叙述自己在寒宫的萧瑟凄凉，孤独难耐，表达怨恨难平但只能听天由命的矛盾心情。之后小旦扮宫中杨娘娘才唱引子【忆秦娥】一支出场。

第四，南曲曲牌结束的一支称"尾声"，也有称"余文"或"十二时"。有"余文"之称，因其作用是强调或总结此折内容，不属正文之列；称其"十二时"，则因"尾声"一般为三句七言，共 21 字，倒过来念作"十二"。南曲尾声和北曲煞尾的用法一样，但煞尾是北曲套数中不可分割的部分，南曲尾声与引子一样，不在套数内，除去笛色必须与前面曲牌统一外，不受主腔旋律的约束。尾声的作用有两种，一种是在乐调上显示出折子已经结束的气氛，另一种作用则是通过曲词对全剧的内容加以总结，如庆寿类折子戏的尾声：

【尾声】文经武纬真英迈，才气风流谁与侪，天付娇姿遂俗怀。

——《韦南康续姻缘》

【尾声】得欢笑处须欢笑，想来日阴晴难料，万事莫萦怀抱。

——《张九成兄弟庆寿》

【尾声】新春新景开新宴，喜新人共驾彩鸾，看取新年乐事绵。

——《韩世忠元旦成婚》

【尾声】坐花醉月休悒怏，且把情怀舒畅，只怕明日花飞春又藏。

——《班定远庆母寿》

【尾声】黼帐流苏度百年，作夫妻天长地远，还愿取桂子兰孙满玉田。

——《李十郎霍府成亲》

【尾声】玉钗斜坠晚妆浓，可正是酒阑人散月明中，细看那绣阁罗帏香雾空。

——《金氏生子弥月》

【余文】千红万紫斗春光，劝人生及时玩赏，一家福寿谢苍穹。

——《老莱子戏彩悦亲》

【余文】百年夫妇真不俗，占断人间天上福，富贵荣华万世定。

——《蔡议郎牛府成亲》

【余文】仙郎天女成姻眷，会合仙官到百年，花烛荧煌照洞天。

——《王三元相府联姻》

【十二时】山青水绿还依旧，叹人生青春难有，唯有快活是良谋。

——《蔡伯喈祝亲寿》

为了更好地展示尾声的用法，这里将示例扩展到《乐府红珊》99 出折子戏。如果尾声之后还有简套或别套，说明尾声后面的情节有转折。如《老莱子戏彩悦亲》在【余文】后又增加了【驻马听】两支。纵观《乐府红珊》的折子，也有一些不用尾声的，主要是孤牌自套之后不用尾声，而且孤牌连用四支以上。如《苏东坡祝寿》、《王商别妻往京华》，在【香柳娘】四支孤牌自套后没有使用尾声，《李三娘磨房生子》在孤牌【驻云飞】连用四支后，《卓文君月下听琴》在孤牌【驻云飞】连用四支后，《张姬月夜私奔》在孤牌【懒画眉】连用四支后，《赵五娘临镜思夫》在孤牌【四朝元】连用四支后，《林冲妻对景思夫》在孤牌【四朝元】连用四支后，《窦燕山五经义训》在孤牌【桂枝香】连用四支后，《班定远玉关劝民》在孤牌【驻马听】连用四支后都没有使用尾声。但是《张夫人忆子征戍》孤牌【七贤过关】六支自套后，则使用了尾声。

南曲尾声还有一种情况，就是用【鹧鸪天】、【哭相思】代替尾声，常用于抒情感情比较强烈的折子。《李德武别妻戍边用》用【鹧鸪天】代替尾声，抒发男女主人公的依依不舍之情：

【鹧鸪天】（生）王事驰骋不可违。（旦）游丝无力系郎衣。（生）山河不断恩来路，一寸山河一寸思。请了。（生下）（旦）人不见马闻嘶，花边人马柳边迷，欲舒望眼无高处，立尽斜阳不忍归。

用【鹧鸪天】代替尾声的还有：

【鹧鸪天】（旦）情痛切，泪交颐。未知何日返鸳帏。（占）关山有路终须到，莫比东流去不回。

——《韩信别妻从军》

【鹧鸪天】红亭别酒话踌躇，走马怜君万里途，但愿封侯龙额贵，不妨中妇凤栖孤。（生）夫人请了。（旦）他千骑拥万人呼。（夫）富贵英雄美丈夫。

——《霍小玉灞桥送别》

《陈妙常秋江送别》则用【哭相思】代替尾声，抒发男女主人公分别的痛苦之情：

> 【哭相思】（生）夕阳古道催行晚，听江声泪染心寒。（旦）要知郎眼顾，只在望中看。（生下）重伫望，更盘桓，千愁万恨别离间，只教我青灯夜冷香消鸭，暮雨西风泣断猿。

《玉箫渭河送别》既有【哭相思】，又有尾声，表达分别的强烈痛苦：

> 【哭相思】渭水滔滔只向东，教人含泪向东风，可怜无限相思苦，番做襄王一梦中。
> 【余文】心太急，意匆匆，含悲无语暗啼红，佳人薄命从来有，只恐恩情一旦空。

还有两个尾声的情况，一般是情节有重要转折或者是两折戏组合而成的，如《玉箫渭河送别》不仅有两个尾声，在后一个尾声前还使用了【哭相思】：

> 【天下乐】（生）—【望吾乡】（生）—【傍妆台】（旦）—【不是路】（丑）—【皂角儿】（生）—【前腔】（旦）—【余文】—【红衲袄】（旦）—【前腔】（生）—【香柳娘】（生）—【前腔】（旦）—【哭相思】—【余文】

第三节 分别类折子戏的类型分析

在人类的各种情感中，离别相思是最能引起人共鸣的情感。屈原《九歌》的"悲莫悲兮生离别"，《古诗十九首》的"行行重行行，与君生别离"，江淹《别赋》的"黯然销魂者，唯别而已矣"，柳永《雨霖铃·寒蝉凄切》的"多情自古伤离别，更那堪冷落清秋节"，皆抒发了离别的伤感。具有大众化、通俗化特征的曲更是如此，曲的抒情更为畅快淋漓，极尽情致。所谓"乐人易，动人难"，离别相思往往是剧作家比较专注和倾力的部分，敷演离别情景的折子戏也广泛流行，仅《乐府红珊》中就选录了分别类和思忆类折子戏19种，占全书的20%。其他选本中，此类内容也很多。《词珍雅调》之"翰苑词珍"分为"别亲赴选"、"英才赴选亲朋饯别类"、"英才赴选夫妻分别类"、"英才远行类"，遣怀词珍又分为"饯别类"、"忆别"。

一 离别之曲

《乐府红珊》分别类折子戏皆是敷演离别之情的精华，涉及了夫妇之别，情侣之别，同僚之别，还有离国之别，具有与诗、词不同的抒情风格。明代张琦认为："曲者也，达其心而为其言者也，思致贵于缠绵，辞语贵于迫切。"[①] 近人任讷对词曲风格的差异也有精练的概括："词静而曲动，词敛而曲放，词纵而曲横，词深而曲广，词内旋而曲外旋，词阴柔而曲阳刚，词以婉约为主，别体则为豪放，曲以豪放为主，别体则为婉约，词尚意内言外，曲竟为言外而意亦外。"[②] 曲的抒情更为畅快淋漓，极尽情致。

离别之曲以抒发离别之愁为中心，更能充分体现曲的"须各按情"，也就是"体贴人情"。"戏曲者，有是情，且有是事，而词人曲肖之者也。有是情，则不分生旦净丑，须各按情，情到而一折便尽其情矣。"[③] 抒情符合剧中人物的身份、性格。因此，王世贞评高明《琵琶记》："体贴人情，委屈必尽；描写物态，仿佛如生。"[④]

《陈妙常秋江送别》被很多选本选录，是折子戏中的经典，也是敷

---

① 张琦：《衡曲麈谈》，《中国古典戏曲论著集成》（四），中国戏剧出版社1959年版，第267页。
② 任讷：《散曲概论》，收入《散曲丛刊》，上海中华书局1931年版。
③ 周之标：《吴歈萃雅又题辞》，俞为民、孙蓉蓉编《历代曲话丛编》（明代编第二集），黄山书社2009年版，第418、419页。
④ 王世贞：《曲藻》，《中国古典戏曲论著集成》（四），中国戏剧出版社1959年版，第33页。

演情人离别之愁的经典。整折戏缠绵哀怨，感情细腻，具有强烈的艺术效果。陈妙常身为修行在身的青春少女，少女的激情与冲动被道观清规戒律约束压抑，但是，当她遇到道观观主侄儿潘必正，唤起了她对爱情的渴望，常请必正进茶叙语。但必正以情挑之时，妙常则责其非礼，直到必正偷入妙常房中，偷得她写的情诗，以诗为证，才两厢通情。潘必正家境优越，因病会试落第，寓居姑母主持的女贞观中，一旦喜欢上了道姑妙常，便开始积极追求，最终与妙常私合。正当二人情意缠绵之时，被观主发现，棒打鸳鸯，催逼必正早赴会试。突如其来的变故，犹如晴天霹雳，陈妙常顿觉"霎时间云雨暗巫山，闷无言不茶不饭，满口儿何处诉愁烦"，必正既不愿意但又很无奈："欲待将言遮掩，怎禁他恶狠狠话儿劖，只得赴江关也啰。"由于突然的变故，二人没有来得及当面道别，当然心有不甘，妙常恐怕"隔江关怕他心淡"，所以急中生智，先躲起来，待观主回去之后，再乘船追赶必正，"顾不得脚儿勤赶"。当妙常泛舟江面时，触景生情，倍感孤独凄凉，顿时爱恨交加：

　　【红衲袄】（旦）奴好似江上芙蓉独自开，只落得冷凄凄飘泊轻盈态，恨当初与他曾结鸳鸯带，到如今怎生分开鸾凤钗。别时节羞答答，怕人瞧头怎抬，到如今闷昏昏独自个耽着害，爱杀我一对对鸳鸯波上也，羞杀我哭啼啼今宵独自捱。

　　妙常继续"忙追赶去船，见风里正开帆"，见到必正时，千言万语汇成一曲"【哭相思】半日里将伊不见，泪珠儿湿染红衫"，极写相思之痛。当二人同行道别时，妙常的千言万语才表达出来，向爱人尽情地倾诉离别之苦：

　　【小桃红】（旦）你看秋江一望泪潸潸，怕向那孤篷看也。这别离中生出一种苦难言，自拆散在霎时间。心儿上，眼儿边，血儿流，把我的香肌减也。恨杀那野水平川，生隔断银河水，断送我春老啼鹃。

对于毫无准备就被迫分离的妙常，眼前的秋江孤蓬、野水平川变成了让人感到惊恐痛恨的景象，孤蓬会带走必正，野水平川会将他们隔开，瞬间就心在流血、香肌减损，极写离别之痛。面对妙常的痴情与痛苦，必正的心理从离别之痛，到见到妙常的喜悦，再到分别在即的愁苦：

> 【下山虎】（生）黄昏月下，意惹情牵，才照得双鸾镜，又早买别离船。哭得那两岸枫林都做了相思泪斑，打叠凄凉今夜眠，喜见我的多情面，花谢重开月再圆，又怕你难留恋，好一似梦里相逢。教我愁怎言。

接着【醉迟归】两支连用，敷演二人互相叮嘱盟誓：

> 【醉迟归】（旦）意儿中无别见，忙来不为贪欢恋，只怕你新旧相看心变，追欢别院。怕不想旧有姻缘，那其间拼个死口含冤，到癸灵庙诉出灯前，和你双双发愿。
>
> 【前腔】（生）想着你初相见，心甜意甜，想着你乍别时，山前水前，我怎敢转眼负盟言，我怎敢忘却些儿灯边枕边，只愁你形单影单，只愁你衾寒枕寒，哭得我哽咽喉干，一似秋风断猿。

《李德武别妻戍边》敷演新婚夫妇之别，李德武别妻戍边，前途未卜，生死难料，"行后在战场，相见未有期"，"生当复归来，死当长相思"，所以分别尤为痛苦：

> 【大圣乐】（旦）影澄澄半壁残灯，睡不安坐不宁。（听介）漏声不似常时永。这月呵，偏向别离明。你休愁百年伉俪成孤另，我怎肯一旦分离背誓盟。**呀，钟已鸣了。**（生）娘子，错听了，是铁马喧。中心耿耿也，忽听得风吹铁马，只道是钟鸣。
>
> 【前腔】（生）夜深沉并倚窗露，鬓云垂玉钗横。明宵此际归魂醒，心恋短长亭。淑英妻，你休忧紫骝尘影迷金镫，我只怕孔雀秋

光冷画饼。（旦）呀，鸡鸣了。（生）错听了，是鸟夜啼。（旦）中宵炯炯也，忽听得啼鸟失侣，只道是鸡鸣。

因为害怕离别，德武妻睡不安坐不宁，因内心烦躁恐惧，感觉漏声太快，月儿偏明。因害怕天亮分别，甚至将铁马声误听为天亮的钟鸣声，将失群鸟的夜啼声误听为鸡鸣声。听到这些声音时德武妻的惊恐表情，体现了"生人作死别"的离别之痛。送别之时，夫妻互诉离情，二者皆从对方着眼，设想离别后对方和自己的生活，以此宽慰对方，有【犯尾序】四曲，可以分为两个部分，前两支敷演德武出家门，妻子相送：

【犯尾序】（旦）无语泪沾襟，执手踌躇，不忍离分。受托晨昏，我身当报恩。须信，只虑你登山涉水，不田我憔脂瘦粉。从今去，黄云海戍不见眼中人。

【前腔】（生）关山多战尘，盗贼纵横，人民逃奔。燕儿新婚，叹一旦离群。相悯，你须把愁怀自解，休只虑归期未准。身迢递，干戈满地空恋楚台云。

后两支敷演随从催促，夫妻分别在即，妻子想随德武随军，原来还比较冷静的德武也乱了方寸：

【前腔】（旦）仆夫俱在门，马上金衔，车动朱轮。官人，我待要随着你去呵，兵法云，妇人在军中，兵法恐不扬。妇女柔情，恐难教在军中自付，不愿作台前玉镜，不愿在琴中素轸。愿身作雕弓宝剑，千里随君。

【前腔】（生）衷情难俱陈，离绪无端，乱人方寸。慈母年高，你须尽殷勤。不忍，顿撇下秦楼伴侣，远逐着边城猃狁。瞻亲舍，何时膝下重试舞衣新。

《玉箫渭河送别》敷演书生和名妓的离别，书生韦皋落第闲游平康，偶遇名妓玉箫，一见钟情，流连忘返，因投奔四川节度使张延赏，与玉箫分别，玉箫送至渭河：

> 【红衲袄】（旦）渭河边倚画船，明日在洛阳城闻杜鹃。世间何事相思苦，甚物高如离恨天。锁春愁杨柳烟，卷东风桃杏脸。**官人，音书须是早寄回来。**休教愁老莺花也，燕子来时期信传。
>
> 【前腔】（生）劝多娇莫泪涟，取功名半载间。休教界破残妆面，独倚秦楼免挂牵。耐心情还自遣。**小生呵，着荷衣即便转，**那时脱去烟花也，永远双双时并肩。

玉箫因为妓女的身份，更多的是对韦皋变心的担心，韦皋则因为玉箫之情深，盟誓安慰。临别之时，二人互送信物，以为再见之表征，各唱一曲【香柳娘】，再次表达前两曲之意：

> 【香柳娘】（生）论相逢有缘。（又）如何离间，琉璃易脆云易散，我有愁怀万千。（又）长夜竟不眠，终日情难遣。（合）瓣心专意专。（又）牢收玉环，留作后期相见。
>
> 【前腔】（旦）奴家有一言。（又）你英雄必显，后来切莫忘贫贱，再叮咛少年。（又）莫惜锦云笺，频频寄鱼雁。（合前）

离别之曲还擅长在叙事中写景，在写景中抒情，即在叙述中绘出情景，情景则是写景、抒情、叙事的统一，而以写景最为突出。孟称舜有言："曲之难者，一传情、一写景，一叙事，然传情、写景犹易为工，妙在叙事中绘出情景，则非高手未能矣。"[1] 王国维在论及元杂剧的意境时有言："何以谓之有意境？曰：写情则沁人心脾，写景则在人耳目，述事则如其口出也。古诗词之佳者，无不如是。元曲亦然。"[2] 戏曲建

---

① 孟称舜：《古今名剧合选·智勘魔合罗批语》，《古本戏曲丛刊四集》，商务印书馆 1958 年版。
② 王国维：《宋元戏曲考》，《王国维戏曲论文集》，中国戏剧出版社 1984 年版，第 85 页。

构的是以剧中人物形象为中心的抒情、写景、叙事交融的艺术境界。分别类折子戏敷演离别时的情景，以抒发离愁见长，完美地体现了写情、写景、叙事的统一。

《陈妙常秋江哭别》中，生、旦各唱【水红花】一曲：

> 【水红花】天空云淡葽风寒，透衣单江声凄惨，晚潮时带夕阳还，泪珠弹离愁千万。（生背唱介）欲待将言遮掩，怎禁他恶狠狠话儿剜，只得赴江关也啰。
>
> 【前腔】霎时间云雨暗巫山，闷无言，不茶不饭。满口儿何处诉愁烦，隔江关，怕他心淡。顾不得脚儿勤赶，若还撞见好羞惭，且躲在人间竹院也啰。

江风寒冷，江声凄惨，夕阳下山，衬托了潘必正离别时的凄凉心境，引发了强烈的离愁，"泪珠弹离愁千万"。夕阳来临，江山昏暗，衬托了陈妙常的愁闷心境，引发了离愁"满口儿何处诉愁烦"，离别之景与离别之情融为一体，为此出戏创造了凄凉悲伤的氛围。

《霍小玉灞桥送别》中，旦扮霍小玉连唱【北寄生草】四支，虽然有些辞藻之累，但充分展示了写景、抒情与叙事的完美统一：

> 【北寄生草】（旦）一曲阳关泪，朱弦迸玉壶。江干桃叶凌波渡，汀洲碧草离情暮，霸桥柳色愁眉妒。纤腰倩作绾人丝，可笑他自家飞絮浑难住。
>
> 【前腔】（旦）绣褶残金缕，偎红叠锦氍。衾窝宛转春无数，花心历乱魂难驻，阳台半霎云何处。起来鸾袖欲分飞，问才郎是谁断送春归去。
>
> 【前腔】（旦）绿惨花愁语，红鞓柳怯舒。春纤乱点檀霞注，明眸慢蘸回波顾，长裙皱拂行云步。送君南浦恨何如，想今宵相思有梦欢难做。
>
> 【前腔】（旦）懒拂鸳鸯柱，空连翡翠襦。芙蓉帐额春眠度，茉

英带眼愁宽素，红兰烛影香销炷。画屏山障彩云图，到如今蘼芜怕作相逢路。

这四支曲子抒写了小玉的离别之愁，首支曲子写景中融入抒情，抒情中又有写景。先写离情，然后写景中融入抒情，句句写景，句句关乎离情，桃叶、凌波、碧草、柳色、飞絮等春意盎然的景象，都被赋予了人的愁情。第二支曲子中，在叙事中抒情，两个人虽然情深义重，但无法改变离别在即的命运，"魂难住"、"鸾袖欲纷飞"、"春归去"关乎离别。第三支曲子中，绿残红罄，花愁柳怯，春纤乱点，明眸慢蹙，长裙皱坤，既是写景写人，又句句不离写离愁。第四支曲子中，既写人又写愁，通过描绘女主人公的动作行为的慵懒，表现离别之后女主人公的伤感、孤独和空虚。

《杨太仆都门分别》敷演同僚之别，写景兼抒情，离别的伤感中多了一份豪放之气：

【石榴花】（末）天清气朗一色湛，晴光秋高顷，雁孤翔层云，远岫霁天长。近长亭一径花黄，倒金樽玉浆合欢，情半醉，人豪放。想人生聚散无常，且开怀痛饮何妨。

【前腔】（末）龙泉声响大籁送，铿锵祖神藏风光，影射欲呈祥。正离人恨，媚秋光望云迷故乡，剑歌声听罢，人凄怆。急流中勇退波澜，麟阁上尘土文章。

【泣颜回】（小）聚首岁华，长契芝兰耐久，不忘长亭十里，一天愁孤惊斜阳。见山光水光照离舸，小泛金波荡。忍悲伤执酒卮匜，留不住分手河梁。

【前腔】南山栖凤，玉琳琅傲风霜，高节非常研成，筑杖赠行人，手策还乡。过桥西草堂，看青山红树无恙。挂百钱玉椀琼浆，化飞龙北海东洋。

【摧拍】（生）去京国心如沁凉，辞知己情如剜肠，较程途短长。（又）千里云横，万叠山苍，阻隔关河，迢递家乡。（合）人渐远交谊难忘，逢归雁寄衡湘。

【前腔】（小）（末）长空外雁书一行，疏林畔蝉鸣夕阳，助离人忧伤。（又）路转重关天各一方，两地相思一样凄凉。

【尾声】水光山色人长望，拽柳西风晚径荒，人去烟波云外乡。

秋光山色，孤雁远岫，黄花长亭，疏林蝉鸣，夕阳烟波，既绘景又写情，意境高远，伤感中不失豪放。

《崔莺莺长亭送别》中，一曲【端正好】描绘了一幅秋景离人图：

【端正好】（莺）碧云天，黄花地，西风紧，北雁南飞，晓来谁染霜林醉，总是离人泪。

离别之曲的尾声与其他折子戏不同，也运用情景交融的手法，写景与离情交融，言有尽意无穷，留给观众更多的想象空间：

【收尾】（莺）四围山色中，一鞭残照里，遍人间烦恼填胸臆，量这些大小车儿如何载得起。

——《崔莺莺长亭送别》

【尾声】水光山色人长望，拽柳西风晚径荒，人去烟波云外乡。

——《杨太仆都门分别》

【尾声】月光转过庭前柳，风静帘闲夜更幽，不觉梧桐露滴秋。

——《班仲升母妻忆》

【哭相思】渭水滔滔只向东，教人含泪向东风，可怜无限相思苦，番做襄王一梦中。

【馀文】心太急，意匆匆，含悲无语暗啼红，佳人薄命从来有，只恐恩情一旦空。

——《玉箫渭河送别》

【哭相思】（生）夕阳古道催行晚，听江声泪染心寒。（旦）要知郎眼顾，只在望中看。（生下）重伫望，更盘桓，千愁万恨别离间，只教我青灯夜冷香消鸭，暮雨西风泣断猿。

——《陈妙常秋江哭别》

【耍孩儿】（旦）泪流湿透衣襟重。（又）隔断巫山十二峰，今休想裹王梦，蓝桥水涨人难见。（又）飘散琼花无影踪，怎想得阳台梦。若要云雨佳期相会，除非是梦里相逢。

——《王昭君出塞》

二 对戏的表演范式

对戏是与群戏、独戏相对而言的，是场上脚色相对表演，两折相对，顾名思义，故应有两个脚色。《乐府红珊》中群戏最多，对戏次之。分别类、风情类、邂逅类的19种折子戏中，除了《崔莺莺佛殿奇逢》、《崔莺莺锦字传情》、《崔莺莺长亭送别》、《韩寿月下佳期》等，其余15种均属于对戏。分别类折子戏因为敷演男女离别之情，曲词优美，曲调感人，最能打动观众，最能引起共鸣，可谓对戏的代表类型。

生、旦相对表演是分别类对戏的主要特征，二者戏份相当。生、旦是场上的主要脚色，是抒情的主体，只有生、旦演唱，其他脚色仅起辅助作用，只有简单的宾白，虽然也有其他脚色演唱的情况，但为数很少。生、旦先后演唱相同曲调，或者先后演唱同一个曲调。分别类折子戏中，除《崔莺莺长亭送别》由旦扮莺莺一人演唱，《王昭君出塞》主要由旦扮王昭君演唱，《杨太仆都门分别》敷演生扮杨太仆兵权被解回家时，小、末扮随从在长亭设宴为其送行，由生、小、末演唱，其余均为生、旦对唱。

《陈妙常秋江送别》中，整折出现的角色有：生扮潘必正、旦扮陈妙常、夫扮观主、丑扮潘必仆人、净、占扮梢子。但是所有曲牌均由生、旦对唱演出，生、旦演唱曲牌大致相同：

【水红花】（生）—【前腔】（旦）—【红衲袄】（旦）—【前腔】（生）—【侥侥令】（旦）（生）—【哭相思】（旦）—【下山虎】（生）—【醉迟归】（旦）—【前腔】（生）—【忆多娇】（旦）—

【哭相思】（生）

此折共 11 支曲牌，生、旦各唱 5 支曲子，还有一支【侥侥令】由生、旦对唱，旦唱前半部分，生唱后半部分，戏份均匀，充分展示了生、旦难分难舍的真挚感情。

《李德武别妻戍边》中，出场角色有：生扮李德武、旦扮李德武妻、夫扮李德武母、占扮李德武妹。曲牌的组合如下：

【谒金门】（旦）（生）—【大圣乐】（旦）—【前腔】（生）—【前腔】（生）—【前腔】（旦）—【前腔】（旦）—【前腔】（生）—【谒金门】（夫）—【园林好】（生）—【前腔】（夫）—【江儿水】（占）—【前腔】（旦）—【玉交枝】（生）（旦）—【前腔】（占）（生）—【川拨棹】（占）（旦）—【前腔】（夫）（生）—【意不尽】（夫）—【犯尾序】（旦）—【前腔】（生）—【前腔】（旦）—【前腔】（生）—【鹧鸪天】（生）（旦）（生）（旦）

此折戏由 22 支曲牌组成。夫唱 3 支，占唱 1 支，其余 18 支皆由生、旦演唱，或与夫、占二人对唱。生、旦演唱的曲牌数量相等，各唱 6 支完整的曲子，其余 6 支为生、旦对唱，或者生、旦分别与夫、占对唱。

《王商别妻往京华》中，除了丑扮侍从演唱两支曲牌，其余皆由生、旦对唱完成，曲牌组成为：

【一翦梅】（生）（旦）—【三学士】（旦）—【前腔】（生）—【前腔】（丑）—【香柳娘】（生）（旦）—【前腔】（旦）（生）—【前腔】（生）—【前腔】（丑）

《卓文君月下听琴》中，整折戏共有 11 支曲牌，由生唱 6 支，旦唱 5 支，交替演唱，戏份相当，曲牌组成为：

【菊花新】（生）——【二犯朝天子】（生）——【菊花新】（旦）——【二犯朝天子】（旦）——【临江仙】（生）——【二犯傍妆台】（生）——【前腔】（旦）——【驻云飞】（生）——【前腔】（旦）——【前腔】（生）——【前腔】（旦）

《玉箫渭河送别》中，生扮演唱5支曲牌，旦扮演唱4支曲牌，戏份相当：

【天下乐】（生）——【望吾乡】（生）——【傍妆台】（旦）——【不是路】（丑）——【皂角儿】（生）——【前腔】（旦）——【余文】——【红衲袄】（旦）——【前腔】（生）——【香柳娘】（生）——【前腔】（旦）——【哭相思】——【余文】

《霍小玉灞桥送别》中，旦扮霍小玉演唱7支曲牌，生扮李十郎演唱5支曲牌，戏份相当：

【卜算子】（旦）——【前腔】（生）——【北寄生草】（旦）——【前腔】（旦）——【前腔】（旦）——【前腔】（旦）——【前腔】（生）——【前腔】（生）——【解三醒】（旦）——【前腔】（十郎）——【前腔】（旦）——【前腔】（生）——【前腔】（夫）——【前腔】（众）——【鹧鸪天】

三　曲调组合方式示例

《乐府红珊》分别类折子戏主要敷演离愁别绪，曲文声情相同，曲调的感情基调相同，使用哀婉伤感的曲调。分别类折子戏不同类型有：夫妇之别、情侣之别、同僚之别、离国之别，选本将各种类型的离别集中在一起，能直观地反映各种离别情景的曲调组合方式，为敷演离别场景提供创作参考。

出目	曲调组合
陈妙常秋江送别	【水红花】天空云淡蓼风寒， 【前腔】霎时间云雨暗巫山， 【红衲袄】（旦）奴好似江上芙蓉独自开， 【前腔】（生）我只为别时容易见时难， 【侥侥令】（旦）忙追赶去船， 【哭相思】半日里将伊不见， 【小桃红】（旦）你看秋江一望泪潸潸， 【下山虎】（生）黄昏月下， 【醉迟归】（旦）意儿中无别见， 【前腔】（生）想着你初相见， 【忆多娇】（旦）两意坚，月正圆， 【哭相思】（生）夕阳古道催行晚，
崔莺莺长亭送别	【端正好】（莺）碧云天，黄花地， 【滚绣球】（莺）恨相见得迟， 【叨叨令】（莺）见安排着车儿马儿， 【脱布衫】（莺）下西风黄叶纷飞， 【小梁州】（生）我见他阁泪汪汪不敢垂， 【么】（莺）虽然久后成佳配， 【么】（莺）年少呵，轻远别， 【满庭芳】（莺）供食太急， 【么】（莺）虽然是厮守得一时半刻， 【快活三】（莺）将来的酒共食， 【朝天子】（红）暖溶溶玉杯， 【四边静】（莺）霎时间杯盘狼藉， 【耍孩儿】（莺）淋漓襟袖啼红泪， 【五煞】（莺）到京师服水土， 【四煞】（莺）这忧愁诉与谁， 【三煞】（莺）笑吟吟一处来， 【二煞】（莺）你休忧文齐福不齐， 【一煞】（莺）青山隔送行， 【收尾】（莺）四围山色中，
班仲升别母应募	【花心动】（占）红绡翠减， 【黄莺儿】（占）花落怨啼鹃， 【前腔】（旦）贫未焚朝烟， 【凤凰阁引】（生）青云路远， 【园林好】（生）从今日儿离母前， 【前腔】（占）忆畴昔早失所天， 【前腔】（夫）喜科场正发少年， 【江水儿】（旦）无限心中事， 【前腔】（生）临别非无泪， 【前腔】（占）所为功名事， 【玉交枝】（夫）不须留恋， 【前腔】（生）休得哀怨， 【川拨棹】（夫）程途畔， 【前腔】（生）子道亲情事未全， 【余文】叮咛话别辞家眷，

出目	曲调组合
李德武别妻戍边	【谒金门】（旦）心闷闷临镜， 【大圣乐】（旦）影澄澄半璧残灯， 【前腔】（生）夜深沉并倚窗露， 【前腔】（生）这青萍紫气腾腾， 【前腔】（旦）羡洪钧百炼之精， 【前腔】（旦）镜囊儿锦缀香凝， 【前腔】（生）破工夫缕叶萦茎， 【谒金门】（夫）身不幸鸾影早分青镜， 【园林好】（生）娘年老儿又远行， 【前腔】（夫）儿无念娘垂老龄，
李德武别妻戍边	【江儿水】（占）闻说三边地， 【前腔】（旦）扰乱干戈际， 【玉交枝】（生）娘行须听事， 【前腔】（占）边烽多警况， 【川拨棹】（占）愿你此去君威盛， 【前腔】（夫）别路遥临细柳营， 【意不尽】长城血战何时静， 【犯尾序】（旦）无语泪沾襟， 【前腔】（生）关山多战尘， 【前腔】（旦）仆夫俱在门， 【前腔】（生）衷情难俱陈， 【鹧鸪天】（生）王事驰骋不可违。
韩信别妻从军	【菊花新】（旦）凄凉满眼奈人何， 【霜天晓角】（生）逢人羞道， 【玉交枝】（生）胸中豪气， 【前腔】（旦）官人留意， 【忆多娇】（生）学已精， 【前腔】（旦）君远行， 【斗黑麻】（生）非薄幸， 【前腔】（旦）难留恋， 【不是路】（占）听得悲声， 【一封书】（占）一杯酒送伊， 【前腔】（旦）知君量半杯， 【前腔】（生）休忧虑莫悲， 【鹧鸪天】〔旦〕情痛切。
玉箫渭河送别	【天下乐】（生）鸾交凤友恩情厚， 【望吾乡】（生）花压重檐， 【傍妆台】（旦）月初圆， 【不是路】（丑）小设离筵， 【皂角儿】（生）我和你，焚明香设誓告天， 【前腔】（旦）怨爹娘心执见偏， 【余文】拥雕鞍频频劝， 【红衲袄】（旦）渭河边倚画船， 【前腔】（生）劝多娇莫泪涟， 【香柳娘】（生）论相逢有缘。 【前腔】（旦）奴家有一言。 【哭相思】渭水滔滔只向东， 【余文】心太急，意匆匆

续表

出目	曲调组合
王商别妻往京华	【一翦梅】（生）高车秣马赴明庭， 【三学士】（旦）阀阅蝉联知有幸， 【前腔】（生）青镜孤鸾愁无影。 【前腔】（丑）待价藏珠未可轻， 【香柳娘】（生）念匆匆远行。 【前腔】（旦）想凄凉怎生。 【前腔】（生）把金鞯乍整。 【前腔】（丑）叹驱驰未宁。
杨太仆都门分别	【酱卜算】（小）清露下空林， 【新水令】（生）飐秋风歆帽苧袍， 【折桂令】（生）叹人生有分， 【落梅花】（生）不作山中相伯， 【雁儿落】（生）俺如今不驱驰， 【得胜令】（生）有时节跨入鹿群中， 【石榴花】（末）天清气朗一色湛， 【前腔】（末）龙泉声响大籁送， 【泣颜回】（小）聚首岁华， 【前腔】南山栖凤， 【摧拍】（生）去京国心如沁凉， 【前腔】（小）（末）长空外雁书一行， 【尾声】水光山色人长望，
霍小玉灞桥送别	【卜算子】（旦）匝馆暗高枝， 【前腔】（生）碎语杂娇啼， 【北寄生草】（旦）一曲阳关泪， 【前腔】（旦）绣褶残金缕， 【前腔】（旦）绿惨花愁语， 【前腔】（旦）懒拂鸳鸯柱， 【前腔】（生）这泪呵，慢频垂红缕， 【前腔】（生）俊语闲帐触， 【解三醒】（旦）绣屏空莺残月午， 【前腔】〔十郎〕别鸳闺催残雁柱。 【前腔】（旦）望边头爪期未数， 【前腔】（生）送征夫夕阳花坞， 【前腔】（夫）劝仙郎联骖上路， 【前腔】（众）唱骊驹敲残羯鼓， 【鹧鸪天】红亭别酒话踌躇，
王昭君出塞	【汉宫春】（丑）（净）金瓜武士， 【前腔】（末）思忖手足， 【前腔】（占）娘娘今日， 【粉蝶儿】（旦）汉岭云横， 【点绛唇】（旦）细雨飘丝， 【前腔】（旦）忽听得金鼓连天， 【前腔】（旦）手挽着琵琶拨调， 【后庭花】（旦）第一来难忘父母恩， 【耍孩儿】（旦）泪流湿透衣襟重。

第一，分别类折子戏常用的曲调组合，多为双调【园林好】套和越调【小桃红】套。

《班仲升别母应募》、《李德武别妻戍边》使用了【园林好】套曲，分别为：

> 【园林好】三支—【江水儿】三支—【玉交枝】两支—【川拨棹】—【尾声】
>
> 【园林好】两支—【江儿水】两支—【玉交枝】两支—【川拨棹】两支—【意不尽】

【园林好】曲调组合常用于叙事，多用于敷演离别的情节，固有时也兼有抒情。此套包括10个曲调，【步步娇】、【园林好】、【忒忒令】、【沉醉东风】、【江儿水】、【五供养】、【玉交枝】、【好姐姐】、【玉抱肚】、【川拨棹】，首曲不定，或为【园林好】，或为【忒忒令】，或为【步步娇】，首曲为【园林好】就不会出现【步步娇】，但是首曲为【步步娇】，【园林好】可以作为次牌。组合不稳定，可以根据剧情的需要增加或减少。但是【园林好】套比较稳定。《琵琶记·南浦嘱别》和《浣纱记·离国》使用【园林好】套，完全相同，套式均为：

> 【园林好】两支—【江水儿】两支—【五供养】两支—【玉交枝】两支—【川拨棹】—【余文】

若是敷演情节具有悲哀色彩，最后常以【哭相思】、【鹧鸪天】、【临江仙】等代替尾声。

【小桃红】曲调组合常用于抒情叙事，适用于敷演离别的凄凉抑郁情景。此套的曲调有【小桃红】、【下山虎】、【醉扶归】、【忆多娇】、【斗黑麻】、【山麻稭】、【江头送别】等。【小桃红】曲调低沉，适用于凄凉抑郁的场合，【下山虎】曲词内容逐渐由写景抒情转入叙事，叙述必正和妙常的情话绵绵。【忆多娇】既可作为附牌参与【小桃红】长套，又可作为首牌领起【忆多娇】、【斗黑麻】附牌简套，还可以孤用。

《陈妙常秋江送别》使用了【小桃红】套曲：【小桃红】—【下山虎】—【醉迟归】两支—【忆多娇】。"秋江哭别"作为经典折子戏，被很多选本选录，有《八能奏锦》、《迎神赛社礼节传簿四十曲宫调》、《乐府菁华》、《大明春》、《摘锦奇音》、《群音类选》、《乐府玉树英》、《赛徵歌集》、《南音三赖》、《词林逸响》、《醉怡情》、《缀白裘》等。但是【小桃红】套的组合不尽相同。首先，曲文相同，曲调名不同。《词林逸响》、《醉怡情》、《缀白裘》中，将两支【醉扶归】曲牌名换成【五韵美】和【五般宜】。其次，【醉扶归】又称【醉归迟】，如《大明春》。最后，曲调有增减。如《摘锦奇音》比《乐府红珊》增加了一支【忆多娇】，其他选本未见这种情况。《乐府菁华》和《大明春》只有【哭相思】曲文，但无曲牌名。《词林逸响》用【尾声】代替【哭相思】，曲文不同，是【哭相思】曲文的缩减。

《韩信别妻从军》曲调中使用了【忆多娇】套式。【忆多娇】为首牌，【斗黑麻】为附牌，组成简套。《荆钗记·别祠》中也使用此套。

第二，分别类折子戏常用的南曲孤牌有：【红衲袄】、【香柳娘】、【尾犯序】、【解三醒】、【泣颜回】、【催拍】等。

【红衲袄】是常用曲牌，多用于以叙事为主，敷演离别的场合。一般连用二支或四支，以自套形式出现。单用一支的情况较少。【红纳袄】自套在复套折子中即使不出现为主套，在故事情节上，总也占重要位置。在声腔上，多用于劝说、揣摩、提问等场面。《陈妙常秋江送别》和《玉箫渭河送别》均使用了【红衲袄】。《陈妙常秋江送别》中，生、旦各唱一支【红衲袄】，妙常自雇小舟在秋江上追赶必正时演唱一支，必正乘舟离开行驶江面演唱一支，叙述昨夜欢会今被强拆，因为姑母有所觉察，所以二人不能在众人面前道别。《玉箫渭河送别》中，生、旦在渭河边分别在即时各唱一支【红衲袄】，互相叮嘱：

【红衲袄】（旦）渭河边倚画船，明日在洛阳城闻杜鹃。世间何事相思苦，甚物高如离恨天。锁春愁杨柳烟，卷东风桃杏脸。官人，音书须是早寄回来。休教愁老莺花也，燕子来时期信传。

【前腔】（生）劝多娇莫泪涟，取功名半载间。休教界破残妆面，独倚秦楼免挂牵。耐心情还自遣。**小生呵**，着荷衣即便转，**那时脱去烟花也**，永远双双时并肩。

【香柳娘】是常用曲牌，连用多支形成自套。声腔比较凄切、宛转。口语性较强，多用在不愉快气氛中的倾诉衷肠和对话。《玉箫渭河送别》和《王商别妻往京华》均使用了【香柳娘】。《玉箫渭河送别》中，生、旦离别前最后的倾诉，各唱一曲【香柳娘】，置于尾声之前。倾诉衷肠，相互叮嘱，有声腔的重复，还有合唱，更加增添了伤感的气氛：

【香柳娘】（生）论相逢有缘。（又）如何离间，琉璃易脆云易散，我有愁怀万千。（又）长夜竟不眠，终日情难遣。（合）办心专意专。（又）牢收玉环，留作后期相见。

【前腔】（旦）奴家有一言。（又）你英雄必显，后来切莫忘贫贱，再叮咛少年。（又）莫惜锦云笺，频频寄鱼雁。（合前）

《王商别妻往京华》中，【香柳娘】连用四支，置于尾声之前，用于临行前离愁的倾诉和叮嘱，除了声腔的重复、合唱，还有生、旦轮唱，营造出离别场面的凄凉悲伤：

【香柳娘】（生）念匆匆远行。（又）含悲自省，天涯已在须臾顷。（旦）我愁烦倍增。（又）孔雀冷画屏，紫骝迷金镫。（合）听阳关泪倾。（又）殷勤渭城，不堪孤另。

【前腔】（旦）想凄凉怎生。（又）绮窗春静，枕花红泣鸳鸯并。（生）怕清宵漏永。（又）绣被拥鸡声，梨花月痕冷。（合前）

【前腔】（生）把金鞯乍整。（又）满前孤兴，马蹄香散飞花径，听嘤嘤鸟鸣。（又）芳草最关情，萋萋织烟暝。（合）想临安玉京。（又）双龙紫庭，红云遮映。

【前腔】（丑）叹驱驰未宁。（又）苍苍暮景，垂杨古渡黄尘迥，想炊烟已青。（又）樵斧隔林声，斜晖半村影。（合前）

【尾犯序】是常用曲牌，用于叙述、抒情，声腔低沉伤感。重复前腔使用，四支、三支或者二支组成自套，但有时也用一支与别套连用。《琵琶记·南浦嘱别》是分别类折子戏中的经典，连用四支【尾犯序】，由生、旦各连唱两支，置于尾声之前。《乐府红珊》中，《李德武别妻成边》连用【尾犯序】四支，生、旦轮唱，置于尾声之前，用于倾诉离情和叮嘱：

【尾犯序】（旦）无语泪沾襟，执手踟蹰，不忍离分。受托晨昏，我身当报恩。须信，只虑你登山涉水，不田我憔脂瘦粉。从今去，黄云海戍不见眼中人。

【前腔】（生）关山多战鏖，盗贼纵横，人民逃奔。燕儿新婚，叹一旦离群。相悯，你须把愁怀自解，休只虑归期未准。身迢递，干戈满地空恋楚台云。

【前腔】（旦）仆夫俱在门，马上金衔，车动朱轮。**官人，我待要随着你去呵，兵法云，妇人在军中，兵法恐不扬。**妇女柔情，恐难教在军中自付，不愿作台前玉镜，不愿在琴中素轸。愿身作雕弓宝剑，千里随君。

【前腔】（生）衷情难俱陈，离绪无端，乱人方寸。慈母年高，你须尽殷勤。不忍，顿撒下秦楼伴侣，远逐着边城猃狁。瞻亲舍，何时膝下重试舞衣新。

【解三醒】是南曲孤牌，常连用二至四曲组成自套，在连用其他套数组成复套，但也有仅用一支连接其他套数成折者。适应于感情气氛前紧张后悲伤的特殊处理。一般用于生旦演唱，宜用于抒情、叙事。《琵琶记·书馆》、《紫钗记·阳关》使用了【解三醒】。《乐府红珊》中《霍小玉灞桥送别》六支【解三醒】连用成套，置于尾声之前，文辞华丽，反复倾诉离情合叮嘱：

【解三醒】（旦）绣屏空莺残月午，芳枝亚蝶展红疏，捍拨双盘金凤语，无聊处，增花发。输他塞北颜如玉，也寄云中锦字书。新人故，一霎时眼中人去，镜里鸾孤。

【前腔】（十郎）别鸳闱催残雁柱，临鸟道绣出蜜弧。一曲翠蛾低翠羽，沟头水，立须臾。三春别恨调琴里，一片年光揽镜初。功名苦，只落得青楼薄幸，锦字支吾。**（小玉）十郎几时归，望杀人也。**

【前腔】（旦）望边头爪期未数，登陇首榆塞平铺。云骑东方频盼取，金匣匳，锦模糊。千回蝶帐花无主，万里萧关妾有夫。芳年误，待趁作江南旅雁，蓟北双凫。

【前腔】（生）送征夫夕阳花坞，归思妇夜月椒图。绮席朱尘笼翠户，银屈恤，紫流苏。行云谩惹相思树，香泪还穿九曲珠。佳期负，小心着桐花覆凤，桂叶啼乌。

【前腔】（夫）劝仙郎联骖上路，看娇女撒袂中途。月露光阴等闲度，休回首，莫踌躇。侯封绝塞奇男子，身是当门女丈夫。旌旗竖，早趁着牙璋凤节，绣幕麟符。

【前腔】（众）唱骊驹敲残羯鼓，鞭云骑拗折珊瑚。紫雾黄云生古戍，腰红鷩，捣玄菟。西飞陇客啼鹦鹉，南赉闺人舞鹧鸪。兼程赴，稳看着龙庭捷奏，麟阁名图。

【泣颜回】常以自套形式出现，独自成折，或者结合其他套数组成复套。用于抒情、写景场合，也有用于行军、列阵、趱路等。《长生殿·惊变》、《千金记·别妓》、《风云会·送京》、《玉簪记·阻约》等使用【泣颜回】。《乐府红珊》中，《杨太仆都门分别》在后半部分使用了该曲牌，写景抒情，情景交融，伤感中不乏豪情：

> 【泣颜回】（小）聚首岁华，长契芝兰耐久，不忘长亭十里，一天愁孤惊斜阳。见山光水光照离觞，小泛金波荡。忍悲伤执酒卮匜，留不住分手河梁。
>
> 【前腔】南山栖凤，王琳琅傲风霜，高节非常斫成，筑杖赠行人，手策还乡。过桥西草堂，看青山红树无恙。挂百钱玉椀琼浆，化飞龙北海东洋。

【催拍】属大石调，用于叙事，节奏较快，敷演离别的场面，具有哀怨伤感的声请。《杨太仆都门分别》中使用了此调：

> 【摧拍】（生）去京国心如沁凉，辞知己情如剜肠，较程途短长。（又）千里云横，万叠山苍，阻隔关河，迢递家乡。（合）人渐远交谊难忘，逢归雁寄衡湘。
>
> 【前腔】（小）（末）长空外雁书一行，疏林畔蝉鸣夕阳，助离人忧伤。（又）路转重关天各一方，两地相思一样凄凉。

第三，多用【哭相思】和【鹧鸪天】代替尾声，或者放在尾声之后，以增加离别伤感的气氛。【哭相思】为南曲引子，但不常在脚色上场时唱，而是放在折子中间，孤立地用在剧中人伤感生离死别的场合，不受套式限制。也有放在折子最后代替尾声，或者放在尾声后面。有时候为了加强离别伤感的气氛，将它和【鹧鸪天】连用，但放在【鹧鸪天】之前。【鹧鸪天】是词家的常用词牌，词牌的情感气氛不像曲牌那样受局限，曲牌个性鲜明，总是用在离别伤感的场合，且从不作引子用，与【哭相思】不同，一般用在折子结束起尾声的作用，也可以用在尾声后。《乐府红珊》10 种分别类折子戏，有 7 种使用了【哭相思】、【鹧鸪天】。《陈妙常秋江哭别》使用最后两支【哭相思】，折子中间使用了一支，折子结束使用了另一支，代替尾声，两次出现带有哭声的曲调，极力渲染悲伤情感。

第四，《乐府红珊》分别类折子戏全用复套，有利于渲染离别的依依不舍和悲伤情绪，随着时间的推移，悲伤的情绪逐渐加深。《李德武别妻戍边》的复套套式为：

【谒金门】—【大圣乐】六支—【谒金门】—【园林好】两支—【江儿水】两支—【玉交枝】两支—【川拨棹】—【意不尽】—【犯尾序】四支—【鹧鸪天】

整个折子使用了 10 种曲调的 21 支曲子，由 3 个单套组成复套。3 个单套之间夹用两支曲牌衔接转化。首先生、旦各唱【谒金门】出场，【大圣乐】六支连用，形成自套，敷演李德武与妻子互诉离情，互赠礼物。其次，德武母亲唱引子【谒金门】出场，接着【园林好】套式组成本套，敷演李德武与母妻临别相互叮咛。【意不尽】一支，转化场景，德武妻将德武送至大路。最后用【犯尾序】四支连用组成自套，敷演临别再诉别情，感情强烈。

《陈妙常秋江送别》使用两个单套组成复套，将妙常必正难分难舍敷演得淋漓尽致：

【水红花】两支—【红衲袄】两支—【侥侥令】—【哭相思】—【小桃红】—【下山虎】—【醉迟归】两支—【忆多娇】—【哭相思】

生、旦各唱【水红花】上场，秋景萧瑟凄凉，感情低沉伤感的基调，首先用【红衲袄】两支组成自套，敷演必正离开后妙常行舟江上追赶。接着用【越调·小桃红】套式，倾诉别情，相互叮咛。

《霍小玉灞桥送别》中，【北寄生草】六支连用，组成自套，接着【解三酲】六支连用，组成自套。《王商别妻往京华》中，【三学士】四支连用，【香柳娘】五支连用，组成两个单套。

第四节 思忆类折子戏的类型分析

思忆类折子戏比较短小，敷演场上主人公抒发相思之情，情绪伤感，为"悲哀之事"类。《乐府红珊》选录思忆类折子戏 9 种，妻子思念丈夫的 4 种，母妻思念儿子、丈夫的 4 种，儿子思念双亲的一种。情节少有起伏变化，场上只有一位或两位抒情主人公，由主人公一唱到底。内容相同，感情气氛也相似，曲调组合方式具有鲜明的共性特征。

一 "闺怨"之曲

"闺怨"是中国古代文学的一个重要题材，主要抒发女主人公由相思而产生的哀怨之情。中国古代女性没有独立的人格，终其一生都离不开对男性的依附。所谓"夫为妻纲""三从四德"，就是说女性依附于男性而生存。待字闺中的未婚女子，已作他人妇的已婚女子，还有孤独寂寞的宫中女子，都会因为男性对自己的忽略而产生孤独寂寞之情，进而产生哀怨之情。在古代男权社会中，男性作者占据绝对优势，为何会写出如此众多的闺怨作品呢？何景明《明月篇·序》："夫诗本性情而发者也，其切而易见者，莫如妇夫之间。是以 300 篇首于《关雎》，六艺始于风。"① 道出了主要原因。以抒发女性哀怨缠绵之情见长的闺怨题材，自然受到青睐。王昌龄《闺怨》可谓闺怨诗中的杰作，"闺中少妇不知愁，春日凝妆上翠楼。忽见陌头杨柳色，悔教夫婿觅封侯"，抒发了已婚妇女因为丈夫常年在外产生的思念与悔恨之情。李白《春怨》"白马金羁辽海东，罗帷绣被卧春风。落月低轩窥烛尽，飞花入户笑床空。"唐代的开疆拓土引发的征戍之苦，是闺怨诗众多的重要原因。男性通过想象女性生活所作的闺怨诗，主要表现妻子的孤独寂寞，也反映出男性对妻子的思念，有时候还借助闺怨表现自己失意落寞。女性作家以其真实细腻的生活感受，抒写闺怨之愁，更生动感人，李清照的《一剪梅·

---

① 沈德潜、周准合编：《明诗别裁集》，上海古籍出版社 1979 年版，第 116 页。

红藕香残玉簟秋》："花自飘零水自流。一种相思，两处闲愁。此情无计可消除，才下眉头，却上心头。"朱淑真《减字木兰花·春怨》："独行独坐，独唱独酬还独卧。伫立伤神，无奈轻寒著摸人。此情谁见，泪洗残妆无一半。愁病相仍，剔尽寒灯梦不成。"

散曲、戏曲也不乏闺怨题材，如张可久有【中吕·上小楼】《春思》15首，"屏山倦倚，眉尖蹙翠。怪煞书迟，盼得人回，又怕春归。绣枕推，初睡起，忧心如醉，问西国海棠开未？"抒发了女主人公盼望远人归来的急切心情。夏庭芝在《青楼集志》中，将元杂剧按照题材进行了分类，大致情况如下"有驾头、闺怨、鸨儿、花旦、披秉、破衫儿、绿林、公吏、神仙道化、家长里短之类。"① 清代李渔曾说"传奇十部九相思"②，在明清传奇中，婚姻爱情题材的作品占到80％到90％。婚姻爱情题材自然就离不开悲欢离合，所以，明传奇中就有很多专门敷演女主人公闺怨之情的散出。《词珍雅调》"翰苑词珍"专设"闺情类"，选录《王曾妻暮春忆别》、《闺词周氏忆夫》、《赵五娘对镜忆夫》等散出。

《乐府红珊》思忆类题材的折子戏有9种：《钱玉莲姑媳思忆》、《张贞娘对景思夫》、《郭汾阳母妻思忆》、《班仲升母妻忆卜》、《蔡伯喈书馆思亲》、《张夫人忆子征戍》、《丁士才妻忆别》、《周氏对月思夫》、《赵五娘临镜思夫》，除《蔡伯喈书馆思亲》外，其他全部为妻子思念远行在外的丈夫，长期思而不见，自然心生哀怨，思念之苦与怨恨之情交织在一起，所以可称之为闺怨折子戏。《赵五娘临镜思夫》中：

【四朝元】春闱催赴，同心带绾初。叹阳关声断，送别南浦，早已成间阻。谩罗襟泪渍，谩罗襟泪渍，和那宝瑟尘埋。锦被羞铺，寂寞琼窗，萧条朱户，空把流年度。嗏，瞑子里自寻思。妾意君情，一旦如朝露。君行万里途，妾心万般苦。君还念妾，迢迢远

① 夏庭芝：《青楼集志》，《中国古典戏曲论著集成》第二卷，中国戏剧出版社1959年版，第7页。

② 李渔：《怜香伴》卷末收场诗，《笠翁十种曲》（上），《李渔全集》第4卷，浙江古籍出版社1992年版，第110页。

远也须回顾。（又）

【前腔】朱颜非故，绿云懒去梳。奈画眉人远，傅粉即去，镜鸾羞自舞。把归期暗数，把归期暗数。只见雁杳鱼沉，凤只鸾孤，绿遍汀洲，又生芳杜，空自思前事。嗏，日近帝王都。芳草斜阳，教我望断长安路。君身岂荡子，妾非荡子妇。其间就里，千千万万有谁堪诉。

【前腔】轻移莲步，堂前问舅姑。怕食缺须进，衣绽须补，要行时须与扶。奈西山景暮，奈西山景暮，教我倩着谁人。传与我的儿夫，你身上青云，只怕亲归黄土，我临别也曾多嘱付。嗏，那些个意孜孜。只怕十里红楼，贪恋着人豪富。你虽然忘了奴，也须念父母。苦，无人说与，这凄凄冷冷怎生辜负，怎生辜负。

【前腔】文场选士，纷纷都是才俊徒。少甚么镜分鸾凤，都要榜登龙虎。偏他将奴误，也不索气盎，也不索气盎。既受托了蒧繁，有甚推辞，索性做个孝妇贤妻，也落得名标青史。**若得公婆寿考，双双等他回来便好了，倘或有些不周时，我枉受了闲凄楚。**嗏，俺这里自支吾。休得污了他的名儿，左右与他相回护。**咳，我心虽是如此，天只怕你得遂功名心又变了。**你便做腰金与衣紫，须记得荆钗与裙布。苦，一场愁绪，堆堆积积宋玉难赋，宋玉难赋。

赵五娘的感情由思念到揣测到怨恨，层层深入，反映了女性真实细腻的心理。如果你还想念我，再远也应该回来看看，即使你忘了我，也需念你的父母，就算你富贵发达，也应该记得我这糟糠之妻。自己的愁苦向谁人诉说，凄凄冷冷无人能懂。

《周氏对月思夫》中：

【二犯朝天子】玉漏迢迢月转廊，露冷罗衣薄，夜正长，沉吟倚遍画阑干，景凄凉，愁听彻畔寒蛩，令人惨伤，又听得风吹铁马叮当响，一声断肠，酩子里闲思想，误奴空悬望目断楚天长，愁闷如天样，只落得泪汪汪，枉教奴搵湿透红罗帕上。

【二犯朝天子】一夜思量一夜长，俏似江南柳瘦怎禁。**季子夫，你一去不回呵。**好一似金瓶线断去沉沉，到如今败叶儿淅沥过庭荫空悬片心，忽听得孤雁嘹呖过平林。夫，全没半行书信，辜负奴鸳鸯枕，每夜成孤冷，闲了半边衾，只落得梦儿里空相认，奴把愁颜换笑脸迎，喜孜孜与他诉衷情，**觉来时明月芦花何处寻。**

《张贞娘对景思夫》中：

【二犯傍粧台】（旦）凤箫声绝彩云收，画眉人去镜鸾羞，春衫瘦损庭前柳，丁香暗结雨中愁。夫，**你那里**，天涯渺漠无鱼雁。**俺这里**，闺阁徒劳望斗牛。（合）从他去后，望穿两眸，悔教夫婿觅封侯。

闺怨折子戏以抒情委婉含蓄见长，通过借景抒情、情景交融等方式实现，吸取了前人抒写离别相思的成果，首先，使用大量与离别有关和凄凉衰落的意象，如"关山"、"南浦"、"寒砧"、"塞鸿"、"衡阳"、"鱼雁"、"长亭"、"柳树"等，还有如"孤雁"、"寒蛩"、"西山"、"暮云"、"更漏"、"梧桐"、"落木"、"斜阳"、"霜露"、"疏林"等，营造悲伤哀怨的气氛。其次，化用前人诗句来写相思，如《班仲升母妻忆卜》引子【一剪梅】直接化用了李清照《一剪梅红藕香残玉簟秋》："红藕香残玉簟秋，雁度南楼，信阻青楼。万山空翠搅离愁，才上心头，又上眉头。"【二犯傍妆台】中"无语倚南楼，湘帘高卷控金钩，啼痕点点沾罗袖，离愁种种上眉头。儿，你那里，思亲早把封章奏，我这里，忆子空牵万里愁。（合）从儿去后，望穿两眸，伤春未已又悲秋。"化用了李清照的《一剪梅·红藕香残玉簟秋》和王昌龄《从军行》中的诗句。《张夫人忆子征戍》引子【一剪梅】直接引用李清照《一剪梅·红藕香残玉簟秋》诗句：

【一剪梅】（夫）孩儿一去信音无，朝也添愁暮也添愁。（旦）

此情无计可消除，才下眉头，又上心头。（占）人离有日返乡游，且自消忧，谩自消忧。

《张贞娘对景思夫》中化用前人诗句更多：

【四朝元】（旦）关山遥忆，儿夫去不归。望衡阳信断，瀛海书迟，无消息。家贫空四壁，只见风卷珠帘。香袅金猊，冷落妆台，萧条琴瑟，愁事萦如织。嗏，我这里自思维。欲待学姜女寻郎，母老应难弃。儿夫无返期，（又）强梁屡见欺。千言万语，叨叨絮絮，不知回避。（又）

【四朝元】（旦）清秋天气，长空雁到迟。我欲登高望远，酌彼金罍，只怕霜露沾我衣。见疏林叶落，帘卷西风。人在天涯，蹙损春山，望穿秋水，处处催刀尺。嗏，我这里自支持。又听的别馆寒砧，敲的我柔肠碎。才郎身上衣，（又）寒时谁拆洗。千山万水，迢迢远远，怎生相寄。（又）

【四朝元】（旦）重门深闭，青山日又低。见乌鸦栖树，牛羊入院，偏你无归。恨夜长人静寂，（又）只听的铁马铮铮。玉漏迟迟，珊枕空馀，银缸独对，展转难成寐。嗏，我这里自忧疑。想着无主的儿夫，做不了他乡鬼。你那凶与吉，（又）奴这里怎得知。千思万想，凄凄惨惨，空流珠泪。

以上内容将前人诗句信手拈来，化用其中，有王昌龄《从军行》，白居易《闺怨》，范仲淹《渔家傲·塞下秋来风景异》，晏几道《生查子·关山魂梦长》，苏轼《浣溪沙·风卷珠帘自上钩》，李清照《凤凰台上忆吹箫·香冷金猊》、《醉花阴·薄雾浓云愁永昼》、《声声慢·寻寻觅觅》，杜甫《秋兴八首》（玉露凋伤枫树林），韩偓《联缀体》、《诗经·君子于役》等。

《周氏对月思夫》中"【清江引】秋来万物尽皆凋，木落千山悄，无语倚栏杆，恍惚金钗吊，猛抬头，只见金井梧桐叶正飘。"化用了杜甫的《登高》、王昌龄的《长信秋词》中的诗句。

最后，通过女主人公日常生活中的起居环境、行动来展示自己的内心世界。《赵五娘临镜思夫》引子【破齐阵引】："翠减祥鸾罗幌，香销宝鸭金炉，楚馆云闲，秦楼月冷，"起居环境的翠减香销、云闲月冷，衬托主人公内心的凄凉孤独。"朱颜非故，绿云懒去梳。奈画眉人远，傅粉即去，镜鸾羞自舞。"用女主人公懒于梳妆打扮反映其内心的孤独空虚。《周氏对月思夫》中【清江引】一曲："金风冷透薄罗裳，四壁寒蛩闹，忽闻砧杵敲，铁马叮当响，猛批头，只见玉露迢迢月转廊。"《林冲妻对景思夫》中【四朝元】："玉漏迟迟，珊枕空余，银缸独对，展转难成寐。"皆用女主人公周围环境烘托其内心的忧伤凄凉。

二 独戏的表演范式

闺怨折子戏抒发女性主人公对丈夫的思念以及思而不见的哀怨，一般只有旦脚在场，由旦脚演唱，从表演范式来看，属于独戏。整出戏以抒情为中心，情节没有起伏变化，没有场景变化，曲调也少有变化。《乐府红珊》中，《林冲妻对景思夫》、《蔡伯喈书馆思亲》、《周氏对月思夫》、《赵五娘临镜思夫》属于独戏。《林冲妻对景思夫》只有旦扮林冲妻一人在场演唱；《蔡伯喈书馆思亲》只有生扮蔡伯喈一人在场演唱；《周氏对月思夫》只有旦扮周氏一人在场演唱。

独戏的整折戏由一个脚色演唱完成，同曲牌重复演唱，在重复演唱中，感情逐渐深入强化。《赵五娘临镜思夫》中，旦扮赵五娘因为新婚燕尔就与丈夫分别，对丈夫的思念更强烈，进而产生怨恨之情，连唱【四朝元】四支，将丈夫离家后的悲伤哀怨倾泻出来。《林冲妻对景思夫》旦扮林冲妻连唱【四朝元】四支，既有对远在关山的丈夫的思念，也有对家中艰难生活的忧虑，悲伤哀怨的气氛更加浓烈。《周氏对月思夫》中，中秋之夜，周氏在后花园中安排香桌，烧香保佑丈夫，对月思夫，【清江引】接【二犯朝天子】重复4次，【清江引】描写中秋美景，写团圆美满，【二犯朝天子】触景生情，抒相思之愁。《蔡伯喈书馆思亲》中，连唱【锦鱼雁】四支，将对家人的思念、内心的愧疚、被迫入赘的苦恼，一股脑地倾泻而出。

为了营造浓郁的抒情氛围，增强抒情效果，独戏多采用首尾相连、回环往复的方式，一起一伏，缠绵反复，愁思无尽。《乐府红珊》的相思之曲中，有 4 种都使用了这种方式：

【清江引】一年今夕最分明，风扫纤云静，碧天似水流，皓月如金镜，猛抬头，**只见**万里长空收暮云。

【二犯朝天子】万里长空收暮云。……

【清江引】秋来万物尽皆凋，木落千山悄，无语倚栏杆，恍惚金钗吊，猛抬头，**只见**金井梧桐叶正飘。

【二犯朝天子】金井梧桐叶正飘，一别苏郎后，算将来不觉度九秋……

【清江引】金风冷透薄罗裳，四壁寒蛩闹，忽闻砧杵敲，铁马叮当响，猛批头，**只见**玉露迢迢月转廊。

【二犯朝天子】玉漏迢迢月转廊，露冷罗衣薄……

【清江引】教人无语倚栏杆，镇日悬悬望，相思几断肠，多少风流况，猛然间，一夜思量一夜长。

【二犯朝天子】一夜思量一夜长，俏似江南柳瘦怎禁……

——《周氏对月思夫》

【四朝元】（旦）关山遥忆……（又）**残灯挑尽梦难成，愁绝音书寄远征，欲问高堂天未晓，着衣仍坐待天明。**

【前腔】（旦）天明早起……（又）**绿窗独坐思悠悠，放下金针只泪流，残雨断云俱不问，只将幽恨度清秋。**

【前腔】（旦）清秋天气……（又）**半窗明月照黄昏，奴在幽闺暗断魂，盼尽斜阳人不至，相思和泪掩重门。**

【前腔】（旦）重门深闭……

——《林冲妻对景思夫》

【四朝元】春闱催赴……（又）**天涯游子几时还，目断长安杳**

露间，莺老花飞春欲尽，愁贫怨别改朱颜。

【前腔】朱颜非故……萧条菽水独支持，远梦惊回报晓鸡，犹恐二亲眠尚稳，几回问寝步轻移。

【前腔】轻移莲步……鳞鸿何事两茫茫，辗转猜疑欲断肠，纵使名强绊归骑，也应先报捷文场。

【前腔】文场选士……

——《赵五娘临镜思夫》

【喜迁莺】（生）终朝思想……正是三年离却故家乡，雁杳鱼沉音信荒，父母倚门频望眼，教人无日不思量。

【雁鱼锦】思量，那日离故乡。

【一解】思量，幼读文章……不得承欢具庆堂，归心如箭思茫茫，遥望白云亲舍远，倚栏几度自悲伤。

【二解】悲伤，鹭序鸳行……京华日暮望庭帏，路接南衢思欲飞，故里交游频入梦，醒来依旧各东西。

【三解】几回梦里，忽闻鸡唱……

——《蔡伯喈书馆思亲》

《周氏对月思夫》中曲文之间自然形成首尾相连，《赵五娘临镜思夫》、《林冲妻对景思夫》和《蔡伯喈书馆思亲》中，为了形成首尾连接，在上一支曲文后加入了四句七言韵白，与下支曲牌的曲文首尾连接。其中，《赵五娘临镜思夫》、《蔡伯喈书馆思亲》所加四句七言诗，《六十种曲》本未见。

三　曲调组合方式示例

思忆类折子戏主要敷演相思之愁，曲文声情相同，曲调的感情基调相同。《乐府红珊》将多个剧目中闺怨之曲集中在一起，能直观地反映出其曲调组合的特点，从而为传奇创作提供参考。

出目	曲调组合
钱玉莲姑媳思忆	【临江仙】（占）凭栏极目天涯远， 【二犯傍妆台】（占）意悬悬倚门终日， 【前腔】何劳忧虑恁拳拳， 【不是路】（末）渡口离船， 【掉角儿】（占）想连年时乖运蹇， 【前腔】（旦）想前生曾结分缘， 【十二时】鹊声喧，
林冲妻对景思夫	【齐天乐】（旦）香肌瘦减愁痛起， 【四朝元】（旦）关山遥忆， 【前腔】（旦）天明早起， 【前腔】（旦）清秋天气， 【前腔】（旦）重门深闭，
郭子仪母妻思忆	【一剪梅】（占）斑衣游子久离家， 【四朝元】（占）英雄应募， 【前腔】（旦）新婚燕尔， 【前腔】（占）胡尘满地， 【前腔】（旦）慈帏衰力，
班仲升母妻忆卜	【一剪梅】（占）红藕香残玉簟秋， 【二犯傍妆台】（占）无语倚南楼， 【前腔】（旦）凤箫声绝彩云收， 【下山虎】（占）去时暮春， 【前腔】（旦）金壶应节， 【小桃红】（占）宝炉烟透， 【尾声】月光转过庭前柳，
蔡伯喈书馆思亲	【喜迁莺】（生）终朝思想。 【雁鱼锦】思量，那日离故乡。 【一解】思量，幼读文章， 【二解】悲伤。今日我职居清要，位列朝班。鹭序鸳行。 【三解】几回梦里，忽闻鸡唱， 【余文】千思想，万忖量，
张夫人忆子征戍	【一剪梅】（夫）孩儿一去信音无， 【七贤过关】（夫）萱亲未老时， 【前腔】（旦）男儿立世间， 【前腔】（占）三策献皇朝， 【前腔】（夫）景川山外山， 【前腔】（旦）良人在远征， 【前腔】（占）婆婆，孩儿虽暂离， 【尾声】（夫）萱亲老景闲相守。
丁士才妻忆别	【菊花新】（旦）良人持节应南闽， 【二犯傍妆台】（旦）无语倚栏干。 【前腔】（占）愁怀万种语难殚， 【皂角儿】（旦）忆才郎别情无限， 【前腔】（占）想当初别离乡贯， 【余文】晨昏只为离别叹，

续表

出目	曲调组合
周氏对月思夫	【似娘儿】（旦）一别薄情人， 【清江引】一年今夕最分明， 【二犯朝天子】万里长空收暮云。 【清江引】秋来万物尽皆凋， 【二犯朝天子】金井梧桐叶正飘， 【清江引】金风冷透薄罗裳， 【二犯朝天子】玉漏迢迢月转廊， 【清江引】教人无语倚栏杆， 【二犯朝天子】一夜思量一夜长， 【尾声】未知甚日还乡井，
赵五娘临镜思夫	【破齐阵引】（旦）翠减祥鸾罗幌， 【四朝元】春闱催赴， 【前腔】朱颜非故， 【前腔】轻移莲步， 【前腔】文场选士，

由以上展示可以总结出思忆类散出曲调的特点：

首先，思忆类折子戏多用集曲，由多支集曲连用组成集曲套。"借宫集曲，统名犯调"[1]，"所谓集曲，也成犯调，就是截取不同曲调的若干句子，或合两曲及两曲以上，组成一支新的曲调，南曲通常称为集曲"[2]。"集曲在昆山腔中已成为越来越普遍采用的手法，在创作实践中自然形成了一套技术法则。这套技术法则后来以成文的形式总结了些来，成为创作的规范。"[3] 集曲是曲调发展的一种形式，是本调的扩大与丰富，更有利于增强抒情性。

【四朝元】又称【风云会四朝元】，"是依次由本宫【五马江儿水】、本宫【仙吕桂枝香】、本宫【柳摇金】、本宫【中吕驻云飞】、本宫【南吕一江风】和本宫【朝元歌】六只曲牌各撷取若干句组成的"[4]，属于本宫相犯的集曲。卢前在论及传奇之结构时，也将"风云会四朝元"四

---

① 吴梅：《顾曲麈谈》，《中国戏曲概论》，上海古籍出版社 2000 年版，第 18 页。

② 俞为民：《昆曲格律研究》，南京大学出版社 2009 年版，第 111 页。

③ 张庚、郭汉城主编：《中国戏曲通史》，中国戏剧出版社 2006 年版，第 644—645 页。

④ 任半塘主编：《昆曲曲牌及套数凡例集》（南套，上册），上海文艺出版社 1994 年版，第 323 页。

支连用列入"悲哀之事"的套数之中。① 声情哀伤凄切，一般用于女主人公抒发对丈夫的思念之情。《乐府红珊》中，《赵五娘临镜思夫》、《郭子仪母妻思忆》、《林冲妻对景思夫》3 种连用【四朝元】四支形成集曲套。其中，《赵五娘临镜思夫》和《林冲妻对景思夫》在每一支曲子结束，增加七言绝句的韵白，与下一支曲子首尾相接，回环往复，缠绵不断。此外，《荆钗记·闺念》、《珍珠记·梳妆》也使用了【四朝元】集曲套。

【雁鱼锦】属于正宫集曲，由【雁过声】（全）、【二犯渔家傲】、【二犯渔家灯】、【喜渔灯】、【锦缠道犯】五支曲子的若干句集合而成，后四支曲子又皆为集曲。【雁鱼锦】集取其相犯各曲调名中若干字组成一个新的曲牌名。声情感伤哀怨，凄切委婉，多用于男主人公抒发思念之情。《乐府红珊》中，《蔡伯喈书馆思亲》连用【雁鱼锦】四支曲调，抒发蔡伯喈入赘相府后对家乡父母和妻子的思念之情。此外，《荆钗记·忆母》、《高文举珍珠记·忆别》也采用了【雁鱼锦】集曲套。

【二犯傍妆台】集曲是在仙吕【傍妆台】本调第四句下插入【八声甘州】二句、【掉角儿】二句，后又接本调末句连成的集曲。《乐府红珊》中，《钱玉莲姑媳思忆》、《班仲升母妻忆卜》、《丁士才妻忆别》3 种折子戏，皆使用【二犯傍妆台】两支连用，组成集曲套，用于叙事诉情。

从调名看，【二犯朝天子】、【七贤过关】也属于集曲，《周氏对月思夫》重复使用【清江引】接【二犯朝天子】4 次，《张夫人忆子征戍》连用【七贤过关】六支，组成集曲套。

其次，思忆类折子戏一般没有转折和别生枝节的情况，所以多有单套，9 种中有 5 种使用了单套，有《赵五娘临镜思夫》、《郭子仪母妻思忆》、《林冲妻对景思夫》、《蔡伯喈书馆思亲》、《张夫人忆子征戍》等。其他 4 种使用了由两个单套组成的复套，如《钱玉莲姑媳思忆》的曲调组合为：

【临江仙】—【二犯傍妆台】二支—【不是路】—【掉角儿】

① 卢前：《明清戏曲史》，台湾商务印书馆 1994 年版，第 43 页。

二支—【十二时】

《丁士才妻忆别》的曲调组合为：

　　【菊花新】—【二犯傍妆台】二支—【皂角儿】二支—【馀文】

《班仲升母妻忆卜》的曲调组合为：

　　【一剪梅】—【二犯傍妆台】二支—【下山虎】二支—【小桃红】—【尾声】

第五章 《乐府红珊》选剧考释

《乐府红珊》是文人编选的舞台演出本，虽然以舞台流行为标准，但又与民间折子戏选本不同，体现了文人较强的编辑意识。它选录以昆曲折子戏为主，又与以戏曲品评为目的昆腔散出选本不同，从而形成了《乐府红珊》选剧的特别。

首先，《乐府红珊》收录了 10 种佚剧的单出，这些剧作，过去未见著录，通过单出的留存被发现了，给戏剧研究带来了最直接的收获；其次，《乐府红珊》收录了很多虽经前人著录，但未见流传的剧作的单出，共 18 种剧作的 31 种单出，其中有些单出还是其他地方不曾见到过的。这些单出丰富了剧作的内容和情节，对剧作的考证和辑佚有重要的价值。除了以上两种情况，《乐府红珊》收录最多的是有全本流传的剧作的单出，共有 41 种剧作的 59 种单出。这些单出与全本剧作中相当的散出不同，它的宾白、科介丰富，表现出鲜明的舞台的特征，由此可以总结戏剧由案头创作走向舞台演出的改编特征和规律。另外，这些曲白俱全的单出，与其他舞台演出本的单出也不尽相同。《乐府红珊》选录的主要是昆曲单出，体现出声腔对原剧作的改编特征。

韩南先生在《〈乐府红珊〉考》一文中对《乐府红珊》的孤本剧目的内容作了简要分析，对佚本、传本剧目在它本中的收录情况作了简略介绍。① 但是，一则因为韩南先生的考释简略，二则因为韩南先生写作此文时，一些流失到海外的戏曲文献还未发现，与《乐府红珊》同为明

---

① 韩南：《〈乐府红珊〉考》，王秋桂译，《韩南中国小说论集》，北京大学出版社 2008 年版。

代戏曲散出选本的《乐府玉树英》、《乐府万象新》、《大明天下春》，到
20世纪90年代才由俄罗斯汉学家李福清发现，经李平教授编辑影印出
版①，所以，韩南先生的考释难免有疏漏之处。本书试图通过对《乐府
红珊》选剧的详细考释，进一步发掘其文献价值。

第一节　孤本戏曲考释

孤本戏曲就是在其他文献中没有见到的剧目。《乐府红珊》选录了
10种在其他文献中不得一见的剧作的折子戏，具体分为两种情况：一
种是剧作名称未曾见于前人的文献，一种是剧目名称见于前人文献，但
从实际内容来看，并非同一剧目。韩南先生认为这类剧目作了简单介
绍。② 但未对剧本内容加以考释，韩南先生依据的文献不全，将《玉环
记》一剧遗漏。本书据《曲海总目提要》以及《曲海总目提要补编》，
傅惜华《明代传奇全目》，庄一佛《古本戏曲存目汇考》，郭英德《明清
传奇综录》，《善本戏曲丛刊》以及《海外孤本晚明戏剧选集三种》，对
孤本戏曲考释如下：

一　《升仙记》

《乐府红珊》选录《升仙记·八仙赴蟠桃大会》。见于文献著录的
有《升仙记》两种，但均与《乐府红珊》中的《升仙记》不同。《远
山堂曲品》均著录两种《升仙记》，演韩湘子事，一种为锦窝老人撰，
另一种为无名氏撰。锦窝老人撰《升仙记》被列入"具品"。《曲海总
目提要》亦录此剧，谓"不知何人所作"。按《远山堂曲品》评此剧
云："韩湘子经三演，别一本以《升仙记》名者，原不足观。"无名氏
撰《升仙记》被列入"杂调"。按《远山堂曲品》谓此剧："传韩湘子
不及《蟾蜍记》。若删其俚调，或可收之具品。"由此看来，这两种

---

① ［俄］李福清、李平编：《海外孤本晚明戏剧选集三种》，上海古籍出版社1993年版。
② 韩南：《〈乐府红珊〉考》，王秋桂译，《韩南中国小说论集》，北京大学出版社2008年版，
第272—276页。

《升仙记》均演韩湘子事。现存传本《韩湘子九度文公升仙记》，有明万历富春堂刊本，《古本戏曲丛刊二集》据之影印。傅惜华《明代传奇全目》谓锦窝老人撰，郭英德《明清传奇综录》谓无名氏撰，《曲海总目提要》亦谓无名氏撰，理由是，疑锦窝老人为锦窠老人，朱有墩有此别号，而朱有墩杂剧中无此剧。① 此《升仙记》演韩湘度其叔父韩愈于蓝关事。本事见于《韩仙传》，《青琐高议》。写韩愈侄子韩湘，虽钟离、吕洞宾二仙所扮游方道士出走，被度化成仙，成为八洞神仙。历五载，韩湘奉玉帝之命，欲度韩愈成仙。但是韩愈不能悟道，度化失败。直到谏迎佛骨触怒宪宗，被贬潮州时，途经蓝关时风雪神降风雪，韩愈被阻，马死粮尽，猛虎拖走从者，韩湘与蓝采和化作相士，及时解救，韩愈始悟昔迷。韩湘代韩愈入潮州，设法杀死食人畜的鳄鱼，为民除害。未几装疯而死，谥封文公。韩湘和蓝采和乃度韩愈全家成仙，愈为玉镜神仙。另外，《远山堂曲品》还著录黄翠吾《升仙记》，列入"能品"。此剧有明崇祯年间来仪山房刻本，卷首书名标作《玉茗堂批评新著续西厢升仙记》，版心题作《续西厢升仙记》。《古本戏曲丛刊初集》据之影印，未题撰者。显然与《乐府红珊》中《升仙记》不同。

《乐府红珊》中《升仙记》显然与以上两种《升仙记》不同，此剧演太仓武英殿大学士王锡爵之女王寿其奉道成仙之事。《八仙赴蟠桃大会》先叙西王母度索山上的长寿蟠桃，3000 年一结果。时值蟠桃成熟，西王母安排筵席，邀众仙前来聚会，称觞上寿。之后写八仙应邀赴宴，依次到场，盛宴开始，众仙女捧出仙桃，众仙持觞，齐祝长寿，气氛祥和，欢声不断。盛宴结束之时，汉钟离禀西王母，让她引度凡间太仓武英殿大学士王锡爵之女王寿真，因王寿真坚心向道，合当引列仙班，于是，西王母派侍女朱仙姑受命下凡引度。韩南先生认为此出"显然是一出开场戏"②。赵景深先生又指出："八仙戏末折必有同场的特点。"所

---

① 董康编著：《曲海总目提要》，人民文学出版社 1959 年版，第 1861 页。

② 韩南：《〈乐府红珊〉考》，王秋桂译，《韩南中国小说论集》，北京大学出版社 2008 年版，第 273 页。

以，此折也有可能是最后一出。因为此出盛宴结束后，汉钟离向西王母禀告王寿真坚心向道，礼佛看经，建议位列仙班。之前应该有汉钟离下界寻找异人，发现王寿真的情节，所以才乘此蟠桃会向西王母禀报。西王母同意并安排朱仙姑下凡引度王寿真成仙，团圆结局，这样安排情节也是合乎情理的。

另外，此剧在八仙戏中有一定的价值，它确立了八仙名号以及八仙排序，明确了八仙特征。"八仙"一词，最早可追溯到东汉、三国。牟副在《理惑论》中说："王乔、赤松、八仙之录，神书百七十卷。"但那时的"八仙"并无实指，似泛指列仙。金院本有《八仙会》，元杂剧有《八仙庆寿》，"八仙"指的是铁拐李、吕洞宾等，不过"八仙"所指还不固定。在马致远的《吕洞宾三醉岳阳楼》与谷子敬《吕洞宾三度城南柳》中，八仙均为：钟离权、吕洞宾、铁拐李、蓝采和、韩湘子、张果老、曹国舅、徐神翁。没有何仙姑，多出了徐神翁。在岳伯川的《吕洞宾度铁拐李岳》中，由张四郎代替徐神翁。元明之际无名氏杂剧《争玉板八仙过海》中，八仙与以上两剧相同，而且对八仙所用道具有了交代。【滚绣球】一曲中八仙全部出场：

> 曹国舅将笊篱作锦舟。（湘子云）贫道用此花篮浮海而过。（正末唱）韩湘子把花篮作画舫。（铁拐李）贫道踏此铁拐过海。（正末唱）见李岳将铁拐在海中轻漾。（钟离云）贫道踏此芭蕉扇渡此大海也。（正末唱）俺师父芭蕉岂比寻常。（徐神翁云）贫道将铁笛撇在海中履此过海。（正末唱）徐神翁撇铁笛在碧波。（张果老云）贫道撇药葫芦，履之过海。（正末唱）张果老漾葫芦渡海洋。（云）贫道踏此宝剑，浮海而过。（唱）贫道踏此宝剑岂为虚前。（净采和云）贫道踏此玉板过海。（正末唱）蓝采和脚踏着八扇云阳。则俺这八仙过海神通大，方显这众圣归山道法强，端的是万古名扬。[1]

---

① 王季烈编校：《孤本元明杂剧》，中国戏剧出版社 1958 年版。

以上两种八仙组合在元杂剧中最为常见。明代的八仙戏中，增加了何仙姑，以何仙姑代替曹国舅或蓝采和。范康《陈季卿悟道竹叶舟》中八仙为：钟离权、吕洞宾、铁拐李、蓝采和、韩湘子、张果老、徐神翁、何仙姑。明传奇中的八仙人物也不固定，《千家合锦》选《长生记》"八仙庆寿"，八仙则为汉钟离、张果老、徐神翁、曹国舅、何仙姑、吕纯阳、韩湘子、铁拐李。

相对于戏曲，明代小说中的八仙更加多变，《三宝太监西洋记演义》中的八仙，缺少张果老、何仙姑，却多了风僧寿、玄虚子。明代的《列仙全传》又用刘海蟾顶替了张果老。

《乐府红珊》选录《升仙记》中，对八仙的交代很详细，八仙依次演唱曲文出场后，有一段宾白：

> （外）我是钟离第一仙，头上横攒五岳冠，饮海□儿人不识，烧山符手鬼头看。（生）第二仙人吕洞宾，千百年前进□身，功满蓬莱为别馆，道成□□是黄金。（净）第三仙人张果老，香风不动松花老，骑驴踏向□街游，化阵清风不见了。（末）第四神仙曹国舅，不受金章与紫绶，修行纳却虎头牌，铁罩肩挑驾云雾。（外）第五神仙蓝采和，云板轻巧踏踏歌，朝骑鸾凤到碧落，暮见桑田生白波。（丑）第六神仙铁拐李，睁开大眼唬鬼死，手提铁拐海中游，脚踏平皋不着水。（旦）第七神仙何仙姑，笊篱天地在悬壶，不惭弄玉骑丹凤，曾跨虬龙在八湖。（小）第八神仙韩湘子，青山绿水吾家处，简鼓敲来天地宽，小小一瓢藏太宇。

此段宾白中涉及的八仙人物，与我们今天的认识相同，而且特征也很明确，尤其是明确了八仙的排序。关于韩湘子排序第八之说，与演韩湘子事《升仙记》中相同。剧演韩湘随钟离、吕洞宾度化，登第八洞无为阐教开罗大法真人。

二 《单刀记》

《乐府红珊》选录《单刀记·关云长公祝寿》（《寿亭侯祝寿》）。此剧未见著录。同题材剧本有关汉卿《关大王独赴单刀会》，宋元戏文亦有同名剧。《三国志·吴志·鲁肃传》："备遣羽相见，各驻兵百步上，但请将军单刀聚会。"故事由此附会而成。《单刀记》承《单刀会》情节，但"关云长祝寿"一出为本事所无。此出剧情大致为：干戈稍静，关羽镇守荆州，张飞据阆中，仲夏初临，五月十三日为关羽寿诞，关平设酒筵祝父亲寿诞。张飞前来祝寿，主上刘备、诸葛军师也送来贺礼，荆州军民亦前来祝贺，并送来寿轴。同题材剧目无此出，纯属剧作家增益。明代祝寿演戏的风气很盛，"祝寿"戏广泛演出，所以，剧作家就在原有剧情的基础上，附会出这一祝寿情节。在关羽戏中增益祝寿情节，反映出关羽形象的俗化。

三 《斑衣记》

《乐府红珊》选录《斑衣记·斑老莱子戏媒悦》。此剧未见著录。剧演老莱子斑衣戏舞悦亲故事的有《老莱子斑衣》（简称《老莱子》）、《斑衣欢》。南戏《宦门弟子错立身》第五段仙吕南北合套中见录《老莱子斑衣》，但未见传本。事出《艺文类聚》卷二十引《列女传》。《传奇汇考标目》著录《斑衣欢》，未见传本。《乐府红珊》虽然只选录此题材的一折，但很有价值。《斑衣记·斑老莱子戏媒悦》共有 14 支唱曲，宾白丰富，演莱子为父母祝百岁寿辰。莱子为楚人，居蒲柳之乡。父莱公，母彭氏，父年三十方生莱子，父母百岁寿辰，莱子年满七旬。夫人李氏生莱圣，莱圣生莱仪，俱赴任京师，任大夫之位，有玄孙在家。时值父母百岁寿诞，孙儿俱在京师未回。老莱子身着斑衣戏舞，与亲取乐。此时儿孙差莱爵、莱禄二人从京师送回祝寿家书，全家欢庆。莱子一家福寿禄位共有，乃人之所羡。古来百年孝为难，老莱子七十还能斑衣娱亲，为孝之首也。

四 《联芳记》

《乐府红珊》选录《联芳记·王三元相府联姻》。此剧未见著录。此折演君王掌判王状元与当朝宰相之女联姻，在相府举行婚礼的喜庆盛大场面。"虽然从此一出戏中看不出可靠的线索，王三元可能即是北宋的王曾，王曾又是《百顺记》的主角。"王曾为北宋时人，以三元致宰相位。《百顺记》增饰王曾子王绎登科之事。《群音类选》选《百顺记》中《杨相赘曾》一出，演王曾入赘相府举行婚礼的盛大热闹场面，曲文与《王三元相府联姻》不同，但意思相当。所以，《联芳记》极可能演北京王曾事的。

五 《单骑记》

《乐府红珊》选录《单骑记·郭汾阳母妻思忆》。此剧未见著录，此出情节简单，主要是敷演郭汾阳新婚不久便去了长安应募，时值燕归时节，母妻感时触物，顿生思念之情。《旧唐书》列传七十和《新唐书》列传六十二均有《郭汾阳传》。"华州郑县人。子仪长六尺馀。体貌秀杰，始以武举高等补左卫长史，累历诸君使。"① 郭子仪戎马一生，有勇有谋，屡建奇功，被封为汾阳郡王，在朝中有极高的威望。其单骑见回纥之事更被传为佳话，被回纥、吐蕃尊为神人。安史之乱以后，唐朝势力减弱，吐蕃势力强大，硬打不行，郭子仪决定说服回纥一起对抗吐蕃。他不顾众人劝阻，只身一人，纵马扬鞭，脱掉铠甲，扔掉兵器，深入回纥，赢得回纥的信任。郭子仪说服回纥，与唐军联合，大败吐蕃。《单骑记》由郭子仪此事而来。

郭子仪之事还见于《玉鱼记》，《曲品》著录此剧，列入"下上品"。《远山堂曲品》评为"具品"。此剧未见流传之本。按《曲品》称："郭汾阳宜谱曲。此记着意铺张甚长；但前段模仿琵琶，近套可厌，后半皆实录也。"《远山堂曲品》亦谓此剧："传郭令公。前半全袭琵琶，后半

---

① 刘昫等：《旧唐书》，中华书局1975年版，第2449页。

多实迹，总如盲贾人张肆，即有珍玩，位置杂乱不堪。"《群音类选》选《玉鱼记》之《观中相会》《单骑见虏》两出。其中《单骑见虏》即演郭子仪单骑入回纥事。《乐府红珊》中《郭子仪泥金报捷》演郭子仪得中状元，差人送泥金喜帖，并御笔书写"状元"二字。

六 《玉钗记》

《乐府红珊》选录《玉钗记·丁士才妻忆别》。文献著录《玉钗记》有3种，一种为心一山人撰《玉钗记》，又名《何文秀玉钗记》，《远山堂曲品》著录，列入"具品"。《曲海总目提要》亦著录，并谓"刊本，云心一山人传，未详其姓名"。此剧流传版本有富春堂刻本，《古本戏曲丛刊初集》据之影印，卷首总目标作《何文秀玉钗记》，未题撰人名氏。另一种为陆江楼《玉钗记》，《曲品》于此剧评云："记李元璧忠节事"，但不见传本。《群音类选》选《玉钗记》两种，一剧括号注明李元璧，谓演李元璧事，选录散出《玉钗军别》、《李生失钗》、《玉钗凶信》，应该是陆江楼所作《玉钗记》。一剧注明丘若山，谓演丘若山事为另外一种《玉钗记》，《群音类选》选录散出《妈妈闺怨》、《寄柬相邀》、《桂亭赏月》、《云雨私通》、《玉钗赠别》。《乐府红珊》中《玉钗记》与以上三剧全不同，剧演丁士才事。此折敷演丁士才在外为宦将及一年，杳无音信，夏景将残，秋风欲动，倦鸟知还，触景生情，母妻倾吐思忆之情。钗为古代妇女一般都会拥有的贴身之物，常用来作定情信物，或赠别之物，所以在敷演男女爱情故事的明传奇中经常出现，并且经常用来作为剧目名称。玉环、玉玦、玉簪等用于剧名的诸如《玉环记》、《玉玦记》、《玉簪记》、《金钗记》等。

七 《丝鞭记》

《乐府红珊》选录《丝鞭记·吕状元宫花报捷》，此剧未见著录。从此折内容来看，剧演吕蒙正事。同题材剧目很多，诸如元关汉卿、王德信的杂剧《吕蒙正风雪破窑记》，元无名氏的戏文《破窑记》，《永乐大典·戏文二十》著录，本题为《吕蒙正风雪破窑记》，《南词叙录·宋元旧篇》作《吕蒙正破窑记》。《九宫正始》引，或称《吕蒙正》，或称《瓦窑记》。此剧流传版本有明刊《李九我批评破窑记》，《古本戏曲丛刊初集》据之影印，题为《破窑记》。此外，明阙名传奇《彩楼记》，亦演吕蒙正事。吕天成《曲品》收录，置无名氏目内，《祁氏读书楼目录》著录，未题撰者。此剧存抄本《彩楼记》，《古本戏曲丛刊二集》据北京图书馆旧抄本影印。《破窑记》与《彩楼记》的关目和曲牌多有出入。演刘氏女彩楼招亲，所抛绣球被吕蒙正接住，时蒙正以贫士居寒窑，刘父欲悔婚，刘氏女坚持婚约，并至寒窑与蒙正共苦。后蒙正得中状元，刘氏苦尽甘来。《破窑记》入选戏曲散出选本的比例较高，"破窑闻捷"被选录较多。《玉谷新簧》选《刘千金破窑得捷》，《大明春》选《小姐破窑闻捷》，《乐府菁华》选《刘氏破窑问捷》（《刘氏破窑闻捷》），《乐府玉树英》选《刘小姐破窑闻捷》（阙文），《大明天下春》选《破窑闻捷》。在这些散出中，《玉谷新簧》中加入滚白，《乐府菁华》中加入滚唱，《大明春》中加入滚唱，《乐府玉树英》中此出虽阙文，但是书名即标为"滚调"选本，应该也加入了滚唱或滚白。滚调为弋阳腔系的重要特征，可见，《破窑记》为弋阳腔系诸腔的常演剧目。据李九我《破窑记》眉批得知，此本曾有"古本"与"改本"。"改本"应该是适应不同声腔需求的改编本。《丝鞭记·吕状元宫花报捷》与《玉谷新簧》中《破窑记·刘千金破窑得捷》曲文相同，但是略去了大多数滚白。所以，《破窑记》与《丝鞭记》应该是同一剧目、不同声腔的剧本。《彩楼记》则被很多昆腔散出选本选录，如《词林逸响》、《吴歈萃雅》、《怡春锦》、《珊珊集》、《南音三赖》、《赛徵歌集》、《炫雪谱》、《千家合锦》等都有《彩楼记》散出，无滚唱、滚白，所以，《破窑记》、《丝鞭记》、《彩楼记》应该是同一剧目、不同声腔剧种的改编本。

八 《茶船记》

《乐府红珊》选录《茶船记·双生访苏小卿》。此剧未见著录。剧演庐州妓女苏小卿与双渐宠的爱情故事。《宋元戏文辑佚》存残曲 10 支。本事见梅鼎祚《清泥莲花记》："苏，庐州妓，与双渐交昵，情好甚笃。渐出外久之，苏守志待之。其母私与江右茶商冯魁定计，卖与之。苏在茶船，月夜弹琵琶甚怨，过金山寺题诗于壁以示渐。渐后成名，经官论断，复还为夫妇。"《永乐大典·戏文十一》、《南词叙录宋元旧篇》均著录《苏小卿月夜泛茶船》。宋金诸宫调有《双渐豫章城》一本，金院本有《调双渐》一本，元杂剧有王德信《苏小卿月夜泛茶船》。《茶船记》由此改编而来。《茶船记·双生访苏小卿》演洛阳人双渐宠来到庐州，被父亲同年知府何宏量送到三清关与表弟读书。闲暇之时，到望仙楼访苏小卿，小卿向双渐宠倾诉心中苦楚，二人初次相见，却如同知己。已为望仙楼常客的冯魁此时到来，二人匆匆告别，小卿允诺明早扫门恭候。

九 《玉环记》

《乐府红珊》选录《玉环记·玉箫渭河送别》。此剧未见著录。明无名氏撰《玉环记》，《曲品》著录，列入"妙品"，《远山堂曲品》亦著录，列入"雅品"，《古人传奇总目》、《重订曲海目》、《曲考》等均见著录。流传版本有明万历间金陵富春堂刻本，正文首行书名标作《新刻出像音注唐韦皋玉环记》。还有明万历间慎馀馆刻本，正文首行书名标作《韦凤翔古玉环记》。《传奇汇考全目》增补著录杨柔胜《玉环记》，存明末汲古阁原刻初印本，封面标作《玉环记定本》，盖为《古玉环记》之改编本。《乐府红珊》中此剧当叙韦皋与玉箫两世姻缘的故事，但是与以上《玉环记》相当散出不同，盖另有所本。

韦皋与玉箫两世姻缘故事，最早见于唐人范摅《云溪友议》，又有小说《玉箫传》。以此题材创作的戏剧作品有：元代乔吉杂剧《玉箫女两世姻缘》，明初阙名的南戏《玉箫两世姻缘》，明杨柔胜的传奇《玉环记》，明陈与郊的传奇《鹦鹉洲》。这些戏剧作品在小说的基础上均有不同程度的改编。乔吉的杂剧把玉箫写成了姓韩的名妓，与韦皋定白首之盟，死后投生驸马张延赏家，18 年后于席上与韦皋相认，奉旨成婚。

杨柔胜传奇中，剧演韦皋与妓女玉箫相爱，为鸨母拆散，玉箫抑郁而亡。后韦皋入赘西川节度使张延赏家为婿，后因他人谗言被逐。玉箫投生为西川副节度使姜承之女，在宴席上与韦皋相遇，再续前缘。《鹦鹉洲》则并入薛涛事，韦皋与玉箫别后，以功名坐镇西川，元微之托韦皋照顾其所恋名妓薛涛。玉箫死后投生为东川节度庐八座家为养女，庐让玉箫从薛涛学习诗赋，将玉箫赠予韦皋为妾，元微之奉朝廷之命入川与薛涛重会。

《乐府红珊》选录《玉环记·韦南康续姻缘》中，亦并入薛涛事，但与《鹦鹉洲》不同。《鹦鹉洲》中元微之宠幸的名妓薛涛，在此出中则成了韦皋宠幸的粉头。"近有名姝薛涛，风度颇为相似，因宠之。"此出演韦皋与薛涛"因事绝去"，在韦皋初度之日，韦皋友人胡某请薛涛前来祝韦皋寿，两人消除前嫌。与此同时，东川庐节度使亦差官献美人庆韦皋寿，此美人酷似韦皋所恋之已故玉箫。经验证，即十余年前亡故玉箫转世，二人再续前缘。韩南先生谓此出相当于《六十种曲》本第三十四出《拆书见镜》，但曲文完全不同。

《大明天下春》选录《玉环记·托续旧盟》和《玉环记·韦皋续缘》。其中，《玉环记·韦皋续缘》与《乐府红珊》中《玉环记·韦南康续姻缘》基本相同，显然所本相同。《玉环记·托续旧盟》剧情在"韦皋续缘"之前一出，剧演薛涛因为与韦皋因谗见疏，心下苦闷，请韦皋好友胡先生从中周全，与韦皋鸾胶再续。胡先生约薛涛明日为韦皋庆寿，自己为二人牵合。

《乐府红珊》还选录了《玉环记·玉箫渭河送别》，与《六十种曲》本第八出《赶逐韦皋》比较接近，与《玉环记·韦南康续姻缘》源出剧本不同。

十 《偷香记》

《乐府红珊》选录《偷香记·韩寿月下佳期》。此剧未见著录。本事见《世说新语·惑溺》，言晋韩寿与贾充之女思恋之事。据此题材敷演的戏剧作品很多，情节与《西厢记》类似。宋元戏文有《韩寿窃香记》，

《宋元戏文辑佚》本存残曲 12 支[①]，与《乐府红珊》此出不同。元李子中有《贾充宅韩寿偷香》杂剧，已佚。《南九宫谱》集古传奇名中有《贾充宅韩寿偷香》，《九宫正始》引注："元传奇。"明陆采有《怀香记》传奇，亦演此事，《传奇汇考标目》著录误入明无名氏目内，《顾曲杂言》著录《韩寿偷香记》。

《乐府玉树英》选录《偷香记·□□赴约》，疑阙文两字应为"韩寿"，不过此出阙文不存。《乐府万象新》选录《窃香记·贾女窃香赴约》，与《乐府红珊》中《偷香记·韩寿月下佳期》相比，缺少七、八、九三支曲牌，分别是【鹊踏枝】、【寄生草】、【村里迓鼓】，其余曲白完全相同。疑《窃香记》为《偷香记》另名。

如果将《偷香记·韩寿月下佳期》与《西厢记》第十三出《月下佳期》比较，就会发现二者的联套方式和情节基本相同。同用仙吕套数，但稍有差异，《西厢记》中的"幺"换成了"前腔"，"煞尾"换成了"尾声"，"油葫芦"换成了"油拆瓶"。韩南先生认为这是《乐府红珊》中佚失剧本中唯一的杂剧。是否与李子中杂剧《贾充宅韩寿偷香》有关，惜不可考。[②] 此出很有可能是借用李子中杂剧中的一折，模拟《西厢记·月下佳期》之作。韩南先生肯定《偷香记》是《乐府红珊》选录孤本戏曲中的唯一杂剧，有些不妥。此出虽然使用北曲杂剧套数，但是传奇中使用杂剧套数的现象不少，如《三国记》、《桃园记》之散出《单刀赴会》，就使用了关汉卿《单刀会》杂剧的第四折套数。而且，此折北曲曲牌名称改成了南曲曲牌名称，北曲杂剧"幺"和"煞尾"，在《偷香记》中换成了"前腔"和"尾声"。所以，只能说此出改编自北曲杂剧套数，但不能肯定《偷香记》就是杂剧。《偷香记·韩寿月下佳期》与《西厢记·月下佳期》比较如下：

---

① 王季思主编：《全元戏曲》第十二卷，人民文学出版社 1999 年版，第 608 页。
② 韩南：《〈乐府红珊〉考》，王秋桂译，《韩南中国小说论集》，北京大学出版社 2008 年版，第 272 页。

曲牌	《偷香记·韩寿月下佳期》（《乐府红珊》）	《西厢记·月下佳期》（《六十种曲》）
【端正好】	（丑）俺小姐肌细腻，体馨香，灵珠宫玉质仙娘。一点惜花心，爱杀传粉郎。携彩笔，赋佳章，抱楚璞，献秦邦，出青琐，步迴廊，学云英，会装航，那装航想已在蓝桥上。	（贴）因姐姐玉精神，花模样，无倒断晓夜思量。着一片志诚心，盖抹了漫天谎。出画阁，向画房，离楚岫，赴高唐，学窃玉，试偷香，巫娥女，楚襄王，楚襄王敢先在阳台上。
【点绛唇】	（生）极目书斋，今宵想定，可人来。此望如虚，闷杀多才。	仁立闲阶，夜深香霭，横金界。潇洒书斋，闷杀读书客。
【混江龙】	（生）秋蟾光彩，玉堂落在清虚界。凝眸住想，行步迟迴。仙姬密约出蓬壶，刘晨早已入天台。俺有斗大色大胆，他有花样嫩香腮。一点慾火遍体烧来，身靠粉墙手扳绿槐，悄地窥似麝兰香过，琐闼门开。	彩云何在，月明如水浸楼台。曾居禅室，鸦噪庭槐。风弄竹声，则道是金珮响月移花影，疑是玉人来。意悬悬业眼，急穰穰情怀，身心一片，无处安排。
【油拆瓶】（《月下佳期》为【油葫芦】）	（生）且向湖山暗地猜，将那人简拆，只见一字字写定会多才，尾生既守桥边，信文君应向琴中，解私缔约不轻泄，料伊书岂徒说。且再等一等，纵小姐不来，梅香一定回信。碧栏杆外，宽心待定，有个飞鸿付音回。	情思昏昏眼倦开，单枕侧梦魂，飞入楚阳台，早知道无明无夜因他害，想当初不如不遇倾城色，人有过必自责，勿惮改，我却待贤贤易色将心戒，怎禁他兜的上心来。
【天下乐】	（生）我则要亲下温郎玉镜台，欲去又徘徊。他是个千金态，出相府恍似出蓬莱。今日若得成就呵，便是他麻姑返凡胎。只恐俺蔡经遭鞭背。因此上战兢兢，脚步儿移不开。	我则索倚定门儿手托腮，好着我难猜。来也那不来，夫人行料应难离侧。望得人眼欲穿，想得人心欲窄，多管是冤家不自在，偌早晚不来，莫不又是谎么。
【哪吒令】	（生）他若是风月，怀不强自来。他若有蕙兰，态强杀不来。他果不来，愁老我鬓毛衰。前生与你结冤债，今生见伊还冤债，那得相解。	他若是肯来，早离了贵宅。他若是到来，便春生敝斋。他若是不来，似石沉大海。数着他脚步儿行，倚定窗橺儿待，寄语多才。
【鹊踏枝】	（生）把门儿试推开，怕他家添惊怪。若得个花心嫩折，柳腰细摆，春思和谐。除非是云雨自巫山，飞下楚阳台。小姐今夜不来，果失信乎。	恁的般恶抢白，并不曾记心怀。拨得个意转心回，夜去明来，空调眼色，经今半载。这其间委实难捱，小姐这一番若不来呵。
【寄生草】	（生）安排五噫，准备七衰，这一点惜花心决惹病春骸。那一个通情简定流泪血，厌不如不相约，留得原身在。（旦上见介）忽喷异香来，天仙知下界，端的广寒宫月娥垂素爱。	安排着害，准备着抬，想着这异乡身强把茶汤捱。则为这可憎才熬得心肠耐，办一片志诚心，留得形骸在。试着那司天台，打算半年愁，端的是太平车约有十余载。
【村里迓鼓】	（生）一见了千般娇态，便消了许多瘴灾。谁想我凡鸟胚胎，到有个仙鸾匹配，这恩德比乾坤覆载一般浩大，不胜顶戴。小生荷蒙老相公，出身东阁寄迹西斋，深愧不才。敢劳天姬宠出荒阶。	猛见他可憎模样，小生那里得病来。早医可九分不快，先前记责，谁承望今宵欢爱。着小姐这般用心，不才张珙，合当跪拜。小生无宋玉般容，潘安般貌子建般才。姐姐，你则是可怜见为人在客。

曲牌	《偷香记·韩寿月下佳期》 （《乐府红珊》）	《西厢记·月下佳期》 （《六十种曲》）
【元和令】	（生）你蛾眉眉儿偃新月，杏脸儿莹春色，玉纤纤酥手儿柔黄白。高鬟宫妆格，半侣羞来半侣探，任俺将肌肤儿搔。	绣鞋儿刚半折，柳腰儿恰一搦，羞答答不肯把头抬。只将鸳枕捱，云鬟仿佛坠金钗，偏宜鬏髻儿歪。
【马上娇】	（生）不曾把你锦裙儿脱袖带儿解，身上便麻来。却侣个春到禁寒梅，喷出粉红腮。	我将这纽扣儿松缓带儿解，兰麝散幽斋。不良会把人禁害，咳怎不肯回过脸儿来。
【胜葫芦】	（生）小姐，你万金宝璧绝尘埃，香过麝兰胎，只疑是九仙女下瑶台，轻轻搂定，欸欸摇开，枯竿顿阳回。	我这里软玉温香抱满怀，呀，刘阮到天台，春至人间花弄色浆，柳腰款摆，花心轻折，露滴牡丹开。
【前腔】（《月下佳期》为【幺】）	（生）譬如那稿稼霖沛，精神殊快哉，又胜琼林夺榜魁鱼游春水，龙醒春雷，这春意想像却难猜。	但蘸着些儿麻上来，鱼水得和谐，嫩蕊娇香蝶恋采半推半就，又敬又爱，檀口揾香腮。
【后庭花】	（生）看三尺素罗帕，数点春红嫩容冶，得来具备浓露出，心偏悦羡清骏。名花国色一样娇，从天上开惭愧樗栎才。凄凉口馆侧，何幸遇多情，垂怜契尔怀，拆简辱相邀。交欢洞房侧，想前生分缘谐。	春罗元莹白，早见红香点嫩色，灯下偷睛觑，胸前着肉揣。畅奇哉浑身通泰，不知春从何处来。无能的张秀才，孤身西洛客，自从逢稔色，思量的不下怀。忧愁因间隔，相思无摆划。谢芳卿不见责。
【柳叶儿】	（生）我是个旅馆中孤身客，承了小姐偃爱，今宵完就风流债。两下里意俱酬身同添，不辜负琐闷中梦想神猜。	我将你做心肝儿般看待，点污了小姐清白，忘餐废寝舒心害。若不是真心耐，志诚捱，怎生勾这相思苦尽甘来。
【青歌儿】	（生）承赐了奇香奇香堪爱，佩服在终身终身不坏。真个是西番国主进将来，皇王钦赐，皇亲钦带。小生何幸辱卿分派，犹恐相逢是梦中，空成疑怪。	成就了今宵今宵欢爱，魂飞在九霄九霄云外。投至得见你个多情小，你憔悴形骸，瘦似麻稽，今夜和谐犹自猜。露滴香埃，风静闲阶，月射画齐，云锁阳台。审问明白，只疑是昨夜梦中来，愁无奈。
【寄生草】	（生）小姐，这个香真罕异，果奇绝，经年屡月馨还在。龙涎麝脑犹难赛，薰心透骨谁不爱。今宵解珮结同心，何时合卺成佳配。	多丰韵，忒稳色，乍时见教人害，霎时不见教人怪，些儿得见教人爱，今宵同会碧纱厨，何时重解香罗带。
【尾声】（《月下佳期》为【煞尾】）	（生）春入透花心，春生便休怀。口过弯凤和谐，涸鳞渴久，活水配来，暖融融细腻香骸。称情处，两足阳台。参辰卯酉休重隔，把幽期常待，将密约记怀。若是偎无人在，悄悄的把门来开。	春意透酥胸，春色横眉黛。贱却人间玉帛，杏脸桃腮，衬着月色，娇滴滴显红白。下香街，懒步苍苔。动人处弓鞋凤头窄，叹鲰生不才，谢多娇错爱。若小姐不弃小生，你是必破工夫明夜早些来。

由此可见，《西厢记》已经成为"风情类"题材创作的一个范本，为此类题材提供创作模式。

第二节　佚本戏曲考释

《乐府红珊》保存了 18 种没有全本流传的剧本的散出 31 种，其中还有在其他地方不曾见到过的散出。这些内容已经被韩南先生罗列出来，并指出这些散出的出处。[①] 但是，韩南先生并未对这些散出进行详细考证。本书通过这些散出与他本散出的比较，对他处未见散出剧情进行考释，加以补充，进一步发掘《乐府红珊》的文献价值。

一　《泰和记》

《乐府红珊》选录《泰和记·裴晋公绿野堂祝寿》。《泰和记》没有全本流传，只存散出于戏曲选本中。《泰和记》共有 24 种单折杂剧，"按二十四气，每季填词六折，用六古人故事，每事必具始终，每人必有本末"[②]。一般认为其作者为明代许潮之，也有杨慎说。据目前的搜集整理，《泰和记》中 24 种杂剧，已有 16 种得以确认。[③] 现罗列如下：《公孙丑东郭息忿争》、《王羲之兰亭显才艺》、《刘苏州席上写风情》、《东方朔割肉遗细君》、《张季鹰因风忆故乡》、《苏子瞻泛月游赤壁》、《晋庾亮月夜登南楼》、《陶处士栗里致交游》、《桓元帅龙山会僚友》、《谢东山雪朝试儿女》、《卫将军元宵会聊友》、《元微之重访蒲东寺》、《汉相如昼锦归西蜀》、《裴晋公绿野堂祝寿》、《武陵春》、《午日吟》、《同甲会》。

《裴晋公绿野堂祝寿》仅存于《乐府红珊》中，他处未见。此出曲白俱录，是完整的折子戏。《玉谷新簧》中选《绿野堂祝裴公寿》，与此

---

① 韩南：《〈乐府红珊〉考》，王秋桂译，《韩南中国小说论集》，北京大学出版社 2008 年版，第 278—289 页。

② 沈德符：《顾曲杂言》，《中国古典戏曲论著集成》（四），中国戏剧出版社 1959 年版，第 207 页。

③ 麻国君：《关于许潮杂剧四种的发现》，《戏剧学习》1981 年第 4 期；刘奇玉：《许潮及其〈泰和记〉》，《贵州民族学院学报》2003 年第 1 期；陈爽：《〈泰和记〉考辨》，《扬州大学学报》2008 年第 3 期。

出相同，但题出自《祝寿记》。《祝寿记》无著录。从剧目名称来看，《祝寿记》不是单折杂剧。《泰和记》此出很可能是《祝寿记》的减缩本。《玉谷新簧》选录《太和记·庆贺裴公寿诞》及《太和记·绿野堂中佳宴》，疑为同出，但是内容阙文。

《乐府红珊》还选《泰和记·庾元亮中秋夜宴》，曲白俱全，首尾完整，可谓完整的一折戏。《群音类选》虽然选有《泰和记·晋庾元亮月夜登南楼》，但因只选曲文，缺少宾白，剧情不明了。其中缺少【满庭芳】和【菊苍新】两支曲子。与之相比，《乐府红珊》中此折的文献价值更大。《泰和记》此折应由许潮杂剧《南楼月》改编而来，将《泰和记·庾元亮中秋夜宴》与《南楼月》比较，可以清楚地看到改编的过程。诸如人物角色、上场顺序都进行了改编：

人物	《泰和记·庾元亮中秋夜宴》		《南楼月》	
庾元亮	外	最后上场	正末	最后上场
南楼大使	末	第二位上场	副末	首位登场
殷浩	生	首位上场	正生	第四位上场
褚季野	小生	与生同时上场	正外	与正生同时上场
王述	小外	与生同时上场	小生	与正生同时上场
乐工	净、丑	第三位上场	净、丑	第二位上场
乐妓	旦、占	第四位上场	丑二人	第三位上场

仔细分析，《泰和记·庾元亮中秋夜宴》对许潮杂剧《南楼月》的改编比较合理，更符合舞台实际，人物上场顺序更为合理。《南楼月》中副末扮演的南楼大使首先上场，乐工净、丑生，乐妓二丑也接着登场，然后全部下场。生、外、小生三人登场，同往南楼，副末再上场与三人相见，净、丑再上场。在《泰和记·庾元亮中秋夜宴》中，生、小生、小外首先同时上场，同往南楼，与末扮演的南楼大使相见，净、丑、旦、占出场，宴饮开始，避免了《南楼月》人物上下场的频繁。再者，《泰和记·庾元亮中秋夜宴》中宾白较《南楼月》精练一些。

此外，笔者还辑出《泰和记》中佚失的一出《王子辋雪夜访戴安》。《月露音》中选录《泰和记》三出：《春游》、《交游》、《雪访》。其中，

《交游》与《群音类选》中的《陶处士栗里致交游》曲文相同。而《春游》和《雪访》他处未见。《春游》情节未明。疑《雪访》即程士廉《小雅堂杂剧》中的《忆故人戴王访雪》（残），仅《月露音》存此剧曲文，辑录如下：

【北新水令】彤云密布朔风严，满长空，几番飞霰舞。声轻看地，何事舞漫天，瑞降丰年，助幽人清兴遣。

【南步步娇】冰花云出寒风剪，玉积瑶阶遍檐外，乱飘旋忽过梁园。绕谢家庭院，谁人拟撒盐，且风柳絮空中飐。

【北折桂令】望斜阳，雪霁云穿，渐扫阴霾，丰露晴天。照辉辉几座银山，白瀼瀼几处瑶川。腻粉儿铺上重檐，玉绳儿绾就疏帘。谁问袁安，谁去食毡，谁钓寒江。呀，一霎时皓月当空，照彻人间。

【南江儿水】夜色晴偏媚，蟾光照雪寒。玉楼北际情无限，素阑屈曲闲凭遍。冰壶漏滴声轻溅，笼封婵娟为伴影，射琼卮照见梅花面。

【北雁儿落带得胜令】俺只见，趋空照，下雪滩，皎漫漫无边岸。说甚么，卧中流，莲叶舟。恰正是，泛仙槎，来银汉。往常时，帆外映青山，倒影碧流间。这些时，玉海翻银浪，苍峰换玉尖，遥天云敛星河淡。远望看，一派澄川。涵空，两静圆。

【南园林好】望海门余波激滟，拂芦花白云两岸。隐隐遥闻孤雁，雪月重唤中天，雪月重唤中天。

【侥侥令】露凝知夜永，风劲怯衣单。冰轮海上光犹闪，吟啸天风星斗寒。

【尾声】兴阑何必人相见，返掉归来月满船。夜色沉沉取次看。

【水底鱼儿】雪月晴天，梅花冷笑妍，心忙驴瘦，夜半阻河边。

【泣颜回】陇上探梅还为春，信几度跻攀灞桥风景，谩回旋，雪难过，稽山剡川白茫茫，返长途蹇足不前。

【石榴花】雪晴月朗，一色地连天清，意味共谁言。欲将招隐付冰弦，想高怀促膝清弹，放扁舟剡难望仙庄。咫尺应非远，兴阑时去棹风回，人会处缺月天园。

【泣颜回】高志屹如山，似浑浑流水潺湲。阳春白雪，按宫商唱和谐，难见南枝耐寒。这焦桐唤出东风面，拂清微半作龙吟，问（琴下为木）老何日游仙。

【石榴花】冰山冷眼，出岫白云闲，怎鼓瑟向人前。惟爱那风光雪月饮中仙，对清樽举袂，掀髯听鸡鸣，岸边曙光寒，江影浑如练。话绸缪饮尽醍醐橹，咿哑惊起鸥眠。

【归朝欢】晓寒生，晓寒生，落月在川，照孤舟横斜影乱。看前汀，看前汀，白露晶然，宿寒洲鸟惊玉散。残星几点，昏犹火山，寒波一片照还暗，渔火依稀起爨烟。

【尾声】夜阑何意重消遣，邂逅想看景倍妍，驴背舟中各一天。

《雪访》敷演《世说新语》中"子猷访戴"之事。曲文大致意思是雪霁天晴，子猷月夜乘兴访友赏雪，"兴阑何必人相见，返掉归来月满船"，说明是乘船而去，兴阑而还，未见所访之人。"稽山剡川白茫茫，返长途塞足不前"，说明所去之地为剡县，与《世说新语》中戴安道所居之地相同。此事写文人率性而为，兴致优雅，置于《泰和记》中也比较协调。所以，据此补出《泰和记》中还有《王子猷雪夜访戴安》一种。

《月露音》中选录《春游》，疑为《杜工部诗伴春游》。

二 《四节记》

《乐府红珊》选录《四节记》中散出 5 种：《苏东坡祝寿》、《杜工部游曲江》、《苏子瞻游赤壁》《党太尉赏雪》、《韩侍郎宴陶学士》。《四节记》没有全本流传，只存散出于戏曲选本中。吕天成《曲品》著录此剧，并云："初出时甚奇，但写得不浓，只略点大概耳，故久之觉意味不长。一记分四截，自此始。"此剧共作春夏秋冬四景，以杜甫、谢安、苏轼、陶毂，各占一景，各述一故事。第一记为《曲江记》，第二记为《东山记》，第三记为《赤壁记》，第四记为《邮亭记》。《乐府红珊》选苏轼事两出，其中《苏东坡祝寿》他本未见。《风月锦囊》选《全家锦囊续编四节记》中《苏子瞻游赤壁记》，与此出基本相同，但少两段宾白。此出所演苏东坡祝寿之事发生在被贬黄州时期，可能是苏轼游赤壁的一部分，因其有祝寿内容，被《乐府红珊》摘为单出。《四节记》被戏曲选本大量收录，可谓戏曲舞台的热演剧目。《乐府红珊》选录此剧五出，《词林一枝》、《八能奏锦》、《乐府玉树英》、《大明天下春》、《尧天乐》、《吴歈萃雅》、《月露音》、《词林逸响》、《珊珊集》、《赛徵歌集》、《缀白裘合选》等书，均选录此剧散出。但是"东坡祝寿"选录较少，除《乐府红珊》以外，《大名天下春》亦选录《四节记·朝云庆寿》，二者曲白均相同。

《乐府红珊》选录《四节记》中《党太尉赏雪》一出，其他选本中未见。此出演宋将党进，官居太尉，骁勇绝伦，目光闪电，望之若神，生性粗豪，不学文字。值天下大雪，唤使女党姬，准备美酒肥羊，饮酒赏雪，颇惬吾意。党进，宋初人，《宋史》列传第十九有传，"朔州马邑人"，隶军伍，历任铁骑都虞侯、钦州刺史、节度使，"形貌伟岸"，"不识字"，与此出相符。但《四节记》中无党进事。此出内容为赏雪，与冬季相配，很可能为《邮亭记》一出。《邮亭记》中，陶穀、韩熙载也为宋人，陶穀在剧中由生脚扮演，党进由外脚扮演，没有冲突。此出的文献价值也很重要。

另外，《醉怡情》选《四节记》散出《贾志诚》，《缀白裘》选《四节记》散出《嫖院》，均与此剧无关。

三 《四德记》

《乐府红珊》选录《四德记》散出三种：《金氏生子弥月》、《冯京报捷三元》、《冯商旅邸还妾》。此剧无全本流传。剧演宋人冯京父亲冯商累积阴功得到回报之事。吕天成《曲品》云："冯商还妾一事，尽有致。近插入三事，改为《四德》，失其故矣。"《远山堂曲品》于此剧亦云："冯商还妾，沈寿卿有《三元记》。今插入三事，改为《四德》。"冯商还妾事见于沈寿卿《三元记》，《南词叙录》目录标作"冯京三元记"，宝文堂书目标有"冯商还妾三元记",《六十种曲》收《冯京三元记》。《南词叙录》"宋元旧篇"著录阙名戏文《冯京三元记》,即为沈寿卿剧作蓝本。《三元记》中已插入还金、据寐、赈饥等事,《四德记》应为《三元记》的改编本。《四德记》全本未见,散见于戏曲选本中,《群音类选》选《友饯冯商》、《纳妾成婚》、《牡丹嘉尚》、《见色不淫》、《假宿拾遗》、《待主偿金》、《贺子满月》、《三元报捷》,《尧天乐》选《投宿还金》,《乐府菁华》选《三元报捷》、《冯商还妾》,《乐府玉树英》选《冯商还妾》、《三元报捷》,《八能奏锦》选《饯别娶妾》,《词林逸响》选《冯商旅邸还妻》,《玉谷新簧》选《投店拾金》,《月露吟》选《赏花》("惜奴娇"套),《吴歈萃雅》选《训伦》("啄木儿"套)。

"冯商生子"仅见于《群音类选》和《乐府红珊》,二者曲文大致相同,《群音类选》只选曲文,且缺少两支引曲【菊花新】和【生查子】。《乐府红珊》中《四节记·金氏生子弥月》,曲白俱录,比较完整地反映了舞台的实际,很有价值。

"三元报捷"还见于《群音类选》、《乐府菁华》、《乐府玉树英》,但是《乐府玉树英》中《三元报捷》阙文。《群音类选》中《四节记·三元报捷》只选曲文,与《乐府红珊》相比,缺少四支曲文,前两支【望远行】,第八支【一封书】和倒数第二支【掉角儿】。《乐府菁华》中《四节记·三元报捷》较《乐府红珊》此出宾白丰富,每支曲子的曲文间均加入五、七言诗句,缺少首支生唱曲文【望远行】。

"冯商还妾"还见于《乐府菁华》,题名为《冯商还妾》。与《乐府红珊》中《冯商旅邸还妾》基本相同,但宾白更加丰富。二者比较,能够反映出戏曲舞台对"冯商还妾"的改编过程。

四 《萃盘记》与《五桂记》

《乐府红珊》选录《萃盘记》散出 5 种:《窦燕山五经训子》、《窦燕山文武报捷》、《四花精游赏联吟》、《窦状元加官进禄》、《窦仪魁星映读》。选录《五桂记》散出《万俟传祭头巾(万俟)》。两剧均无全本流传。但其散出广泛见录于明代的戏曲散出选本中:

戏曲散出选本	《萃盘记》	《五桂记》	《登科记》 （《五子登科记》）
《词林一枝》		《加官进禄》	
《八能奏锦》		《万俟传抢场告考》（原缺）	
《乐府菁华》	《二元加官进禄》 《窦氏五喜临门》	《公子思忆》 （《冯公子思忆》）	
《乐府玉树英》		《冯公子思忆》 《诸生考后听响卜》 《二状元加官进禄》 《窦燕山五喜临门》 《五兄弟荣归团圆》	
《乐府红珊》	《窦燕山五经训子》 《窦燕山文武报捷》 《四花精游赏联吟》 《窦状元加官进禄》 《窦仪魁星映读》	《万俟传祭头巾（万俟)》	
《玉谷新簧》	《状元加官进禄》（原缺） "新增海内妙曲" 《四花妖游》		
《大明春》		《窦仪加官进禄》 《一家五喜临门》 《四花精游花园》 《窦仪素娥问答》	
《群音类选》	《金精戏窦仪》		《万俟传祭头巾》
《摘锦奇音》		《冯公子忆娇娘》	
《尧天乐》		《加官进禄》	
《乐府万象新》		《诸生听卜观榜》 《状元加官进禄》 《一家五喜临门》	
《大明天下春》		《花神献巧》 《拉友游春》 《金精试德》 《听卜观榜》 《五喜临门》	
《怡春锦》			《试节》

首先，《五桂记》与《五子登科记》为同剧异名，《萃盘记》由《五桂记》改编而来，因声腔不同而改编。虽然凡情节相同的出目，曲文宾白基本相同。从上表情况来看，《五桂记》有《萃盘记》中没有的散出

《万侯传祭头巾》，此出在所有的选本中都加入了滚唱。滚唱是弋阳腔演唱的重要特征，说明《五桂记》应该是弋阳腔系的流行的剧目。《群音类选》将此出置于"诸腔类"中，虽然没有作出滚唱的标记，但是还保留有滚唱的内容。刊行于万历元年的《八能奏锦》是选录此出最早的选本，说明此剧在万历以前就已经很流行了。

《萃盘记》和《五桂记》都有"五喜临门"一出，《萃盘记》此出被选录两次，《五桂记》此出被选四次，内容基本相同。《乐府红珊》中此出名为《窦燕山文武报捷》。

《萃盘记》和《五桂记》都有"加官进禄"一出，《萃盘记》此出被选录三次，《五桂记》此出被选录五次，内容基本相同。

"花妖游赏"一出，被选录四次，题名不同，《乐府红珊》中题名《四花精游赏联吟》，《大明春》中题名《四花精游花园》，《大明天下春》中题名《花神献巧》，《玉谷新簧》在"新增海内妙曲"中收录《四花妖游》。这些选本中，此出内容基本相同。

"金精戏窦仪"一出被选录四次，题名不同，《乐府红珊》题名为《窦仪魁星映读》，《群音类选》题名为《金精戏窦仪》，《大明春》题名为《窦仪素娥问答》，《大明天下春》题名为《金精试德》。散出内容基本相同。

其次，《乐府红珊》中《萃盘记·窦燕山五经训子》一出，为其他选本中所无，可谓此剧仅存的一种散出。《乐府红珊》选《萃盘记》六出，选录此剧数量最多，提供了此剧的基本剧情。依据选录散出，情节顺序依次为：《窦燕山五经训子》、《四花精游赏联吟》、《窦仪魁星映读》、《窦状元加官进禄》、《窦燕山文武报捷》。大致情节为：燕山人窦禹钧，又称窦燕山，生有5子，长子为窦仪。窦燕山教5子各业五经中一经，不时抽考五子背诵五经大意。天庭见燕山窦禹钧阴功浩大，助他五子富贵双全。土地爷向四花精传玉皇令，令菊花精试窦仪德性，并成就窦仪婚姻。菊花精化作千金小姐，夜晚投至窦仪所在书院，引诱试探，结果窦仪女色不动，谅财不取。并将四花精联吟回文诗句藏在扇中，成就其与吕氏姻缘。窦仪德性浑全，刻苦勤劳，得中状元，奏请皇帝赐其兄弟状元，窦仪兄弟才兼文武，克敌有功，又得加官进禄，授三边总制。

窦禹钧，五代时仕周，累官谏议大夫，其事宋时即传，范仲淹有《窦谏议阴德碑记》[①]，对了解此剧情节很有价值，其文如下：

> 窦禹钧，范阳人，为左谏议大夫致仕。诸子进士登第，义风家法，为一时标表。初禹钧家甚丰，年三十无子，夜梦亡祖亡父谓之曰，汝早修行缘，汝无子又寿不永。禹钧诺。禹钧为人素长者，先有家仆盗用房廊钱二百千，仆虑事觉，有女年十二三，自写券系臂上云，求卖此女，以偿所负，自是远逃。禹钧见女券，甚哀怜之，即焚券留女，嘱其妻善视之，及笄，以二百千择良配，得所归尝。因元夕往延寿寺，忽于佛殿后得金三十两，银二百两，持归。明旦诣寺，候失物主还之。其同宗及外姻有丧，不能葬者，公为葬之，凡二十七人。有女未能嫁者，公为嫁之，凡二十八人。或与公有一日之雅遇，其穷困，则择其子弟可委者，随多寡贷以金帛。俾之兴贩自给，由公而活者，数十家，以至四方贤士赖公举火者，不可胜数。于宅南建书院四十间，聚书千卷，礼文行之，儒主师席，远方寒士有志于学者，听其自至，凡四方之士由公门登贵仕者，前后接踵。先是公梦亡祖父后十年，复语公曰，吾尝告汝三十年前实无子分，且年寿短促，今数年以来，名挂天曹，特延三纪之寿，赐五子各荣显，公益修阴德，享年八十二岁。沐浴别亲戚谈笑，而终五子八孙皆通显于朝，后之教子，必曰燕山窦十郎云。

明胡我琨撰《钱通》卷十九"报偿"《厚德录》中即收录窦禹钧事，以范仲淹《窦谏议阴德碑记》为所本，内容基本相同，但增加了窦禹钧五子的信息，"窦禹钧，范阳人，为左谏议大夫致仕，诸子登第，义风

---

① 范仲淹：《窦谏议阴德碑记》，《几辅通志》卷九十七，《钦定四库全书》。

家法，为一时标表。生五子：长曰仪，次曰俨，曰侃，曰偁，曰僖，仪礼部尚书，俨礼部侍郎，皆为翰林学士，侃左补阙，偁左谏议大夫叅知政事，僖起居郎”。窦仪、窦俨、窦偁三人，《宋史·列传二十二》皆有传。《畿辅通志》卷六十一“选举”中宋朝首位即为窦氏五子，其名与此相同，并标为“涿人”。

《五桂记》、《萃盘记》皆敷演窦禹钧事而成，除此以外，还有《窦禹钧全德记》，亦演此事，《古本戏曲丛刊二集》收录。

五 《鞋鞲记》

《乐府红珊》选录《鞋鞲记·何氏剔灯训子》。此剧无全本流传。傅惜华《明代传奇全目》录为戴子晋撰。吕天成《曲品》著录此剧。《古人传奇总目》、《重订曲海目》、《曲考》、《传奇汇考标目》、《今乐考证》、《曲录》均见著录。《曲品》称此剧“事鄙俚，而以秀调发之，迥然绝尘，似为贾人而已”。《群音类选》存《鞋鞲记》散出：《途中追叹》、《赏月遇恶》、《遇盗分拆》。

《月露吟》存《鞋鞲记》中《赏月》一出，与《群音类选》中《赏月遇盗》曲文同，但情节不甚明了。《乐府红珊》此出宾白俱录，可知此剧盖演商人之事。何氏乃商人妇，因为丈夫外出经商，长期飘零四方，将她奚落，所以她不愿儿子继承父业。近闻朝廷诏文求士，何氏剔灯训子，希望儿子与大舅同去应举，光耀门楣。《群音类选》诸曲则演商人经商途中奔波露宿，饱尝酸辛，并且艳遇风月女子。

六 《金兰记》

《乐府红珊》选录《金兰记·刘平江训子》。未见此剧全本，仅存散出于戏曲散出选本中。《群音类选》选《金兰记》四出：《金兰结义》、《舟中掷帕》、《得谐私怨》、《七夕宴会》，《月露音》选《金兰记》中《掷帕》一出，皆只收录宾白，对剧情缺少明确的交代。直到流亡海外的《乐府红珊》被发现以后，才从所收录《金兰记》的散出，并提供了该剧的关键性情节。此剧本事及情节已被考出，认为"《金兰记》主要叙写南宋初李显忠与刘尧举'义结金兰'，除奸党、抗金兵，建功立业之事；中间穿插刘尧举与船女素娟之爱情婚姻的敷演。并由此考知，《金兰记》的本事来源是《宋史·李显忠传》和《情史·刘尧举》故事"[①]。此不赘述。可以说，《刘平江训子》在提供该剧情节方面具有重要的价值。

七　《玉香记》

《乐府红珊》选录《玉香记·廉参军训女》。此剧无全本流传。吕天成《曲品》、《远山堂曲品》、《古人传奇总目》、《重订曲海目》、《今乐考证》、《曲录》等均著录此剧。吕天成《曲品》谓："此剧《天缘奇遇传》而谱之者。人多，攒簇得好；情境亦了了，固是佳手。别有《玉如意》，亦此事，未见。"《远山堂曲品》称："此即《天缘奇遇传》也。其词不能别有巧构，而朗朗可歌。但为子辖妾者，玉胜而下，尚有四五人，不特场上下可演，即此记之后，亦收煞不尽，不能举此道彼矣。尚有传此名《玉如意》者。"《群音类选》于《玉香记》之后选录《玉如意记》，且标注"同上一个故事"。据此，《玉香记》所本《天缘奇遇传》，另有《玉如意》亦演此事。

此剧情节只能从残存散出中获得。《群音类选》选《玉香记》中《逆遇仙姑》、《含春遇胜》、《私通毓秀》、《二秒交歌》，《月露音》存【步步娇】套《访姑》。这些散出均只录曲文，提供的情节较少。《乐府红珊》中《玉香记·廉参军训女》曲白俱录，为他本所无，提供了此剧的基础情节。【双调夜行船】后有人物的大段宾白：

> 下官姓廉名尚，督府参军是也。家产金坛，身悬玉节，不烦威武，坐享太平。俺今致仕回来，并无他意，只因奸相铁木迭儿，窃居师保之位，曾无辅相之图，进奸佞，退忠良，所用

---

① 张文德：《明传奇〈金兰记〉剧情与本事考论》，《学术交流》2008年第12期。

者奴颜婢膝。广苞苴，肆陷害，所为者人面兽心。日前闻得女孩儿美貌，强欲求婚，因他是个蒙古人，不忍从命。俺今若不还乡，必遭他手，幸蒙圣上名奏勒令，致仕还乡。且喜得到家园，颇无挂欠，正是百万貔貅屯虎穴，不如适意林泉，三千剑珮拥龙潭，岂若优游献。只有一件，（悲介）往年荆妻祁氏，并无子嗣，倏而云亡，继娶岑娘，生三女，长名玉胜，年一十九岁，许与竹副使之子为妻，因老夫宦游，尚未婚娶。次女丽贞，三女毓秀，徒抱红叶之思，未受赤绳之系。前者途中回来，问有一女名唤文娥，奸生官卖，遂买与丽贞为婢，伴他学些针指便了。今日春光明媚，已曾吩咐院子安排一杯在迎翠轩，且待夫人出来同去则个。

廉尚，无考。铁木迭儿，元人，元顾嗣立《元诗选》初集卷二十一《马中丞祖常》："祖常七岁知学，延祐初贡举法行，乡贡会试皆第一，廷试为第二人，授应奉翰林文字，擢监察御史，劾奏柄臣铁木迭儿十罪，罢之柄臣。复相左迁开平县尹，因欲中伤之，退居光州。铁木迭儿死，乃除翰林待制，累迁礼部尚书，两知贡举，一为读卷官，寻参议中书省事，参定亲郊礼仪。"据此，铁木迭儿为元朝权奸，与《玉香记·廉参军训女》中铁木迭儿为当朝奸相相同。由此可知，廉尚应为元朝人，因不满奸佞铁木迭儿任用奸佞，陷害忠良，致仕还乡，适应泉林。廉尚生有三女，长女玉胜、次女丽贞、三女毓秀。此剧主要演次女、三女充满奇遇的爱情故事。

八 《红叶记》

《乐府红珊》选录《红叶记》之《韩节度戒女游春》、《韩夫人四喜四爱》。此剧无全本流传，仅存散出于戏曲选本。明万历海盐人祝长生有《红叶记》，吕天成《曲品》著录，并云："韩夫人事，千古奇之。此记传之得情，且能守韵，可谓空谷足音。吾友玉阳生（王骥德别署玉阳仙史）有《题红记》远胜之。然正不必一律论之。"《曲海总目提要》著录此剧，且谓："海盐人祝长生撰。演唐于祐韩夫人御沟红叶事，与《题红记》本事相同，而改造情节，以为唐初，又添出吴子华、许春华二女，以作关目。"王骥德《题红记》亦演韩夫人事，有全本留存，《古本戏曲丛刊二集》据明万历金陵继志斋刻本影印。《红叶记》由《题红记》改编而来。

唐代即流传"红叶题诗"故事，孟棨《本事诗》言为顾况事，范摅《云溪友议》卷下言为卢渥事，孙光宪《北梦琐言》言为李茵事。刘斧《青琐高议》前集卷五有宋代张实撰《流红记》传奇小说，才言为于祐事，为后世戏曲创作张本。元白朴有《韩翠屏御水流红叶》杂剧，今仅存一折，见《元人杂剧钩沉》。

"四喜四爱"散出被戏曲选本广泛选录，《八能奏锦》、《乐府菁华》、《乐府玉树英》、《乐府红珊》、《大明春》、《玉谷新簧》、《摘锦奇音》、《大明天下春》、《群音类选》，出目名称略有不同，《乐府红珊》、《乐府菁华》题名为《韩夫人四喜四爱》，《大明春》题名为《韩氏四喜四爱》，《摘锦奇音》题名为《韩氏惜花爱月》，《群音类选》题名为《韩夫人金盆记》，《玉谷新簧》题名为《金盆捉月》（阙文），疑与《四喜四爱》为同出异名，因为《四喜四爱》前写赏花玩花，后写金盆捉月。其余皆题名为《四喜四爱》。反映了此出在戏曲舞台的流行。

以上戏曲散出选本选录的"四喜四爱"，除《千家合锦》、《乐府红珊》、《群音类选》外，其他选本均有明显的加滚标记，说明是用弋阳腔演唱的。所以，"四喜四爱"散出有不同声腔改编的差异。

《群音类选》选《红叶记》五种散出：《红叶题诗》、《御沟得叶》、《宫中得叶》、《出示红叶》、《红叶重逢》，附《韩夫人金盆记》。除《韩夫人金盆记》与他本相当散出相同外，其余散出内容均与他本不同，可能是另有所本，"疑即王炉峰所作者"[1]。

《词林一枝》选录《题红记·四喜四爱》，与《乐府红珊》中《红叶

---

① 郭英德：《明清传奇综录》（上），河北教育出版社1997年版，第231页。

记·韩夫人四喜四爱》基本相同，但是缺少【花心动】【天下乐】两支曲辞。《词林一枝》刊行于万历元年，反映出《红叶记》对《题红记》的改编。

另外，《乐府红珊》选录《红叶记·韩节度戒女游春》，为《红叶记》所存孤出，其他选本均无选录。从此出情节来看，应在韩夫人入宫之前。

九 《渔樵记》

《乐府红珊》选录《渔樵记·杨太仆都门分别》。此剧无全本流传。《远山堂曲品》著录此剧。此剧仅存散出于《群音类选》、《乐府万象新》、《乐府红珊》中。《群音类选》选录《渔樵记》四出：《剪彩为花》、《解佩归家》、《大隐林泉》、《不别还山》，因只录曲文，情节不够明朗。《乐府万象新》选录《渔樵记·渔樵问答》，"樵"与"渔"二人对唱，抒发对自己生活的满足与自适。《乐府红珊》选录《渔樵记·杨太仆都门分别》，其他戏曲散出选本未见。此出曲白俱全，提供了该剧情节的基本信息。此剧主人公为杨凌敬，《远山堂曲品》云："杨太傅义臣，先机而隐，复仇而遁，记之者灿若列眉，当是隋唐间第一佳传。"杨凌敬应为隋唐时人，但史无所撰。该折剧演杨凌敬身为武将，战功显赫，但因君王嫌疑，奸臣嫉妒，兵权被解，无奈解甲归田，临行之前，友人二兄在都门为其设宴送别，依依惜别。《群音类选》、《乐府万象新》中散出应该是归田途中和归田以后的情节。元杂剧中有无名氏《王鼎臣风雪渔樵记》，《录鬼簿续编》著录。《曲录》据《元曲选》本，正名作"朱太守风雪渔樵记"，题目作"王安道水陆会宾朋"，简名《渔樵记》。叙汉末朱买臣事，与此剧无关。

十 《玉鱼记》

《乐府红珊》选录《玉鱼记·郭子仪泥金报捷》。此剧未见全本，仅残存散出。吕天成《曲品》、《远山堂曲品》均有著录，但对其评价不高。因为此剧前半部分模拟因袭《琵琶记》，铺张甚长。后半部多为实录，比较可取。①《玉鱼记·郭子仪泥金报捷》，剧演郭子仪中状元，差人送泥金喜帖以及御笔书写的"状元"二字，母妻甚是喜悦。《群音类选》选《玉鱼记·观中相会》、《玉鱼记·单骑见虏》两出。《单骑见虏》即演郭子仪单骑入回纥事。

十一　《黄袍记》

《乐府红珊》选录《黄袍记·宋太祖雪夜访赵普》。未见此剧全本。罗贯中有杂剧《宋太祖龙虎风云会》。此出与罗本杂剧第三折情节相当，除多出开头的两支引曲外，其余曲文基本因袭罗本杂剧第三折，但宾白多有不同。《黄袍记·宋太祖雪夜访赵普》开头的两支引曲为【节节高】和【声声慢】，【节节高】为赵普上场的引曲，【声声慢】为宋太祖上场的引曲。他本未见《黄袍记》散出。

十二　《合璧记》

《乐府红珊》选录《合璧记·解学士玉堂佳会》（《解缙玉堂佳会》）。未见此剧全本。此剧演谢缙事。《曲品》于此剧云："此记解大绅事。词亦佳，但欠妥套。"《传奇汇考标目》著录此剧，注文谓演"解缙事"。《远山堂曲品》亦谓："写事必畅其本末，词亦朗朗，如日月之入人怀，但觉才情少减。解大绅之脱狱，作者饰之，以为结局耳。"解缙事见《明史·列传三十五》："解缙，字大绅，吉水人。""缙幼颖敏，洪武二十一年举进士。授中书庶吉士，甚见爱重，常侍帝前。"②

《解学士玉堂佳会》剧演谢缙在朝之事。花朝时节，谢缙设宴，与胡老爷、张老爷赏花饮酒。据《明史》记载，胡老爷应为胡广，谢缙在朝时，明成祖赐二人为儿女亲家。

缙初与胡广同侍成祖宴。帝曰："尔二人生同里，长同学，仕同官。缙有子，广可以女妻之。"广顿首曰："臣妻方娠，未卜男

---

① 见上文《单骑记》考释。
② 张廷玉等撰：《明史》，中华书局1974年版，第4页。

女。"帝笑曰:"定女矣。"

已而果生女,遂约婚。缙败,子祯亮徙辽东,广欲离婚。女截耳誓曰:"薄命之婚,皇上主之,大人面承之,有死无二。"及赦还,卒归祯亮。[1]

《乐府万象新》选录《佳宴记·四翰林佳会》,并注明《佳宴记》即《合璧记》,与《乐府红珊》中《合璧记·解学士玉堂佳会》相同。参与玉堂佳会四人中,除了《乐府红珊》此出提到的谢缙、胡广、张翰林外,据《乐府万象新》此出还可以补充另外一人为杨翰林。此两出内容相同,只是《乐府红珊》宾白、科介丰富一些。《群音类选》选录《合璧记·学士赏花》,与此出曲文基本相同,但少【字字双】一曲。

此外,《群音类选》中还选录《合璧记》散出两种:《母子问答》、《玉华刑耳》,《月露音》选录该剧《砥节》一出。据上文《明史》记载,应演谢缙子祯亮及其妻玉华之事,《玉华刑耳》应以据《明史》中"女截耳"敷演而成。

另外,《乐府玉树英》选录《忠尽记·谢缙分别》,《大明天下春》选录《忠尽记·谢缙获罪分离》、《忠尽记·谢家赴谪辽东》,亦演谢缙事。与《合璧记》有何关系,不可考。

十三 《三国志》与《桃园记》

明代三国戏很多,有《单刀记》、《三国志》、《三国记》、《赤壁记》、《桃园记》、《草庐记》、《结义记》、《五关记》、《连环计》、《桃园记》、《征蛮记》。《乐府红珊》选三国戏五种:《单刀记》、《三国志》、《桃园记》、《草庐记》、《连环计》,反映出三国戏在明代戏曲舞台之流行。其中,《单刀记》为孤本戏曲,详见论文上一节。《三国志》、《桃园记》均未见全本流传。

---

[1]　张廷玉等撰:《明史》,中华书局1974年版,第4页。

　　《乐府红珊》选录三国戏散出七种：《单刀记·关云长公祝寿》、《三国志·关云长赴单刀会》、《桃园记·汉寿亭侯训子》、《桃园记·鲁子敬询乔公》、《桃园记·刘玄德赴河梁会》、《草庐记·刘先主赴碧莲会》、《连环计·王司徒退食怀忠》。

　　《三国志·关云长赴单刀会》，曲文源于关汉卿《关大王单刀会》第四折，但进行了较大的改编。开头增加了【凤凰阁】、【玩仙灯】两支曲文，【玩仙灯】由末扮演的关平演唱，【凤凰阁】由外扮演的关羽演唱。此出宾白丰富，增加了关羽父子的大段对白，周仓的宾白也更加丰富，曲白夹杂，生动通俗，与其他"单刀"散出均不相同，显然是另有所本，但无从所知。《风月锦囊》中《三国志大全》与关汉卿剧曲文相同。《缀白裘》选《三国志》中《刀会》，与关汉卿剧曲文宾白相同。

　　《三国记》中亦有"单刀"散出，《玄雪谱》、《万壑清音》选《三国记》之《单刀赴会》，均与《缀白裘》选《三国志》中《刀会》相同，二者皆源自关汉卿《单刀会》杂剧。

　　《桃园记》未见著录。《远山堂曲品》云："《三国传》中曲，首《桃园》，《古城》次之，《草庐》又次之。虽出俗吻，犹能窥音律一二。"《风月锦囊》中《三国志大全》卷首目录题《三国志桃园记》，但此本属汇编性质，"当以《桃园记》为主体，并采录其他三国戏文和杂剧汇编而成"①。

　　《乐府红珊》选录《桃园记·关云长训子》，源出于关汉卿杂剧《关大王独赴单刀会》第三折，但进行了较大的改编。其他三国戏亦选录此出，内容基本相同。《乐府玉树英》选录《三国志·关云长数功训子》（阙文），《乐府万象新》选录《三国记·关云长训子》，《大明天下春》选录《三国志·云长训子》，《大明春》选录《结义记·关羽训子》，内容基本相同。但是，《缀白裘》选录《三国志·训子》与以上散出差异较大，只有【斗鹌鹑】、【上小楼】两支曲文相同，宾白

---

　　① 孙崇涛、黄仕忠：《〈风月锦囊〉笺校》，中华书局2000年版，第578页。

亦多不同。

《乐府红珊》选录《桃园记·鲁子敬询乔公》，源出于关汉卿杂剧《关大王独赴单刀会》第一折，但进行了较大的改编。其他三国戏中亦选录此出，《大明春》选录《三国记·鲁肃计请乔公》，《大明天下春》选录《三国志·鲁肃求谋》，内容基本相同。

《乐府红珊》选录《桃园记·刘玄德赴河梁会》，其他三国戏亦选录此出，《玉谷新簧》选录《三国记·关云长河梁救驾》，内容不尽相同。

《群音类选》选录《桃园记》散出《关斩貂蝉》、《五夜秉烛》、《独行千里》、《古城聚会》、《乐府红珊》中均无，可以相互补充。

《乐府红珊》还选录《草庐记·刘先主赴碧莲会》，《大明天下春》亦选录《三国志·赴碧莲会》，并标明《三国志》即《草庐记》。二者内容基本相同，只是《乐府红珊》中此出科介丰富。

从以三国戏的选录情况来看，不同的三国戏传奇中却有相同的散出，很可能是摘录三国故事散出汇集而成的。这些三国戏散出，很多源于长期流传的三国戏杂剧、戏文。因其流传时间已久，已成为经典。《风月锦囊》收录《三国志大全》，即是嘉靖时期舞台流行三国戏的汇集。戏文和传奇创作的主要精力并不在历史剧的创作，而是摘取已经流传很久的杂剧或戏文中一折或一出，进行改编后汇集成传奇。如关汉卿《单刀会》杂剧第一折、第三折、第四折被多种三国传奇摘用，但进行了较大的改编。如《乐府红珊》中的《桃园记·鲁子敬询乔公》，《大明春》中的《三国记·鲁肃计请乔公》，只有【点绛唇】、【混江龙】、【油葫芦】三支曲文本于关汉卿《单刀会》杂剧第二折，其他曲子均为改编时增益。

再者，不同三国戏传奇均源出于三国志故事，也造成了三国戏传奇剧目名称的混乱现象，如《大明天下春》中标出《三国志》即《草庐记》，《三国志》即《古城记》，《乐府万象新》中标出《三国记》即《古城记》，很多选本中《三国志》与《三国记》不分。不过，从以上选录情况来看，《三国志》与《三国记》应该是同一剧目。从《远山堂曲品》中所云来看，《桃园记》、《草庐记》、《古城记》应该为不同三国戏传奇。

十四 《分钗记》

《乐府红珊》选录此剧散出《伍经邂逅史二兰》。今未见此剧全本，只有散出残存。傅惜华《明代传奇全目》录为张景严撰。《曲品》亦录此剧，列入"下中品"，评此剧云："伍生二兰事，必有托也。内曲数套可讴。"《远山堂曲品》著录此剧，列入"具品"，评此剧云："伍生箧中金钗，为神人授之二兰，后相值贞女祠，往来酬和，卒两谐之。此与《春秋》《蓝田》诸记，皆别设科诨，绝非近日所演者。情境俱梦，词如呓语不休，忽然而至。虽其藻丽迥非凡笔，然不可语曲也。"两书所言此剧内容，与《乐府红珊》此出相符。此出演伍经事，伍经号五一居室。清明之际，阴雨绵绵，孤独无聊，相邀显德寺中诗僧谷泉，同往凤凰桥贞女祠前游戏。伍生弹琴，引来在凤凰桥游玩的芳兰、秀兰，三人相遇，后二兰回道贞女祠，伍生亦跟随前往，并从贞女祠李道姑那里得知，二兰随母亲从扬州避难来此，并在李道姑的介绍下，与二兰相见，天近黄昏，依依惜别。而且从母亲口中得知，梦见要得到神仙奇遇的金钗，而且伍经很像她梦中见到的风流人物。此出他处未见，为《分钗记》所存孤出，为提供了故事的主人公，并且为情节的发展埋下伏笔。

此剧残存散出有：《群音类选》选录《分钗记》之《春游遇妓》、《月夜追欢》、《复入烟花》、《分拆夜别》、《引诱皮氏》、《私通苟合》、《月露音》选录此剧【梁州序】套《追欢》，因只选曲文，情节不明了，似演伍经邂逅二兰之后的故事。

另外，谢天佑亦有《分钗记》，所演事与此不同。按《远山堂曲品》评此剧云："记贾芸华毁容立节，境入平庸。且悔姻分钗，在魏寓言登第之后，尤不近人情。"

十五 《题桥记》

《乐府红珊》选录《题桥记·卓文君月下听琴》。今未见此剧全本。剧演司马相如与卓文君事。司马相如与卓文君事流传甚广，戏剧取此题材者甚多。本事见《史记》本传，叙司马相如娶临邛富翁卓王孙寡居女卓文君的故事。常璩《华阳国志·蜀志》云："蜀君城北十里有升仙桥，司马相如初入长安，题市门云：'不乘四马，不过此下也。'"故事当据此敷演。宋官本杂剧早有《相如文君》一本，徐渭《南词叙录·宋元旧篇》著录《司马相如题桥记》，《九宫正始》题《司马相如》，注云："元传奇。"《宋元戏文辑佚》存残曲 11 支。关汉卿与屈子敬均有杂剧《升仙桥相如题柱》。明传奇有陆济之《题桥记》，吕天成《曲品》著录此剧，并评此剧云："相如事，此剧最典实。"但未见传本。明传奇还有徐復祚《题桥记》，亦未见传本。

《乐府红珊》选录《题桥记·卓文君月下听琴》。《宋元戏文辑佚》存《司马相如题桥记》残曲 11 支①，与此出无关。此出演司马相如远志未伸，客居临邛，至此花香月明之夜，弹琴解闷，消遣情怀。琴声引来邻居女子的叹息声。后来打听得知，此女是卓文君。司马相如弹奏《凤求凰》曲，卓文君知其音。两人知音相投，情有共鸣，卓文君到司马相如居处探望，二人相见，卓文君弹奏《相思曲》，司马相如知其意。两人情投意合，共度良宵。此出有 11 支曲文，宾白丰富，且有司马相如弹奏的《凤求凰》与卓文君弹奏的《相思曲》歌词，曲辞优美，宾白生动，很有价值。

第三节　传本戏曲考释

《乐府红珊》中的孤本散出、佚本散出，提供了剧作保存、剧作考证的珍贵文献，极具价值。除此之外，《乐府红珊》中还收录了有传本流传的散出 59 种，源出于 34 种剧作，这些剧作在《六十种曲》与《古本戏曲丛刊》中都有全本保存。韩南先生已将这些剧目及散出的出处一一罗列出来。② 本书不再赘述。

---

①　王季思主编：《全元戏曲》第十二卷，人民文学出版社 1999 年版，第 370 页。

②　韩南：《〈乐府红珊〉考》，王秋桂译，《韩南中国小说论集》，北京大学出版社 2008 年版，第 278—288 页。

这些剧目多是明初或之前创作的，到《乐府红珊》刊行的万历三十年，经过了多年的流行，很多已经成了舞台上的经典散出，成为比较成熟的折子戏。与诞生它的全本戏相比，已经发生了较大的变化。而且，《乐府红珊》与他本收录的相当折子戏相比，也多有不同。总之，将《乐府红珊》中这些传本折子，与他处的相当折子相比，呈现出从全本戏到折子戏的特征和规律，呈现出不同声腔折子戏对全本戏的改编特征。

一 折子戏对全本戏的改编

将《乐府红珊》中所选剧作之折子，与全本戏《六十种曲》全本戏之散出比较，有 11 种基本相同，仅有细微差别。列举如下：《蔡伯喈庆亲寿》（《琵琶记》）、《张九成兄弟庆寿》（《香囊记》）、《李十郎霍府成亲》（《紫箫记》）、《霍小玉灞桥送别》（《紫箫记》）、《韩世忠元旦成婚》（《双烈记》）、《陈妙常秋江送别》（《玉簪记》）、《陈妙常词诟私情》（《玉簪记》）、《崔莺莺锦字传情》（《西厢记》）、《王商别妻往京华》（《玉玦记》）、《韩君平章台邂逅》（《玉合记》）、《阎君勘问曹操》（《昙花记》）。

《乐府红珊》中有 21 种折子戏较《六十种曲》全本戏散出，有较大的改编。究其改编动机，或是迎合时尚所趋，满足戏曲观众的审美需求，或将太过文雅的改为比较俚俗的，也会将太俚俗的加工得雅一些，或为适应剧种进行改编。其改编主要体现在两个方面。

第一，宾白的增益和删减。

戏剧创作的最终目的是用于舞台演出，舞台演出是其价值最重要的体现。明传奇创作的文人化特征比较明显，戏曲"本色"、"当行"的特征弱化，所以明传奇用于舞台演出时，需要进行较大的改编。改编是考虑了观众的审美与接受，也就是戏曲的舞台演出效果。《乐府红珊》是文人选编的舞台本，与文人的案头创作不同，较多地体现了观众的审美与接受，充分体现了戏曲舞台演出的特征。

增益对白，增强舞台演出的俗化。《琵琶记》不仅有着很高的文学价值，也具有较高的舞台演出价值，很多散出成为折子戏演出的经典剧目。所以，《琵琶记》散出的改编很具有典型意义。《乐府红珊》选录《蔡议郎牛府成亲》，源出于《六十种曲》中《琵琶记》第十九出，比较如下：

《六十种曲》	《乐府红珊》
【滴溜子】〔生〕谩说道姻缘事，果谐凤卜。细思之，此事岂吾意欲，有人在高堂孤独。可惜新人笑语喧，不知我旧人哭。兀的东床难教我坦腹。	【滴溜子】谩说道好姻缘，果谐凤卜，细思之，此事岂吾意欲。（净）我知道，老爹有老爹爹老奶奶在堂。有人在高堂孤独。（内笑介）（生）可惜新人笑语喧，不知旧人何处哭。（净）老爹岂不闻王羲之故事乎？（生）起来。（背云）可见是相门中一个使女，也知道王羲之的故事，我蔡邕怎比得他。一则失不告而娶之，罪于父母。二且蹈王允薄幸之徒于妻子。兀的东床难难教坦腹。（丑内叫科）老姆请状元老爹入洞房，小姐在此伺候多时了。（净）状元老爹思乡吃恼了。（丑）老贱人，哪个不爱你那张口会讲话，你把几句好言语相劝他进来就是。（净）贱才，我要你教。
【鲍老催】意深爱笃，文章富贵珠万斛。天教艳质为眷属，似蝶恋花，凤栖梧，鸾停竹。男儿有书须勤读，书中自有黄金屋，也有千钟粟。	【鲍老催】他意深爱笃。（丑）爱他甚么？（净）爱他文章富贵珠万斛。你说他二人今夜好么？（丑）我不知道，要你老人家做过才晓得他的好。（净）他似蝶恋花，凤栖梧，鸾停竹。（丑）蔡爷当初读书时，须受十年窗下之苦，到于今中了头名状元，赘了千金小姐，看将来读书的真个是好，真个是好。男儿有书须勤读，书中自有黄金屋，也自有千钟粟。（丑）你这等说，还是状元的福小姐的福。

《乐府红珊》中《蔡议郎牛府成亲》增益了净扮演的院子与蔡伯喈的大段对白。【滴溜子】中，新婚之夜，蔡伯喈非常烦恼，不入洞房，由净扮演的牛府院子劝解他。院子不理解伯喈为何烦恼，还用王羲之之事来劝解，让伯喈苦笑不得，所以院子的劝解是药不对症。增强了舞台的戏剧性。此外，【鲍老催】中又增益了净与丑的对话，增加了净、丑的戏份，避免了蔡伯喈一人抒情的单调，净、丑的插科打诨，内容很俗，引人发笑，具有较好的舞台效果，也与此折喜庆的内容相协调。

增益对白，曲白相间，可以强化人物的心理。《乐府红珊》中《赵五娘描真容》，源出于《六十种曲》第二十九出"乞丐寻夫"，将二者比较如下：

六十种曲	乐府红珊
【忆多娇】〔旦〕公公，他魂渺漠，我没倚托。程途万里，教我怀夜壑。此去孤坟望公公看着。〔合〕举目潇索，满眼盈盈泪落。 【前腔】〔末〕五娘子，我承委托，当领略。这孤坟我自看守，决不爽约。但愿你途中身安乐。〔合前〕 【斗黑麻】〔旦〕奴深谢公公，便相允诺，从来的深恩怎敢忘记。只怕途路远，体怯弱，病染灾缠，衰力倦脚。〔合〕孤坟寂寞。路途滋味恶。两处堪悲。万愁怎摸。	【忆多娇】（旦）他魂渺漠，我没倚托着，程途万里，心怀绝壑。太公请上，受奴一礼，此拜非为别的，此去孤坟望公公看着。（合）举目潇索，满眼盈盈泪落。 【前腔】（末）五娘子，但放心前去。我承委托，当领略，孤坟看守，决不爽约。五娘子，你此去京中，老夫别无所呵，但愿你途路中身安乐。（合前） 【斗黑麻】（旦）多谢公公，便承允诺，你的深恩怎敢忘却。太公，奴家此去呵，吉凶谁保。只怕途路远，身体弱，病染灾缠，衰力倦脚。太公，此去别无所虑。（末）五娘子，你虑着那一件来。只愁孤坟寂寞。（末）五娘子，孤坟自有老夫看守，不须忧虑，只愁一件。（旦）太公，你愁着那一件。（末）只愁你，途路中滋味恶。（旦）太公，奴在路上愁着孤坟，你在家中愁我在路上。（合）正是两处堪悲，万愁怎摸。

　　《赵五娘描真容》中【斗黑麻】，增加了赵五娘与张太公的大段对白。先是赵五娘通过对白表达忧虑，"太公，奴家此去呵，吉凶谁保。"引出对前途的担忧，然后通过曲文"只怕途路远，身体弱，病染灾缠，衰力倦脚"，唱出担忧的具体内容；用对白"太公，此去别无所虑。"引出离家的顾虑，"只愁孤坟寂寞"则具体唱出顾虑的内容。然后是太公抒写担忧，"只愁你，途路中滋味恶。"先为旦问末答，后为末问旦答，双双皆愁，旦用宾白"奴在路上愁着孤坟，你在家中愁我在路上"自然引出曲文"两处堪悲，万愁怎摸"。此支曲文既通俗又感人，具有强烈的舞台效果。

　　在曲文之间插入宾白，或解释曲文，或为后面的曲文做铺垫，既有益于观众对曲文的理解，又改变了昆腔一板三眼的缓慢节奏，避免了观众的听觉疲劳，增强了戏曲的舞台效果。文人化特征鲜明的明传奇，曲词雅丽，讲究藻饰，文化素质不是很高的观众就难以理解，加入解释性的通俗的、口语化的宾白，增强观众对曲文的理解力。经魏良甫改进的昆腔流丽悠远，一板三眼，乐曲的节奏很慢，如果缓慢的节奏持续较长时间，就会引起的听觉疲劳，分散观众的注意力。在曲文间加入宾白，能够改变原来的节奏，快慢相间，有助于保持观众的观剧热情。《乐府红珊》中《蔡伯喈书馆思亲》，源出于《六十种曲》中《琵琶记》第二十四出"宦邸忧思"，《大明春》为青阳腔选本，亦选录《琵琶记·伯喈书馆思亲》，将三者比较如下：

六十种曲	乐府红珊	大明春
【喜迁莺】〔生上〕终朝思想，但恨在眉头，人在心上。凤侣添愁，鱼书绝寄，空劳两处相望。青镜瘦颜羞照，宝瑟清音绝响。归梦杳，绕屏山烟树，那是家乡。〔踏莎行〕怨极愁多，歌慵笑懒，只因添个鸳鸯伴。他乡游子不能归，高堂父母无人管。湘浦鱼沉，衡阳雁断，音书要寄无方便。人生光景几多时，蹉跎负却平生愿。	【喜迁莺】（生）终朝思想。思想我爹娘年老，妻室青春，被他逗留在此，不能得归去呵。但恨在眉头，闷在心上。蔡邕抛两月夫妻，赘相府艳质，虽则新婚，实怀旧恨。凤侣添愁。岁月屡迁音信杳，路途迢递雁鱼稀。鱼书绝寄。爹娘你那里频倚门闾儿不见，俺这里空瞻岵屺忆双亲。空劳两处相望。下官今早打从夫人妆台前经过，见我两鬓幡然，容颜比承欢膝下之时不同了。青镜瘦颜羞照。正是欲释心间闷，且无七弦琴。琴呵，我今弃父母而不顾，抛妻子而不返，那有心事来抚你。宝瑟清音绝响。昨宵一梦到家山，醒来依旧天涯外。归梦杳，绕屏山烟树，那是家乡。〔踏莎行〕怨极愁多，歌慵笑懒，只因添个鸳鸯伴。他乡游子不能归，高堂父母无人管。湘浦鱼沉，衡阳雁断，音书要寄无方便。人生光景几多时，蹉跎负却平生愿。蔡邕定省归之念耿耿在怀，骨肉离别之言常常堆积。正是三年离却故家乡，雁杳鱼沉音信荒，父母倚门频望眼，教人无日不思量。	【喜迁莺】〔生〕终朝思想，但恨在眉头，人在心上。凤侣添愁，鱼书绝寄，空劳两处相望。青镜瘦颜羞照，宝瑟清音绝响。昨宵一梦到家乡，醒来依旧天雁外。归梦杳，绕屏山烟树，那是我家乡。〔踏莎行〕怨极愁多，歌慵笑懒，只因添个鸳鸯伴。他乡游子不能归，高堂父母无人管。湘浦鱼沉，衡阳雁断，音书要寄无方便，人生光景几多时，蹉跎负却平生愿。念伯喈定省归之念屡屡追积，离别之言耿耿在怀。正是何时得脱利名疆，却怪当初赴选场。遥望故乡千里客，教人无日不思量。

《乐府红珊》和《大明春》与《六十种曲》《琵琶记》曲文中间，插入了大量的宾白，《乐府红珊》尤多。【喜迁莺】中，几乎每句曲文中间都插入宾白，一唱一白，将伯喈内心的苦闷，不能对人言说的压抑，一并倾泻而出，畅快淋漓。例如"终朝思想"四字曲文，意思不难理解，但是感觉言不尽意，不能将蔡伯喈的思念充分表达出来，所以紧接"思想"二字，进一步解释和细化"思想"的具体内容，"思想我爹娘年老，妻室青春，被他逗留在此，不能得归去呵。"才觉尽意。"但恨在眉头，闷在心上"曲文之后，插入"蔡邕抛两月夫妻，赘相府艳质，虽则新婚，实怀旧恨。"对心头之愁恨加以解释。"鱼书绝寄"四字曲文，插入宾白"爹娘你那里频倚门闾儿不见，俺这里空瞻岵屺忆双亲"，由音书断绝联想到爹娘的期盼，增强了自己的惦念和牵挂，又对接下来的曲文"空劳两处相望"做了铺垫。"宝瑟清音绝响"似与前面的"青镜瘦颜羞照"衔接不紧，但是通过宾白"正是欲释心间闷，且无七弦琴。琴呵，我今弃父母而不顾，抛妻子而不返，那有心事来抚你"，道出了宝琴不鼓的原因。插入宾白"昨宵一梦到家山，醒来依旧天涯外"，引出曲文"归梦杳，绕屏山烟树，那是我家乡"，衔接紧密自然。

《大明春》中《伯喈书馆思亲》，只增加了两句七言诗句，"昨宵一梦到家乡，醒来依旧天雁外"，则青阳腔使用的滚白。《大明春》为青阳腔选本。① 弋阳腔在安徽发展成为青阳腔，滚调是弋阳腔的重要特征，其中滚白多用七言诗句。《乐府红珊》中《蔡伯喈书馆思亲》插入的多是长短不一的宾白，通俗自然，与青阳腔七言诗句的滚白相比，诉说性更强，舞台效果更好。

宾白删减的情况，在《乐府红珊》中虽然也有，但增益的情况较少一些。而且，删减的多是游离于曲文之外的叙述故事的宾白。《乐府红珊》中《千金记·楚霸王军中夜宴》，源出于《六十种曲》中《千金记》第十四出"夜宴"，但删减了开头的大段宾白，此段宾白为楚霸王麾下侍从出场时所言：

〔末上〕百战功先就。谁当第一勋。不学万人敌。难居千岁尊。自家项楚麾下头目是也。若论俺主公。真个他威名压众。英武过人。战则有必胜之能。攻则有必取之势。勇能举鼎。比乌获于下风。力可拔山。却共工于末坐。乌骓高驾。紫云缰摇动玉连环。虎帐宏开。锦征袍掩映黄金甲。食前富贵。无非鳞鲋驼峰。寝内奢华。总是红妆满面。崇居高之地。肆安逸之心。履盛满之阶。偎贪饕之志。谋臣叠足。亚夫尤尊。内嬖多人。虞姬独幸。正是功高思有患。乐极恐生悲。今日大王在鸿门宴罢。如今又在内幕中。准备筵席。恐有指挥。只得在此等候。道尤未了。大王早到。

末脚在此出中没什么戏份，在下文中只有几句简单的宾白，通过他的宾白介绍项羽，不是很有必要，而且宾白太长，情节有些托沓。直接让净脚项羽登场演唱曲文，会更快地入戏，而且更有气势。《摘锦奇音》选录《千金记》此出，也去掉了开头的大段宾白，与《乐府红珊》同。

《乐府红珊》中《昙花记·阎君勘问曹操》，源出于《六十种曲》

① 钱南扬：《戏文概论·谜史》，中华书局2009年版，第61页。

的《昙花记》第三十二出"阎君勘罪",但是删减了【御林莺】后的大段宾白:

【御林莺】别妻孥赴九泉,嘱铜台奏管弦。只指望一灵依旧同欢宴。鄷都铁鞭。泥犁苦煎。纵然歌舞何由见。勿多言。生丕一子,尽足报曹瞒。

(小生)伏后数曹操之罪也彀了,操罪既明,着同华歆押赴无间地狱。伏后冤死无辜,合早生善地。只因执对,久滞冥涂,着转轮司将他速转男身,安享富贵。请三位尊师出来。(吏诺贴)多谢大王。女身今喜变男形,千古沈冤一洗清。善恶到头终有报,皇天上帝眼分明。(下外)曹操奸凶,灭绝天理,大圣问断,甚快人心。望王遣一使者,送我三人一观地狱。(小生)快着的当人役,送三位尊师。(鬼众上科)众鬼是东京战卒,被定兴王计给枉杀,特来诉冤。定兴现在,望大王勘问施行。(吏)禀上大王,木清泰既被诉冤,法当拿下。(小生)拿了。(众就座上拿生去巾帻跪科小生)木清泰既被众鬼诉冤,未知虚实。着判官照业镜,併取直日功曹报帖,查明回覆。(判官持帖上)禀大王,据直日功曹报。至德二载,郭子仪等恢复东京,木清泰将所部军,斩安庆绪兵一千五百。今诉冤众鬼,悉是阵中合战斩戮,与业镜照出相同,并非枉杀。(小生)这众鬼不知逆顺,为叛贼力战被诛,今又妄诉不实,着各打铁鞭一百,押入刀山地狱。木清泰无罪,以礼相待,仍给衣巾。(生)谢大王。(外末生)我等三人暂。(小生)请了。(并下)

——《六十种曲》

【御林莺】(占)别妻孥赴九泉,嘱铜台奏管弦。只指望一灵依旧同欢宴。丰都铁鞭,泥犁苦煎,纵然歌舞何由见。勿多言,生丕一子,尽足报曹瞒。

(小生)伏后数曹操之罪也够了,操罪既明,着同华歆押赴无间地狱。伏后冤死无辜,合早生善地。只因执对,久滞冥涂,着转轮司将他速转男身,安享富贵。请三位尊师出来。(吏诺)(外)曹

操奸凶，灭绝天理，大圣问断，甚快人心。我等三人暂别。（小生）
请了。（下）

——《乐府红珊》

《乐府红珊》中《西厢记》之《崔莺莺喜闻捷报》，《香囊记》之
《张状元琼林春宴》，与《六十种曲》之全本戏相当相比，宾白都比较精
练。不再列举。

第二，曲文的改换与增益。

昆曲为曲牌体，每折戏是由若干曲牌按照一定的套式组合而成的，
每支曲牌有一定的词式，套式和词式多数情况是比较稳定的，不能随意
改编。但是也会有一些灵活的情况，或者在套数允许的范围内改换曲
文，或者重复演唱。

《乐府红珊》中《千金记·韩信别妻从军》，源出于《六十种曲》中
《千金记》第九出"宵征"，但是【不是路】以下曲文有所改换：

【皂角儿】〔占〕叹郎君匆匆远行，奈家庭乏物相赠。贤婿，我孩
儿久去从军，到如今杳没音信。可留心，通一信。汝功名，必唾手，不
须愁闷。〔合〕若还荣幸，更须转程。锦衣荣，印悬肘后，斗大黄金。

【前腔】〔旦〕也不愁家业乱零，也不愁镜鸾分影。恐君家，此
去画虎不成，番做了一场笑哂。论人生，取功名。求富贵，荣宗
祖，岂图侥幸。〔合〕前缘分定，何须苦萦。总不如守衡门，齑盐
乐道，际会风云。

【尾声】一朝分散鸾凤影，愿此去风尘扫尽，衣锦还乡把家园
重再整。

【哭相思】〔生〕只为功名远别离，一回思想一回悲。岳母，家
中有事勤照管，倘得身荣便早归。〔生下〕

【鹧鸪天】〔旦〕情痛切，泪交颐，未知何日返鸳帏。〔占〕关
山有路终须到，儿，不比那东流去不回。

——《六十种曲》

【一封书】（占）一杯酒送伊，愿登程无祸危君，休叹远离为功名。辞故里，几事家中当周济，不用叮咛受惨凄。（合）少年妻在庭帏，须念孤单及早归。

【前腔】（旦）知君量半杯，浅浅斟来不用推，含愁冈做喜展眉峰。自叹嗟，鸾凤分离心下哀。（生）娘子，你说半杯如何又是满杯，泪滴增来一满杯。（合前）

【前腔】（生）休忧虑莫悲，我亦非百里奚，家业窘自知人。为功名故远离，家事须烦吾岳母，莫被旁人谈笑伊。（合前）**小婿就此辞别。（占）贤婿早去早回。（生）只为功名恨远离。（旦）一回思想一回悲。（生）家中有事须烦看。（占）但得身荣及早归。**

【鹧鸪天】〔旦〕情痛切，泪交颐，未知何日返鸳帏。〔占〕关山有路终须到，儿，不比那东流去不回。

——《乐府红珊》

《乐府红珊》的曲文改换，首先将【皂角儿】两支连用，改换为【一封书】三支连用，由占、旦、生分别演唱，紧紧围绕离愁，曲词较《六十种曲》更加贴切自然，情思更浓。尤其是【一封书】二，由生、旦对唱，以饯别之酒抒写离情，"你说半杯如何又是满杯，泪滴增来一满杯"，自然的曲词将离情表现得非常浓重。而《六十种曲》【皂角儿】两支，在"论人生、取功名、求富贵、荣宗祖"以及"锦衣荣，印悬肘后，斗大黄金"中，弱化了离情的抒写。其次将【尾声】、【哭相思】、【鹧鸪天】三支连用，改换为一支【鹧鸪天】作为尾声。去掉【尾声】，将【哭相思】中曲词，改换为【一封书】第三支的宾白，并由生、旦、占分别道出，符合人物身份，也改变了全为曲唱的单调。

再如，《乐府红珊》中《琵琶记·蔡议郎强鸾就凤》，源出于《六十种曲》中《琵琶记》第十九出"强就鸾凰"。《乐府红珊》曲文如下：

【鲍老催】劝相公，翠眉谩蹙，自古道，姻缘本是前生定，五百年前结会来。赤绳已系夫妇足，芳名注定婚姻牒。（生作叹介）（净）状元老爹，你空嗟怨，枉叹息，休故推。（外）你道我画堂富贵如金谷，叫他休恋故乡深处乐，受恩深处亲骨肉。你去说。（末）理会得。（外下）（末跪介）老老爷得知老爷吃恼，差小人来奉劝。（生）你老爷怎么道？（末）我老爷道，他今居一人之下，在万人之上，并无公子，单生小姐一人，只望老爷做个养老女婿，有甚么亏负不成，他道得好，他道是画堂富贵如金谷，叫老爷休恋故乡深处乐，受恩深处亲骨肉。（生）老姆、院子，到如今我进牛府中来，上无兄下无弟，有哪个是我亲人？（净）（末）状元老爹到我府中，与我小姐成就一对好姻缘时节，这的是亲骨肉。（生）既然如此，且自回避着。（末下介）（丑占迎介）（净丑）禀状元老爷，小姐亲自迎入洞房。

【滴滴金】金猊宝篆香馥郁，银海琼舟泛醽醁，轻飞翠袖呈娇舞，啭莺喉，歌丽曲，歌声断续。（生占闷介）（丑）老姆，往常老相公心下不乐，你常去劝他，你看小姐与状元忧闷，你也过去把几句好言语相劝他。（净）正是，我看状元心下吃恼，我也不好近前，也罢，你斟上两杯酒来，我和你二人进去劝他。（丑）好，我和你大家去劝。（丑净）禀老爷小姐，老爷与小姐成就姻缘乃是好事，小奴婢也来劝老爷小姐一杯酒。持觞劝酒人共祝。（生）（占）你有甚么话说？（丑净）要老爷小姐饮过这杯酒，小奴婢有话祝。人共祝，愿得你，百年夫妇永谐和睦。（生占）果愿得好，齐愿祝，他道是，我和你百年夫妇永谐和睦。（丑）老姆，不知我老老爷苦苦要把小姐招这状元怎的。（净）你那里知道。

与《六十种曲》相比，《乐府红珊》两支曲文，不仅增益了大段宾白，而且增加了重复的曲词。【鲍老催】中，增加了末扮院子重复外扮牛丞相唱的曲文："他道是画堂富贵如金谷，叫老爷休恋故乡深处乐，受恩深处亲骨肉。"【滴滴金】中，不仅增加了丑、净重复前面所唱曲文

"人共祝"，而且增加了"人共祝"的内容"百年夫妇永谐和睦"，生、旦又重复丑、净所唱曲文，有助于增强欢乐喜庆的气氛。

总之，从《六十种曲》之全本戏到《乐府红珊》的折子戏，无论是宾白的增益与删减，还是曲文的改换与增益，都是戏曲舞台演出实际的要求，是戏曲实现其舞台价值必不可少的环节。

二　昆腔折子戏对其他声腔的改编

"一个富于创造性的剧种，无时无刻不在要求吸收养料，充实自己；否则就会僵化而趋向没落。"① 元杂剧不能吸收南曲而衰亡，戏文则因为能吸收北曲而得广泛传播，与不同地域的方言、曲调相结合，"久而久之，由量变到质变，遂成为另一种新腔。腔调既变，又影响了剧种本身，可能产生另一种新剧种"②。到正德、嘉靖初年，影响较大的代表性声腔仍然不少。弘治、正德间人祝允明《猥谈》中说：

> 数十年来，所谓南戏盛行。……今遍满四方，……妄名馀姚腔、海盐腔、弋阳腔、昆山腔之类。③

"自昆山、青阳发生，海盐、馀姚渐就衰歇。而弋阳独不然。"④ 因为弋阳腔"错用乡语，四方士客喜阅之"。昆山腔在海盐腔的基础上发展而来，海盐腔"多官语，两京人用之"，昆山腔"校海盐又为清柔而婉折，一字之长，延至数息，士大夫集心房之精，靡然从好"，弋阳腔、昆腔拥有不同的观众群体，互补性较强，所以并行于当时。同时，二者也相互借鉴，相互影响，这一现象在《乐府红珊》中体现得较为明显。

《乐府红珊》中《琵琶记·赵五娘临镜思夫》，就借鉴了弋阳腔系青阳腔的"滚白"。《词林一枝》选录《琵琶记·赵五娘临妆感叹》。《词林

---

① 钱南扬：《戏文概论·谜史》，中华书局2009年版，第43—44页。
② 同上书，第44页。
③ 祝允明：《猥谈》，俞为民、孙蓉蓉编《历代曲话汇编》（明代编第一集），黄山书社2009年版，第225页。
④ 钱南扬：《戏文概论·谜史》，中华书局2009年版，第67页。

一枝》全名为《新刻京板青阳时调词林一枝》，书名又标有"海内时尚滚调"的字样，说明青阳腔亦使用"滚调"。经过改革的弋阳腔"以滚唱、滚白、畅滚为鲜明的特色，谓之滚调"[1]。而经过改革的弋阳腔即指在弋阳腔基础上发展而来的余姚腔、徽州腔、青阳腔。其中"滚白"即是打破曲牌的传统格局，在曲前、曲间、曲尾增添节奏鲜明、诵念顺口、句式整齐的五、七言通俗浅近的诗句或成语。将《乐府红珊》与《词林一枝》选录的《琵琶记》"临妆感叹"加以比较：

《词林一枝》	《乐府红珊》
【风云会四朝元】春闱催赴，奴家记得初婚之时，香罗才绾同心结，又被春闱拆凤凰。同心带绾初。奴家当初与丈夫在南浦分别之时，正是渭城朝雨浥轻尘，客舍青青柳色新。劝君更进一杯酒，西出阳关无故人。叹阳关声断，送别南浦。夫，指望与你白头相守，谁知为功名却被关山阻隔。早已成间阻。谩罗襟泪渍。（又）当初蔡郎在家，他操琴妾鼓瑟，正是夫妻好合如鼓瑟。自从儿夫去后呵，正是尘埋宝瑟无心整，朱户深关懒去开。和那宝瑟尘埋，锦被羞铺，寂寞琼窗，萧条朱户，空把流年度。嗏，瞑子里自寻思。夫，想起你贪着功名，遽然赴试，把夫妻情分一旦遽别，好似侵晨薄露容易干。夫妾意君情，一旦如朝露。伯喈夫你去后，不顾着奴身在家捱度岁月。君行万里途，妾心万般苦。君还念妾，迢迢远远也须回顾。情人别后未曾还，妾在深闺泪暗弹。万恨千愁浑似织，恹恹春病改朱颜。 【前腔】朱颜非故，自从儿夫去后时节呵，教奴羞观菱花镜，愁容怯玉颜。绿云懒去梳。昔日有何郎传粉，张敞画眉。奈画眉人远，傅粉郎去，镜鸾羞自舞。把归期暗数。（又）只见雁杳鱼沉，凤只鸾孤。奴家当初在南浦分别之时，只见春光明媚，景物鲜妍，去时节呵，绿遍汀洲。到于今又生芳杜，空自思前事。嗏，日近帝王都。芳草斜阳，教我望断长安路。君身岂荡子，妾非荡子妇。其间就里，千千万万有谁堪诉。叶榆景逼实堪悲，囊箧消然值岁饥，竭力执餐行妇道，晨昏定省步轻移。 【前腔】轻移莲步，堂前问舅姑……	【四朝元】春闱催赴，同心带绾初。叹阳关声断，送别南浦，早已成间阻。谩罗襟泪渍，谩罗襟泪渍，和那宝瑟尘埋。锦被羞铺，寂寞琼窗，萧条朱户，空把流年度。嗏，瞑子里自寻思。妾意君情，一旦如朝露。君行万里途，妾心万般苦。君还念妾，迢迢远远也须回顾。（又）天涯游子几时还，目断长安杳露中。莺老花飞春欲尽，愁贫怨别改朱颜。 【前腔】朱颜非故，绿云懒去梳。奈画眉人远，傅粉郎去，镜鸾羞自舞。把归期暗数，把归期暗数。只见雁杳鱼沉，凤只鸾孤，绿遍汀洲，又生芳杜，空自思前事。嗏，日近帝王都。芳草斜阳，教我望断长安路。君身岂荡子，妾非荡子妇。其间就里，千千万万有谁诉。萧条菽水独支持，远梦惊回报晓鸡。犹恐二亲眠尚稳，几回问寝步轻移。 【前腔】轻移莲步，堂前问舅姑……

《词林一枝》中插入了大量的滚白，用横线标出，既有五言诗、七言诗，也有成语，尤其是每支曲子最后加入的七言四句诗，与后一支曲子的曲词形成顶针，如"朱颜"、"莲步"，这一特征的滚白为《乐府红

---

[1] 李平：《流落欧洲的三种晚明戏剧散出选集的发现》，《海外孤本晚明戏剧选集三种·序言》，上海古籍出版社1993年版，第11页。

珊》此折借鉴，只是改变了诗句，但《六十种曲》所无。《乐府红珊》之后的昆腔选本《歌林拾翠》中也无此诗句。

《乐府红珊》中《红叶记·韩夫人四喜四爱》的宾白，借鉴了《词林一枝》中《题红记·四喜四爱》的滚白，《摘锦奇音》中《红叶记·韩氏惜花爱月》则将滚白改为滚唱。以【二犯朝天子】为例：

（旦）绣阁罗帏睡正浓，料峭春寒，透梦初醒。**（贴）夫人，那枝头上甚么鸟儿啼。（旦）正是春眠不觉晓，处处闻啼鸟。夜来风雨声，花落知多少。**绿杨枝上乱啼莺。（内作卖花声介）**（贴）夫人，我和你** 在此玩花，外面到有个人卖花。**（旦）小红，既有卖花的，我和你不免在墙角上盼望一会，多少是好。（五）夫人，你看肩挑一担红红白白，真个好耍子。（旦）白白红红满担挑，声声叫过洛阳桥。楼头多少风流女，笑倚栏杆把手招。**

——《词林一枝》

（旦）绣阁罗帏睡正浓，料峭春寒，透梦初醒。**正是春眠不觉晓，处处闻啼鸟。夜来风雨声，花落知多少。绿杨枝上乱啼莺。白白红红满担挑，声声叫过洛阳桥。楼头多少风流女，笑倚栏杆把手招。**

——《乐府红珊》

（旦）绣阁罗帏睡正浓。**（贴）夫人既睡正浓，为何这等黑早起来？（旦）非是我起来太早，只为：春寒恼人眠不得，孤衾孤枕梦难成。**料峭春寒，透梦初醒。**（贴）夫人，那枝头上甚么鸟儿叫得好？（旦）小红，那是黄莺了。（滚）正是春眠不觉晓，处处闻啼鸟。夜来风雨声，花落知多少。绿杨枝上乱啼莺。……（旦）（滚）你看：白白红红满担挑，声声叫过洛阳桥。谁家豪富风流女，笑倚栏杆把手招。**

——《摘锦奇音》

从以上 3 个戏曲散出选本中，可以看出弋阳腔系与昆腔之间的相互借鉴和相互影响。

《乐府红珊》中《金印记·周氏对月思夫》，与《玉谷新簧》中此出相比，亦有滚白的内容：

【二犯朝天子】万里长空收暮云。**皓魄当空一镜明，云问仙籁寂无声，玉影团圆离海角，镜光渐渐出云升，正是冰轮驾海岛，琉璃辗碧天。**海岛冰轮驾辗碧天。**遥忆故人千里外，今宵同玩月华明。夫在魏邦也是此月，妾在家中也是此月，正是人居两地，月共一天。**故人千里共婵娟。**君在湘江头，妾在湘江尾。相思不相见，为着那一件，只为阻关山。秋到今朝三五半，月于此夕十分明，月到有盈亏，人岂无离合。正是无情一轮月，偏照别离人。**

——《乐府红珊》

【二犯朝天子】只见万里长空收暮云。**正是冰轮驾海岛，琉璃辗碧天。**海岛冰轮驾辗碧天。**正是人居两地，月共一天。**（滚）你看，**皓魄当空一镜明，云问仙籁寂无声。遥忆故人千里外，今宵同玩月华明。**故人千里共婵娟。**君在湘江头，妾在湘江尾。相思不相见，为着那一件，只为阻关山。正是无情一轮月，偏照别离人。**（滚）自古道月有阴晴圆缺，人有悲欢离合，此事古难全，但得人长久。

——《玉谷新簧》

《乐府红珊》中借鉴弋阳腔滚白的例子还有很多，《玉钗记·丁士才妻忆别》中：

【二犯傍妆台】（二）（占）愁怀万种语难殚，玉容寂寞，泪滴翠绡斑。**古云，欲穷千里目，更上一层楼，又曰，何雷大刀头，破镜飞上天。**人千里云山远……

【馀文】晨昏只为离别叹，牵人强锁在利名关。**夫自古道，受恩深处宜先退，得意浓时便好休。**莫使风涛驾饱帆。

　　明代唯一可以和昆山腔分庭抗礼的就是弋阳腔，昆山腔在舞台演出中能吸收借鉴弋阳腔的滚白。昆曲以典雅为特征，唱腔一板三眼，多用托腔，节奏缓慢，加入五、七言诗句的宾白，整齐流畅，可以改变昆曲的节奏之慢。而且，这些浅近自然的诗句或成语，也为昆曲的典雅注入一些俗化的新鲜的活力，也正是这种包容并蓄，促成了万历时期昆曲的繁荣。

结　语

　　明万历《乐府红珊》既有明代戏曲散出选本的共性，又有其独特性。本书的研究建立在《乐府红珊》文本整理的基础上，深入发掘其文本和演剧价值。此研究虽然集中在《乐府红珊》一个选本的研究，但还涉及很多明万历时期乃至整个明代的戏曲散出选本，既是明代戏曲散出选本个案研究的有益尝试，也为明代戏曲演剧研究提供了一定的启示。

　　明代戏曲散出选本的价值主要体现在文本和舞台两个方面，其文本价值主要涉及戏曲改编、补苴阙佚等方面，舞台价值主要涉及折子戏演出方面，包括演剧功能、演剧特征、演剧脚色等。其他关于戏曲散出选本的研究多从以上两方面入手。本书对《乐府红珊》折子戏的类型学研究，涉及其文本和演剧的价值，既有利于折子戏的概括研究，也方便了对戏曲演剧特征的研究。诸如庆贺之曲、离别之曲、相思之曲等折子戏的类型，不仅数量众多、特点鲜明，其演剧功能、文本特征、表演范式、曲调组合方式等也各有不同。在此基础上，可以拓展到整个明代折子戏的类型学研究，为明代折子戏的研究提供新的角度。

　　明代戏曲散出选本的选录以舞台搬演为依据，数量众多的明代戏曲散出选本比较详细地呈现出不同时期的演剧特征。选本不同，选录的散出也就不同，但是有的散出被选录的次数很多，可谓折子戏的经典，如《西厢记》之"长亭送别"、《琵琶记》之"南浦嘱别""临妆感叹""官邸思亲"、《玉簪记》之"秋江哭别"、《金印记》之"周氏对月思夫"、《香囊记》之"忆子平湖"等。这些折子戏经典的形成，既有其本质的特性，又有其建构的重要因素和过程。《乐府红珊》研究对明代折子戏经典的研究也有重要的启示。

明代戏曲散出选本大量的题词、序文、凡例，是戏曲散出选本戏曲观的体现，是明代戏曲观的重要内容。而通过明代戏曲散出选本的研究，归纳总结编选者的戏曲美学观，作为明代戏曲理论的重要佐证。本书在《乐府红珊》文本研究基础上归纳的戏曲观念，如戏曲娱情本质的张扬和教化功能的弱化，则是明代"发乎性情""为情所使"诗文观和戏曲观的佐证。

声腔是戏曲演剧研究的重要内容，但是明代戏曲声腔的音乐资料极其有限，从明代散出选本的文本入手，可以获得一些声腔资料。通过不同声腔曲文的比对，寻求声腔差异对曲文的影响，探索声腔的特征，则成为声腔研究的重要内容。

插画是明代散出戏曲选本的常态，既能增强阅读的新奇感，又能够借助插画的"情景相同，意志相合"增强曲文的印象。从《乐府红珊》的 15 幅单页全像戏曲插画入手，比及其他选本插画，插画内容、版式、位置均有不同，但呈现从嘉靖、万历、天启、崇祯之选本插画的明显变化，有规律可循。

明万历《乐府红珊》研究是作者戏曲研究的开始，也是一个重要的启迪。

参考文献

一　历史文献、论著

［1］沈德符：《万历野获编》，中华书局 1959 年版。

［2］《史记》，中华书局 1974 年版。

［3］《新五代史》，中华书局 1974 年版。

［4］《旧五代史》，中华书局 1976 年版。

［5］《旧唐书》，中华书局 1975 年版。

［6］《新唐书》，中华书局 1975 年版。

［7］《元史》，中华书局 1976 年版。

［8］《明史》，中华书局 1974 年版。

［9］谷应泰：《明史纪事本末》，中华书局 1977 年版。

［10］黄仁宇：《万历十五年》，中华书局 1981 年版。

［11］《宋史》，中华书局 1985 年版。

［12］［美］牟复礼、［英］崔瑞德：《剑桥中国明代史》，张书生译，中国社会科学出版社 1992 年版。

二　戏曲文献

［1］《古本戏曲丛刊》编辑委员会：《古本戏曲丛刊初集》，商务印书馆 1954 年版。

［2］《古本戏曲丛刊》编辑委员会：《古本戏曲丛刊二集》，商务印书馆

1954—1955 年版。

[3] 《古本戏曲丛刊》编辑委员会：《古本戏曲丛刊三集》，商务印书馆 1957 年版。

[4] 《古本戏曲丛刊》编辑委员会：《古本戏曲丛刊四集》，商务印书馆 1958 年版。

[5] 《古本戏曲丛刊》编辑委员会：《古本戏曲丛刊五集》，上海古籍出版社 1986 年版。

[6] 王秋桂主编：《善本戏曲丛刊》第一辑，台湾学生书局 1984 年版。

[7] 王秋桂主编：《善本戏曲丛刊》第二辑，台湾学生书局 1984 年版。

[8] 王秋桂主编：《善本戏曲丛刊》第三辑，台湾学生书局 1984 年版。

[9] 王秋桂主编：《善本戏曲丛刊》第四辑，台湾学生书局 1987 年版。

[10] 王古鲁：《明代徽调戏曲散出辑佚》，古典文学出版社 1956 年版。

[11] 傅惜华：《元代杂剧全目》，作家出版社 1957 年版。

[12] 傅惜华：《明代杂剧全目》，作家出版社 1958 年版。

[13] 傅惜华：《明代传奇总目》，人民文学出版社 1959 年版。

[14] 王季烈校勘：《孤本元明杂剧》，涵芬楼藏版，中国戏剧出版社 1958 年版。

[15] 沈泰：《盛明杂剧》（初集、二集），中国戏剧出版社影印 1958 年版。

[16] 赵琦美：《脉望馆钞校本古今杂剧》，《古本戏曲丛刊四集》影印本。

[17] 《元刊杂剧三十种》，《古本戏曲丛刊四集》影印本。

[18] 董康编著：《曲海总目提要》，人民文学出版社 1959 年版。

[19] 北婴编著：《曲海总目提要补编》，人民文学出版社 1959 年版。

[20] 中国戏剧研究院：《中国古典戏曲论著集成》，中国戏剧出版社 1959 年版。

[21] 阙名：《古人传奇总目》，《中国古典戏曲论著集成》第六集，中国戏剧出版社 1959 年版。

[22] 阙名：《传奇会考标目》，《中国古典戏曲论著集成》第七集。

[23] 高奕：《新传奇品》，《中国古典戏曲论著集成》第六集。

[24] 黄丕烈：《也是园藏书古今杂剧目录》，《中国古典戏曲论著集成》

第七集。

[25] 黄文旸撰，阙名重订：《重订曲海总目》，《中国古典戏曲论著集成》第七集。

[26] 姚燮：《今乐考证》，《中国古典戏曲论著集成》第十集。

[27] 吕天成：《曲品》，《中国古典戏曲论著集成》第六集。

[28] 祁彪佳：《远山堂曲品》，《中国古典戏曲论著集成》第六集。

[29] 徐渭：《南词叙录》，《中国古典戏曲论著集成》第三集。

[30] 何良俊：《曲论》，《中国古典戏曲论著集成》第四集。

[31] 李开先：《词谑》，《中国古典戏曲论著集成》第三集。

[32] 王世贞：《曲藻》，《中国古典戏曲论著集成》第四集。

[33] 王骥德：《曲律》，《中国古典戏曲论著集成》第四集。

[34] 魏良甫：《曲律》，《中国古典戏曲论著集成》第五集。

[35] 钱南扬：《永乐大典戏文三种校注》，中华书局1979年版。

[36] 臧晋叔编：《元曲选》，中华书局1979年版。

[37] 隋树森编：《元曲选外编》，中华书局1979年版。

[38] 王利器辑：《元明清三代禁毁小说戏曲史料》，上海古籍出版社1981年版。

[39] 秦淮墨客校订，周华斌、陈宝富校注：《杨家府演义》，北京出版社1981年版。

[40] 庄一拂：《古今戏曲存目汇考》，上海古籍出版社1982年版。

[41] 张岱：《陶庵梦忆》，西湖书社1982年版。

[42] 杜信孚：《明代刻板综录》，广陵古籍出版社1983年版。

[43] 顾起元：《客座赘语》，中华书局1987年版。

[44] 汪效倚编：《潘之恒曲话》，中国戏剧出版社1988年版。

[45] 毛晋：《六十种曲》，中华书局1985年、1992年版。

[46] 蔡毅：《中国古典戏曲序跋汇编》，齐鲁书社1989年版。

[47] 王季思主编：《全元戏曲》，人民文学出版社1990年、1999年版。

[48] 吴书荫校：《曲品校注》，中华书局1990年版。

[49] 吴毓华：《中国古代戏曲序跋集》，中国戏剧出版社1990年版。

[50] 班友书、王兆乾总编校：《青阳腔剧目汇编》，安徽省艺术研究所1991年版。

[51] 中国艺术研究院艺研资料室编：《中国戏曲研究书目提要》，中国戏剧出版社1992年版。

[52] 江澄波、杜信孚、杜永康：《江苏刻书》，江苏人民出版社1993年版。

[53] 〔俄〕李福清、李平：《海外孤本晚明戏剧选集三种》，上海古籍出版社1993年版。

[54] 任半塘主编：《昆曲曲牌及套数凡例集》（南套，上、下册），上海文艺出版社1994年版。

[55] 周光培编：《历代笔记小说集成》，河北教育出版社1995年版。

[56] 齐森华等主编：《中国曲学大辞典》，浙江教育出版社1997年版。

[57] 郭英德：《明清传奇综录》，河北教育出版社1997年版。

[58] 钱谦益：《列朝诗集》，《四库禁毁书丛刊》第095—097册，北京出版社1997年版。

[59] 何良俊：《何翰林集》，《四库全书存目丛书》集部第142册，齐鲁书社1997年版。

[60] 何良俊：《四有斋丛说》，《四库全书存目丛书》子部第103册，齐鲁书社1997年版。

[61] 冯梦祯：《快雪堂集》，《四库全书存目丛书》集部第164—165册，齐鲁书社1997年版。

[62] 余怀：《板桥杂记》（外一种），上海古籍出版社2000年版。

[63] 孙崇涛、黄仕忠笺校：《风月锦囊笺校》，中华书局2000年版。

[64] 黄竹三、冯俊杰等：《六十种曲评注》，吉林人民出版社2001年版。

[65] 陈维崧：《迦陵词全集》，《续修四库丛书》集部第1724册，上海古籍出版社2002年版。

[66] 钱德苍编选，汪协如点校：《缀白裘》，中华书局2005年版。

[67] 俞为民、孙蓉蓉：《历代曲话丛编》明代编，黄山书社2009年版。

[68] 南京戏曲志编辑室：《南京戏曲资料汇编》（第一、二、三、四、五辑）。

［69］朱绪曾编，陈作霖校梓：《金陵诗徵》，光绪壬辰刻本。

三　研究论著

［1］吴梅：《顾曲麈谈》，上海商务印书馆 1916 年版。

［2］王国维：《宋元戏曲史》，上海商务印书馆 1935 年版。

［3］卢前：《明清戏曲史》，上海商务印书馆 1935 年版。

［4］卢前：《中国戏剧概论》，世界书局 1936 年版。

［5］卢前：《读曲小识》，上海商务印书馆 1936 年版。

［6］周贻白：《中国剧场史》，上海商务印书馆 1936 年版。

［7］赵景深：《读曲随笔》，北新书局 1936 年版。

［8］王国维：《王国维戏曲论文集》，中国戏剧出版社 1957 年版。

［9］赵景深：《明清曲谈》，古典文学出版社 1957 年版。

［10］〔日〕青木正儿：《中国近世戏曲史》，王古鲁译，中华书局 1958 年版。

［11］朱尚文：《明代戏曲史》，（台南）高长印书馆 1959 年版。

［12］周贻白：《中国戏剧史长编》，人民文学出版社 1960 年版。

［13］〔日〕八木泽元：《明代剧作家研究》，罗锦堂译本，（香港）龙门书店 1966 年版。

［14］陈万鼎：《元明清剧曲史》（增订本），（台北）鼎文书局 1974 年版。

［15］叶德均：《戏曲小说丛考》，中华书局 1979 年版。

［16］周贻白：《中国戏曲史发展纲要》，上海古籍出版社 1979 年版。

［17］曾永义：《明杂剧概论》，（台北）学海出版社 1979 年版。

［18］赵景深：《中国小说丛考》，齐鲁书社 1980 年版。

［19］王季思：《玉轮轩曲论》，中华书局 1980 年版。

［20］陆萼庭：《昆剧演出史稿》，上海文艺出版社 1980 年版。

［21］严敦易：《元明清戏曲论集》，中州书画社 1982 年版。

［22］蒋星煜：《中国戏曲史钩沉》，中州书画社 1982 年版。

［23］王守泰：《昆曲格律》，江苏人民出版社 1982 年版。

［24］朱承朴、曾庆全：《明清传奇概说》，广东人民出版社 1985 年版。

[25] 王安祈：《明代传奇之剧场及其艺术》，（台北）学生书局1986年版。

[26] 徐扶明：《元明清戏曲探索》，浙江古籍出版社1986年版。

[27] 毛效同：《汤显祖研究资料汇编》，上海古籍出版社1986年版。

[28] 张敬：《明清传奇导论》，台北华正书局1986年版。

[29] 顾笃璜：《昆剧史补论》，江苏古籍出版社1987年版。

[30] 杨绳信：《中国版刻综录》，陕西人民出版社1987年版。

[31] 张慧剑：《明清江苏文人年表》，上海古籍出版社1986年版。

[32] 胡忌、刘致中：《昆剧发展史》，中国戏剧出版社1989年版。

[33] 浦江清：《八仙考》，《浦江清文录》，人民文学出版社1989年版。

[34] 侯百朋：《琵琶记资料汇编》，书目文献出版社1989年版。

[35] 张庚、郭汉城主编：《中国戏曲通论》，上海文艺出版社1989年版。

[36] 张秀民：《中国印刷史》，上海人民出版社1989年版。

[37] 赵山林：《中国戏曲观众学》，华东师范大学出版社1990年版。

[38] 王安祈：《明代戏曲五论》，（台北）大安出版社1990年版。

[39] 郑传寅：《传统文化与古典戏曲》，湖北教育出版社1990年版。

[40] 郭英德：《明清文人传奇研究》，北京师范大学出版社1992年版。

[41] 廖奔：《中国戏曲声腔源流史》，（台北）贯雅文化事业有限公司
1992年版。

[42] 徐朔方：《晚明曲家年谱》，浙江古籍出版社1993年版。

[43] 郑传寅：《中国戏曲文化概论》，武汉大学出版社1993年版。

[44] 邓长风：《明清戏曲家考略》，上海古籍出版社1994年版。

[45] 赵山林：《中国戏剧学通论》，安徽教育出版社1995年版。

[46] 饶龙隼：《明代隆庆、万历间文学思想转变研究》，西南师范大学
出版社1995年版。

[47] 吴新雷：《中国戏曲史论》，江苏教育出版社1996年版。

[48] 詹慕陶：《昆曲理论史稿》，杭州大学出版社1996年版。

[49] 赵山林：《中国古典戏剧论稿》，安徽文艺出版社1998年版。

[50] 郭英德：《明清传奇史》，江苏古籍出版社1999年版。

[51] 孙崇涛：《风月锦囊考释》，中华书局2000年版。

［52］缪咏禾：《明代出版史稿》，江苏人民出版社2000年版。

［53］杜信孚、杜同书：《全明分省分县刻书考》，线装书局2001年版。

［54］黄永年：《古籍整理概论》，上海书店出版社2001年版。

［55］车文明：《二十世纪戏曲文物的发现与曲学研究》，文化艺术出版社2001年版。

［56］田仲一成：《中国戏剧史》，北京广播学院出版社2002年版。

［57］曾永义：《从腔调说到昆剧》，（台）国家出版社2002年版。

［58］邹云湖：《中国选本批评》，生活·读书·新知三联书店2002年版。

［59］宋克夫、韩晓：《心学与文学论稿——明代嘉靖万历时期文学概观》，中国社会科学出版社2002年版。

［60］张发颖：《中国家乐戏班》，学苑出版社2002年版。

［61］廖奔：《中国戏曲史》，上海人民出版社2004年版。

［62］郭英德：《明清传奇戏曲文体研究》，商务印书馆2004年版。

［63］詹石窗：《道教与戏剧》，厦门大学出版社2004年版。

［34］朱崇志：《中国古代戏曲选本研究》，上海古籍出版社2004年版。

［65］刘祯、谢雍君：《昆曲与文人文化》，春风文艺出版社2005年版。

［66］朱琳：《昆曲与江南社会生活》，广西师范大学出版社2007年版。

［67］戚福康：《中国古代书坊研究》，商务印书馆2007年版。

［68］叶德辉：《书林清话》，复旦大学出版社2008年版。

［69］赵山林：《中国戏剧传播接受史》，上海世纪出版集团2008年版。

［70］［美］韩南：《韩南中国小说论集》，王秋桂等译，北京大学出版社2008年版。

［71］钱南扬：《戏文概论·谜史》，中华书局2009年版。

［72］俞为民：《昆曲格律研究》，南京大学出版社2009年版。

四　研究论文

［1］麻国钧：《关于许潮杂剧四种的发现》，《戏剧学习》1981年第4期。

［2］吴新雷：《南京剧坛昆曲史略》，《艺术百家》1996年第3期。

［3］赵山林：《潘之恒评传》，《戏剧艺术》1996年第4期。

［4］ 俞为民：《明代南京书坊刊刻戏曲考述》，《艺术百家》1997 年第 4 期。

［5］ 褚历：《昆曲音乐的曲牌联套结构特点》，《戏曲艺术》1997 年第 4 期。

［6］ 叶长海：《明清戏曲演艺论》，《扬州大学学报》1997 年第 5 期。

［7］ 邓玮、邓翔云：《论昆曲的传播和古典戏曲的分布》，《艺术百家》2000 年第 3 期。

［8］ 吴新雷：《吴中昆曲发展史考论》，《南京大学学报》2001 年第 1 期。

［9］ 俞为民：《论明代戏曲的文人化特征》（上），《东南大学学报》2002 年第 1 期。

［10］ 俞为民：《论明代戏曲的文人化特征》（下），《东南大学学报》2002 年第 2 期。

［11］ 徐子方：《"家乐"——明代戏曲特有的演出场所》，《戏剧》2002 年第 1 期。

［12］ 刘奇玉：《许潮及其〈泰和记〉》，《贵州民族学院学报》2003 年第 1 期。

［13］ 俞为民：《昆山腔的产生与流变考述》，《南京大学学报》2004 年第 1 期。

［14］ 王廷信：《文人宴集与昆曲演出》，《中华戏曲》2004 年第 2 期。

［15］ 聂付生：《论晚明戏曲演出的传播体系》，《艺术百家》2005 年第 3 期。

［16］ 李平：《流落欧洲的三种晚明戏剧散出选集的发现》，《复旦学报》1994 年第 4 期。

［17］ 李玫：《流失英国的三种中国古代戏曲选集孤本》，《中国社会科学院院报》2004 年 11 月 4 日。

［18］ 吴新雷：《明代昆曲折子戏选集〈乐府红珊〉发微》，2005 年 4 月台湾"中央"大学主办的《昆曲国际学术研讨会》学术论文。

［19］ 俞为民：《昆曲曲调的组合形式考述》，《东南大学学报》2006 年第 1 期。

［20］ 齐森华：《试论明清折子戏的成因及其功过》，《上海大学学报》2006 年第 2 期。

［21］ 孙霞：《二十世纪戏曲选本研究概述》，《中国戏曲学院学报》2006

年第 2 期。

［22］苏子裕：《明代南京地区声腔述考》，《中华戏曲》2007 年第 2 期。

［23］陈爽：《〈泰和记〉考辨》，《扬州大学学报》2008 年第 3 期。

［24］张文德：《〈海外孤本晚明戏剧选集三种〉曲目考辨》，《文献》2008
年第 3 期。

［25］张文德：《明传奇〈金兰记〉剧情与本事考论》，《学术交流》2008
年第 12 期。

［26］张英：《明代南京剧坛研究》，博士学位论文，南京大学，2008 年。

［27］孙崇涛：《古代江浙戏曲刻本述考》，《浙江师范大学学报》2009 年
第 3 期。

［28］杜海军：《论戏曲选集在戏曲史研究中的独立价值》，《艺术百家》
2009 年第 4 期。

［29］张艺：《昆曲曲牌结构规律研究》，《台州学院学报》2010 年第 2 期。

附　录

校正《乐府红珊》序

魏王觞诸侯于范台，自夸径寸之珠可以照车十二乘。盖不宝尺璧，而宝寸珠，人咸以谓得所宝之。大抵天下之物，各有其极，苟得其极，则青萍结绿，长价于薛卞之门，血汗霜蹄，见重于孙阳之厩。况乎辞人骚客之谭，有足以供清玩者，何取于连篇累牍为哉？以故忠臣孝子，义夫贞妇，多为词坛所取赏，而间有一二足为传奇者，所取节片辞，自可以知大概矣。嗟乎，彼连篇累牍，虽兀兀穷年者，何能茹其英，咀其华哉？故孔子以"思无邪"蔽三百篇之义，而是集之撮要提纲，虽寸珠不是过也，谬谓乐府之红珊，期人知所共宝云。万历壬寅岁孟夏月吉旦秦淮墨客撰。

《乐府红珊凡例》二十条

1. 南曲要唱【二郎神】、【香遍满】、【集贤宾】、【莺啼序】熟，北曲要唱【呆骨朵】、【村里迓鼓】、【胡十八】熟，犹如打破两重玄关也。

2. 北曲与南曲大相悬绝，唱无南字者佳。大抵南曲由北曲中来，变化不一，有磨调，有弦索调。近来有弦索调唱作磨调，又将南曲配入弦索，诚为圆凿方穿，犹座中无周郎耳。

3. 生曲要虚心玩味，到处模仿，不可自故主张，久之成癖，不能改矣。

4. 清唱谓之冷唱，不比戏曲。戏曲借锣鼓之助，有躲闪省力处，知者辨之。

5. 唱有三绝，字清一绝，腔纯二绝，板正三绝。

6. 唱要唱出牌名理趣，如【玉芙蓉】、【玉交枝】、【玉山秀】、【不是路】要驰骋，如【针线箱】、【黄莺儿】、【江头金桂】要规矩，如【二郎神】、【集贤宾】、【月云高】、【本序】、【刷子序】要抑扬，【扑灯蛾】、【红绣鞋】、【麻婆子】，虽疾而无腔有板，板要下得匀净。

7. 长腔要圆活流动，不可太长。短腔要遒劲找捷，不可太轻。

8. 过腔接字，乃关索之介，最要得体。虽迟速不同，必要稳重严肃，如见大宾之状，不可扭捏弄巧。

9. 双叠字，上两字接上腔，下两字稍离下腔，如【字字锦】中"思思想想，心心念念"，【素带儿】中，他"生得齐齐整整，袅袅婷婷"之类是也。

10. 单叠字与双叠字不同，如"一旦冷清清"类，却要抑扬。

11. 拍乃曲之余，最要得中，如迎头板，随字而下；彻板，随腔而下；句下板，即绝板，腔尽而下。有迎头板贯打作彻板者，皆由不识调平仄之故也。

12. 五音以四声为主，四声不得其宜，五音废矣。平上去入，必要端正明白，有以上声唱做平声，去声唱作入声者，皆因做捏腔调故耳。

13. 四声皆实，字面不可泛泛然，又不可太实，太实则浊。

14. 五不可：不可高，不可低，不可轻，不可重，不可自作聪明。

15. 四难：开口难、出字难、过腔难、低难高不难。

16. 两不辨：不知音者不与辨，不好音者不与辨。

17. 士大夫唱不比惯家，要恕。听字到、腔不到也罢，板眼正、腔不满也罢，取意而已。

18. 初学必要将南《琵琶记》、北《西厢记》，从头至尾熟读，一字不可放过，自然有得。

19. 初学不可混杂多记，学【集贤宾】，只唱【集贤宾】；学【桂枝香】，只唱【桂枝香】，移宫换吕，自然贯穿。

20. 听曲要肃然雅静，不可喧哗，不可容俗人在旁混接一字。必听其吐字、板眼、过腔、轻重得宜，方可言好，不可因其喉音清亮而许之可也。

《新刊分类出像陶真选粹乐府红珊》目录

一卷　庆寿类

八仙赴蟠桃盛会　　　升仙记

裴晋公绿野堂祝寿　　泰和记

关云长公祝寿　　　　单刀记

班仲升庆母寿　　　　投笔记

斑老莱子戏婇悦　　　斑衣记

蔡伯喈庆亲寿　　　　琵琶记

张九成兄弟庆寿　　　香囊记

苏东坡祝寿　　　　　四节记

二卷　伉俪类

蔡议郎牛府成亲　　　琵琶记

王三元相府联姻　　　联芳记

韦南康夙世姻缘　　　玉环记

李十郎霍府成亲　　　紫箫记

韩世忠元旦成婚　　　双烈记

三卷　诞育类

商三元汤饼佳会　　　断机记

王状元浴麟佳会　　　百顺记

李妃冷宫生太子　　　妆盒记

李三娘磨房产子　　　白兔记

金氏生子弥月　　　四德记

四卷　训诲类

窦燕山五经训子　　萃盘记

汉寿亭侯训子　　　桃园记

何氏剔灯训子　　　�鞨记

刘平江训子　　　　金兰记

廉参军训女　　　　玉香记

韩节度戒女游春　　红叶记

班定远玉关劝民　　投笔记

五卷　激励类

邓二娘桑林激夫　　投笔记

林冲看剑励志　　　宝剑记

李亚仙剔目流芳　　绣襦记

秦雪梅断机教子　　三元记

万俟传祭衣巾　　　五桂记

六卷　分别类

陈妙常秋江送别　　玉簪记

崔莺莺长亭送别　　西厢记

班仲升别母应募　　投笔记

李德武别妻戍边　　断发记

韩信别妻从军　　　千金记

玉箫渭河送别　　　玉环记

王商别妻往京华　　玉玦记

杨太仆都门分别　　渔樵记

霍小玉灞桥送别　　紫箫记

王昭君出塞　　　　和戎记

七卷　思忆类

钱玉莲姑媳思忆	荆钗记
张贞娘对景思夫	宝剑记
郭汾阳母妻思忆	单骑记
班仲升母妻忆卜	投笔记
蔡伯喈书馆思亲	琵琶记
张夫人忆子征戍	香囊记
丁士才妻忆别	玉钗记
周氏对月思夫	金印记
赵五娘临镜思夫	琵琶记

八卷　报捷类

吕状元宫花报捷	丝鞭记
冯京报捷三元	四德记
潘必正及第报捷	玉簪记
张君瑞泥金报捷	西厢记
高文举登第报捷	米糷记
郭子仪泥金报捷	玉鱼记
窦燕山文武报捷	萃盘记

九卷　访询类

双生访苏小卿	茶船记
宋太祖雪夜访赵普	黄袍记
鲁子敬询乔公	桃园记

十卷　游赏类

吴王游姑苏台	浣纱记
唐明皇赏牡丹	惊鸿记

杜工部游曲江	四节记
韩夫人四喜四爱	红叶记
四花精游赏联吟	萃盘记
蔡伯喈荷亭玩赏	琵琶记
王商挟妓游西湖	玉玦记
苏子瞻游赤壁	四节记
党太尉赏雪	四节记

十一卷　宴会类

楚霸王军中夜宴	千金记
刘先主赴碧莲会	草庐记
窦状元加官进禄	萃盘记
刘玄德赴河梁会	桃园记
庾元亮中秋夜宴	泰和记
韩侍郎宴陶学士	四节记
张状元琼林春宴	香囊记
解学士玉堂佳会	合璧记
关云长赴单刀会	三国志

十二卷　邂逅类

蒋世隆旷野奇逢	拜月亭
伍经邂逅史二兰	分钗记
崔莺莺佛殿奇逢	西厢记
韩君平章台邂逅	玉合记

十三卷　风情类

卓文君月下听琴	题桥记
崔莺莺锦字传情	西厢记
陈妙常词诉私情	玉簪记

张姬月夜私奔　　　红拂记

韩寿月下佳期　　　偷香记

十四卷　忠孝节义类

萧何月下追韩信　　千金记

刘娘娘搜求妆盒　　金弹记

刘后勘问寇承御　　妆盒记

王司徒退食怀忠　　连环计

赵五娘描真容　　　琵琶记

魏侯究问如姬　　　窃符记

阎君勘问曹操　　　昙花记

十五卷　阴德类

窦仪魁星映读　　　莘盘记

裴度香山还带　　　还带记

冯商旅邸还妾　　　四德记

蔡兴宗伞盖玄天　　四美记

十六卷　荣会类

苏秦衣锦还乡　　　金印记

蔡端明母子相逢　　洛阳记

韩明父子相逢　　　十义记